Empfehlung für dich

W0377490

© Katie King

Laura Silverman hat u.a. Kreatives Schreiben studiert und in verschiedenen Literaturagenturen gearbeitet. Sie ist Autorin und freie Lektorin, lebt in Brooklyn, New York und liebt Bücher, Hunde und saure Süßigkeiten.

© Robert Freund

Katharina Meyer hat längere Zeit in Mexiko, Spanien und Schottland verbracht. Sie studierte Literaturübersetzen und überträgt Bücher aus dem Englischen, Französischen und Spanischen. Mit ihrer Familie lebt sie in Düsseldorf.

LAURA SILVERMAN

Empfehlung für dich

Aus dem Englischen von
Katharina Meyer

CARLSEN

Unser Versprechen für mehr Nachhaltigkeit

- Klimaneutrales Produkt
- Papiere aus nachhaltigen und kontrollierten Quellen
- Hergestellt in Europa

FSC
www.fsc.org
MIX
Papier aus verantwortungsvollen Quellen
FSC® C083411

CARLSEN-Newsletter: Tolle Lesetipps kostenlos per E-Mail!
Unsere Bücher gibt es überall im Buchhandel und auf carlsen.de.

Deutsche Erstausgabe
Veröffentlicht im Carlsen Verlag
Oktober 2021
Alle deutschen Rechte bei Carlsen Verlag GmbH, Hamburg
Textcopyright © 2020 by Laura Silverman.
Published by arrangement with Margaret K. McElderry Books,
An imprint of Simon & Schuster Children's Publishing Division
All rights reserved. No part of this book may be reproduced or transmitted in any form or by any means, electronic or mechanical, including photocopying, recording or by any information storage and retrieval system, without permission in writing from the Publisher.
Originaltitel: »Recommended for you«
Umschlaggestaltung: formlabor
Umschlagbilder: shutterstock.com © Oleksandr Shatokhin/Kichigin
Aus dem Englischen von Katharina Meyer
Lektorat: Brigitte Kälble
Herstellung: Karen Kollmetz
Satz: Dörlemann Satz, Lemförde
ISBN: 978-3-551-32027-8

Für Phillip
Danke, dass du mich immer in meiner
Liebe zum Schreiben bestärkt hast.
Du warst der beste Bruder der Welt und
uns war nicht genug Zeit zusammen vergönnt.
Ich werde dich immer lieben
und ewig vermissen.
Deine Schwester,
Laura

KAPITEL 1

Barbra Streisand röchelt und keucht, bis sie schließlich komplett den Geist aufgibt.

»Oh nein!« Seufzend flehe ich mein Auto an: »Barbra, Süße.« Ich streichle in beruhigenden Kreisen über das Armaturenbrett. »Bitte spring an. Ich komme sonst zu spät zur Arbeit. Tust du es für mich? Biiitte. Also noch mal, bereit?«

Ich drehe den Zündschlüssel erneut. Dieses Mal ist das Geräusch noch schlimmer, wie ein metallisches Kreischen. »Mist!« Ich ziehe den Schlüssel ab. Es ist ein eiskalter Dezembermorgen, und wenn ich ausatme, kann ich meinen Atem sehen.

Das Surren meines Handys kündigt eine Nachricht an, es ist Cheyenne: **Hab gerade den 75. Pullover des Morgens gefaltet. Wann kommst du?**

Wegen des Weihnachtsrummels öffnet das Einkaufszentrum diese Woche früher als sonst. Cheyenne faltet schon seit einer Stunde Klamotten bei GAP und ich müsste in zwanzig Minuten bei ES WAR EINMAL sein, der Buchhandlung, in der ich arbeite.

Ich schreibe zurück: Hoffentlich bald! Barbra springt nicht an.

Sie antwortet: Bitter! Ich kann dich später nach Hause fahren.

Ich schicke ihr einen Kuss-Smiley, dann steige ich aus dem Auto, ziehe den Mantel fest um mich und renne ins Haus. Mom und Mama sind noch nicht weg, trotzdem ist alles still. Ich schaue ins Wohnzimmer, dann in die Küche. Nichts. Ich gehe rauf zu ihrem Schlafzimmer, doch die Tür ist geschlossen. Gemurmel dringt in den Flur. Normalerweise steht die Tür immer offen. Normalerweise würde ich einfach reingehen, mich aufs Bett werfen und fragen, ob mich eine von ihnen fahren kann. Aber jetzt ist die Tür zu und dämpft ihre aufgebrachten Stimmen.

Ich hole tief Luft, richte mich auf und klopfe zweimal kurz.

Die Stimmen verstummen und wenig später öffnet Mom die Tür. Wir haben die gleichen braunen Augen und das gleiche lockige, braune Haar, aber ihr Blick ist müde und ihre Haare sind zu einem unordentlichen Zopf zusammengebunden. Ehrlich gesagt könnten sie etwas Extrapflege vertragen. Am liebsten würde ich ihr das Rezept für diese tolle Avocado-Haarkur empfehlen, das ich im Internet gefunden habe, aber der Stimmung im Raum nach zu urteilen ist jetzt nicht der richtige Moment für solche Tipps.

»Shoshanna«, sagt Mom. »Müsstest du nicht bei der Arbeit sein?«

Ihre Stimme kippt, als ob sie sauer auf mich wäre oder so. Ich spiele nervös mit dem Davidstern an meiner Halskette und wippe auf die Fersen. »Barbra springt nicht an. Schon wieder. Kann mich eine von euch zum Einkaufszentrum bringen?«

»Das Auto gehört längst auf den Schrott«, murmelt Mom.

Mein Puls beschleunigt sich. Barbra Streisand darf nicht auf den Schrott. Klar, sie ist alt, ein Erbstück von meinen Müttern, aber ich brauche ein Auto, und mein Gehalt bei ES WAR EINMAL reicht gerade mal so für Sprit und die Versicherung. »Ähm.« Ich räuspere mich. »Ich möchte nicht zu spät kommen. Ihr wisst schon, Weihnachtstrubel und so.«

Mama gesellt sich zu uns. Ihr blondes Haar ist noch ganz nass vom Duschen und sie hat sich ihren pfirsichfarbenen Seiden-Bademantel locker um die runden Hüften gebunden. Es ist seltsam, wie sie beide barfuß auf dem Schlafzimmerteppich stehen, während ich hier in Stiefeln auf dem Parkett im Flur warte.

»Ich würde dich ja gerne fahren«, sagt Mama. »Aber ich habe gleich Unterricht und muss mich noch vorbereiten. Tut mir leid, Liebes.«

Ich bedenke sie mit einem kleinen Lächeln. »Schon okay, Mama.«

»Na gut.« Jetzt klingt Mom wirklich sauer. »Dann nehme *ich* dich eben mit. In fünf Minuten bin ich unten.«

»Okay.« Ich verhake meine Finger ineinander. »Danke.«

Mom nickt und schließt die Tür. Das Gemurmel beginnt von Neuem, lauter als zuvor. Ich schnappe etwas von schmutzigem Geschirr auf. Geschirr? Streiten sie jetzt ernsthaft wegen des Abwaschs?

Ich gehe nach unten, aber anstatt die Garage anzusteuern, mache ich einen Abstecher in die Küche. Die Kaffeekanne steht in der Spüle. Daneben ein Löffel und ein Becher mit einem Rest Milchkaffee. Ein idiotischer Grund für einen Streit. Ich kann das Problem ganz einfach aus der Welt schaffen und schon sind alle wieder glücklich. Ich schlüpfe aus dem Mantel, streife mir ein Paar Spülhandschuhe mit Marienkäfermuster über, wasche die Sachen und trockne alles ab.

Mom hält vor dem Einkaufszentrum und nimmt einen Lippenstift aus ihrer Handtasche. Mit zwei gekonnten Strichen trägt sie die hellrosa Farbe auf. Als ich kleiner war, lag ich oft ausgestreckt auf dem Teppichboden im Schlafzimmer und durchstöberte ihre zahlreichen Kosmetik- und Parfümtäschchen, während sie am Schminktisch saß, ihr

Gesicht eincremte und die Augen mit einem weichen braunen Stift umrahmte. Es war herrlich ruhig, unser kleines Refugium.

»Soll ich dich nachher abholen?«, fragt Mom und setzt den Deckel auf den Lippenstift. Sie bemerkt, wie ich ihn anstarre. »Na los, nimm schon!«

Eine Riesenlast fällt mir von den Schultern, als ich nach dem Lippenstift greife. Sie ist nicht sauer auf mich. Natürlich nicht. Es war kaum zu erwarten, dass sie vor Freude jubelt, weil Barbra wieder einmal kaputt ist.

»Cheyenne fährt mich nach Hause«, sage ich. »Trotzdem danke!«

Ich klappe die Sonnenblende mit dem Spiegel herunter und trage etwas Farbe auf, die sofort an den Rändern verschmiert. Ich tupfe die Mundwinkel mit dem Finger ab und fühle mich ein bisschen wie ein Kind, das Verkleiden spielt. Dann presse ich meine Lippen aufeinander und lächle. Die Farbe ist nicht ganz so pink wie mein Mantel und passt gut zu meinen rosigen Winterwangen.

»Hübsch«, kommentiert Mom. Dann sagt sie: »Ich muss los.«

»Gut.« Ich lege den Lippenstift ins Mittelfach. »Also, vielen Dank fürs Herbringen.«

Ich schnalle mich ab, schnappe meinen Stoffbeutel und steige aus. Als ich die Tür zuschlagen will, dreht Mom sich zu mir, ihr Blick wird weicher. »Ich sag nachher Eve Bescheid, damit sie vorbeikommt, um sich Barbra anzusehen. Einverstanden?«

Ich strahle. »Super!« Eve ist eine Freundin der Familie und Mechanikerin. Mom hat sie vor gut zehn Jahren beim Kickboxen kennengelernt, und seitdem stattet uns Eve regelmäßig einen Besuch ab, wenn eins der Autos, normalerweise Barbra – okay, eigentlich immer Barbra – repariert werden muss. »Sehen wir uns heute Abend zur Latke-Party?«

»Natürlich«, sagt Mom. »Bis nachher.«

Ich schließe die Tür, und Mom winkt kurz, bevor sie wegfährt.

Die Latke-Party ist unsere Familientradition für den letzten Chanukka-Abend. Wir gehören nicht zu den Juden, die an jedem der acht Lichterfest-Tage eine Kerze anzünden, aber zumindest an einem Abend feiern wir mit Latkes und Dreidel. Meine Mütter und ich lieben es, Zeit zu dritt zu verbringen, ganz egal ob zur Latke-Party, beim *In 90 Tagen zum Altar*-TV-Marathon oder beim Bowling-Abend. Wir passen einfach perfekt zusammen, wie das 2000-Teile-Puzzle, das wir letztes Jahr gemeistert haben. In einem Sommer haben wir es sogar geschafft, eine sechzehnstündige Autofahrt nach New York zu überstehen, ohne auch nur ein einziges Mal zu streiten, was bei Familien auf Reisen vermutlich so was wie ein Weltrekord ist.

Aber in letzter Zeit ist alles anders. Offene Türen und Reality-TV-Marathons wurden durch geschlossene Türen und Streitereien ersetzt. Und noch häufiger als Streit herrscht eisiges Schweigen, irgendwie ist uns die Verbundenheit verloren gegangen. Ich versuche, meine Sorgen abzuschütteln, als Mom davonfährt. Bestimmt hat es gar nichts zu bedeuten. Bloß ein paar unwichtige Streitigkeiten über den Abwasch. Wir hatten alle viel zu tun in letzter Zeit – Mom arbeitet immer tausend Stunden die Woche, Mama sitzt oft bis spätabends im Wintergarten und malt, den Heizlüfter auf Anschlag, und selbst ich schiebe jetzt in den Winterferien Doppelschichten. Aber heute Abend zünden wir alle gemeinsam die Kerzen an, packen Geschenke aus und essen Kartoffelpuffer mit Apfelmus – der besten Beilage der Welt –, und alles ist wieder gut.

Als ich auf den Eingang des Einkaufszentrums zugehe, fegt der eisige Dezemberwind durch meinen Mantel. Es ist erst acht Uhr früh, aber der Parkplatz ist schon zur Hälfte gefüllt. Ein silberner Sedan kurvt durch die vollbesetzten vorderen Reihen auf der Suche nach einem guten Platz. Ich betrete das Gebäude durch den Ostflügel und seufze erleichtert, als mir die warme Luft entgegenströmt. Die meisten Stände des Food-Courts sind noch geschlossen, aber man kann die Angestellten bei ihren Vorbereitungen hören, es wird viel gerufen und aus den Lautsprechern dröhnt Musik. Starbucks ist bereits geöffnet und in der Schlange stehen schon fünfzehn Leute an. Ich bin spät dran und ignoriere deshalb meine Kaffeegelüste, die um einen Peppermint Mocha betteln.

Als ich bei GAP ankomme, sehe ich durchs Schaufenster Cheyenne. Ihre dunkelbraune Haut hebt sich schön vor den ganzen creme- und pfirsichfarbenen Pullovern ab. Sie erschrickt, als ich an die Scheibe klopfe, doch als sie mich entdeckt, grinst sie und bedeutet mir, in den Laden zu kommen. Ich schüttle den Kopf und forme die Worte: »Bin spät dran! Wir sehen uns in der Mittagspause, Süße!« Sie wirft mir einen Kuss zu und ich fange ihn mit einem Lächeln auf.

Wir haben uns in der siebten Klasse kennengelernt, als wir in der Schulmensa beide das letzte Stück Käsepizza anpeilten. Es war das perfekte erste Treffen, wie aus einer romantischen Komödie. Wir teilten uns die Pizza und quatschten die ganze Pause durch. Die Themen reichten von unserer Liebe zu BOB'S BURGERS über Spekulationen zur Existenz intelligenten Lebens auf anderen Planeten bis hin zum gegenseitigen Geständnis unseres derzeitigen Schwarms – und jetzt ist unsere Freundschaft für alle Ewigkeit durch eine leckere Käsekruste besiegelt.

Ich gehe weiter, vorbei am Disney Store und am Pet Depot, an H&M und an diesem Stand mit den Totes-Meer-

Lotionen, an dem immer irgendwelche ultraheißen Israelis arbeiten, und dann bin ich endlich da.

Bei ES WAR EINMAL.

Der Name steht in blauer Kursivschrift über dem Eingang und in den Schaufenstern locken Auslagen mit Neuerscheinungen und Klassikern. Eins der Bücher liegt ein Stückchen zu weit links, sodass der Titel nicht gut zu erkennen ist. Ich muss daran denken, es an die richtige Stelle zu schieben, wenn ich im Laden bin. Drinnen werde ich vom Geruch der Bücher und dem leisen Rascheln der Kunden begrüßt, die frühmorgens schon in den Regalen stöbern. Zufriedenheit durströmt meinen Körper. Ich bin zu Hause.

Ein paar Stunden später ist der Laden gerappelt voll mit Weihnachtskundschaft und ich renne von hier nach da, fülle Auslagen auf, kassiere Kunden ab und ordne Bücher zurück an den richtigen Platz im Regal, denn es wäre ein wahres Wunder, wenn die Leute es schaffen würden, ein Buch dorthin zurückzustellen, von wo sie es genommen haben, oder es zumindest auf einen der Tische zu legen, anstatt es einfach irgendwo ins Regal zu schieben. Auf dem Weg ins Lager fällt mir ein weißer Mann mittleren Alters in der Philosophie-Abteilung auf. Er trägt einen grauen Pullover und Jeans – und er ist gerade dabei, ein Buch Seite für Seite abzufotografieren.

»Entschuldigen Sie bitte …« Ich halte kurz inne. »Das geht nicht, was Sie da machen.«

Er reagieret nicht, sondern blättert einfach weiter und richtet sein Handy auf die nächste Seite.

»Entschuldigung?«, wiederhole ich, um sicherzugehen, dass er mich gehört hat.

Dieses Mal schaut er hoch, doch ihm ist anzumerken, dass er mich nicht als Gefahr sieht. Vermutlich wirken meine fehlende Körpergröße und das Kleid mit den aufgedruckten Streifenhörnchen nicht besonders bedrohlich.

»Ich bin fast fertig«, sagt er und macht noch ein Foto.

»Aber Sie dürfen das nicht abfotografieren«, sage ich und gehe einen kleinen Schritt auf ihn zu. »Dies ist eine Buchhandlung. Eine Autorin oder ein Autor hat hart für das Buch da gearbeitet. Sie können nicht einfach diese Arbeit stehlen, indem Sie nichts dafür bezahlen.«

»Doch«, sagt er und schlägt eine Seite um. »Ich kann.«

»Bitte nehmen Sie das Buch entweder mit zur Kasse oder stellen Sie es zurück ins Regal.«

»Schätzchen«, fertigt er mich in herablassendem Ton ab. »Halt einfach die Klappe.«

Das »Schätzchen« macht mich rasend. Uuah. An meinem Kleid ist ein Walkie-Talkie befestigt und ich bin kurz davor, über die Lautsprecher die Security-Leute zu rufen.

Aber ich kenne diesen Typen nicht und er ist ziemlich groß, und sein herrischer Ton lässt vermuten, dass es keine gute Idee wäre, sich mit ihm anzulegen.

Anstatt ihn öffentlich bloßzustellen, knalle ich ihm deshalb die folgenden Worte an den Kopf: »Es ist falsch, was Sie da machen, und Sie sind ein schlechter Mensch.« Dann marschiere ich in Richtung Lager, bevor er antworten kann. Arroganter Idiot und Dieb.

»Shoshanna!«, erklingt eine Stimme, als ich an der Kinderbuchabteilung vorbeirausche. Ich drehe mich um und sehe meine Chefin. Kurz geschorenes Haar umrahmt ihr dunkles Gesicht und das Türkis ihrer Bluse hebt sich schön vom Schwarz ihres Elektrorollstuhls ab.

»Hi, Myra!« Ich räuspere mich. »Was gibts?«

Sie neigt den Kopf. »Alles o. k. bei dir?«

Wahrscheinlich hat mir der kleine Zwischenfall die Röte ins Gesicht getrieben. »Ach, bloß Flugzeugessen.« Das ist unser Code für unangenehme Kunden. »Aber mir gehts gut.«

»Okay, schön.« Sie lächelt und ich entspanne mich. Ich liebe diese Frau. Sie hat ES WAR EINMAL vor fünfzehn Jahren eröffnet. Es ist die einzige inhabergeführte Buchhandlung in Wakesville, Georgia, unserer mittelgroßen Stadt neunzig Minuten südlich von Atlanta. Bücher sind so ziemlich das Beste, was einem überhaupt jemals passieren kann, also habe ich mich im Sommer, bevor ich in die Zehnte kam, hier beworben. Das einstündige Vorstellungsgespräch verbrachten Myra und ich damit, Fan-Theorien über unsere Lieblingsbuchserie *Time Stands Still* zu diskutierten, und wenig später war ich auch schon eingestellt.

»Wir haben einen neuen Kollegen«, fährt Myra fort. »Er wartet im Pausenraum, und ich möchte, dass du ihm alles zeigst, verstanden?«

»Aye, aye, Sir.« Ich salutiere.

Sie schüttelt den Kopf. »Lass das.«

»Natürlich, gnädige Frau.« Ich verbeuge mich.

»Das auch.«

»Alles klar, Eure Hoheit.« Ich mache einen Knicks.

Sie zeigt auf mich und grinst. »Also, das gefällt mir.«

Ich knickse erneute und verschwinde in Richtung Pausenraum. Als ich die Tür öffne, sage ich mit fröhlicher Stimme: »Hallo! Willkommen bei ES WAR EINMAL! Ich bin Shoshanna und heute ...«

Ich unterbreche meine Begrüßung jäh, als ich den Neuen erblicke.

Den *heißen* Neuen.

Den *Du bist doch bestimmt Hauptdarsteller in einer Teenie-Serie auf Netflix*-heißen Neuen.

Er ist weiß, hat dunkelbraune Augen und dunkelbraunes Haar, und seine Kieferpartie ist scharfkantiger als die

Ecke unseres Auslagentisches, an der ich mir jedes Mal das Bein anstoße. Er muss auf eine andere Schule gehen, denn wenn er mir in meiner begegnet wäre, hätte ich ihn auf jeden Fall bemerkt. Hitze steigt mir in die Wangen. Wie kann man es wagen, so früh am Morgen schon so unverschämt gut auszusehen? So was müsste verboten sein, ohne Witz.

Ich lächle und hoffe, dass mein Lippenstift gehalten hat. »Hi, hallo. Ich bin Shoshanna!«

»Sagtest du bereits«, gibt er zurück.

»Oh, stimmt ja.« Ich wippe auf die Fersen. »Und wie heißt du?«

»Jake.« Er hebt einen Arm hinter den Kopf, greift mit der anderen Hand danach und reckt sich. Dabei rutscht sein Flanellhemd ein Stück nach oben und legt ein klitzekleines bisschen Haut frei. Ich beiße mir auf die Lippe. Ich sollte diesen Raum verlassen. Diesen winzigen Raum, in dem nur wir beiden sind.

»Gehen wir raus in den Laden, Jake!« Ich klatsche in die Hände. »Hier im Pausenraum gibts nicht viel zu sehen. Auf dem Whiteboard stehen unsere Telefonnummern und der Wochenplan. Dort drüben ist der Kühlschrank, dein Essen musst du beschriften, aber die meisten von uns essen ohnehin draußen im Food-Court. Für den Spind musst du dir ein eigenes Schloss mitbringen. Und hier …« Ich schnappe mir eins der Ersatz-Namensschilder vom Whiteboard. »Bitte sehr.«

Für einen kurzen Augenblick berühren sich unsere Hände, ich quieke und mache einen Satz zurück. Er sieht mich seltsam an und liest dann das Namensschild. »Peeta Pettigrew?«

»Kleiner Bücher-Witz. Das kriegen bei uns die Neuen. Wenn du lange genug da bist, bekommst du eins mit deinem eigenen Namen.«

»Okay«, sagt Jake, steht auf und steckt sich das Namensschild in die Hosentasche.

»Äh, du musst es tragen!«

»Klar«, antwortet er. Aber er macht keine Anstalten, es sich anzustecken. Hm, vielleicht ist er ja Team Gale oder so.

Jetzt, wo Jake aufgestanden ist, fällt mir auf, dass er nicht gerade groß ist, vielleicht eins siebzig. Aber da ich selbst nur eins zweiundfünfzig bin, hat er vermutlich die perfekte Größe, um meinen Kopf an seine Schulter zu kuscheln – eine Beobachtung, die so was von gar nicht schräg ist, wenn man jemanden das erste Mal sieht. Er nimmt sich einen Spiralblock vom Tisch, rollt ihn wie eine Zeitung auf und steckt ihn in seine Tasche. »Schreibst du?«, frage ich. »Ich schreibe auch! Ich arbeite gerade an meinem ersten Roman. Er ist ein grauenhaft, aber nicht völlig grauenhaft, was ich ziemlich beeindruckend finde, dafür, dass es mein erster Versuch ist!«

»Nein«, antwortet Jake.

»Du bist von der einsilbigen Sorte, was?«

Er starrt mich einfach nur an.

»Jetzt sogar ganz ohne Silbe!« Ich hätte erwartet, dass er lacht, aber er starrt mich weiter wortlos an. Ich zupfe am Ärmel meiner Strickjacke und verspüre ein leicht unwohles Gefühl. Warum lacht er nicht? Das war doch witzig! »Wie auch immer.« Ich räuspere mich. Ist schon okay. Wahrscheinlich hat Jake nur Schiss, weil heute sein erster Tag ist. Ich bin mir sicher, dass wir bald miteinander warm werden. »Auf in den Laden!«

Ich gehe zur Tür und drücke. Aber sie bewegt sich keinen Millimeter, denn es handelt sich um die schwerste Tür der Welt und ich habe so viel Kraft wie ein Hamsterbaby. Es gibt auch einen automatischen Türöffner, aber jetzt bin ich schon zu weit vorgeprescht, um noch einen Rückzieher zu machen. Mit der Schulter drücke ich weiter gegen die Tür, doch sie öffnet sich nur einen Mini-Spalt. Über mir taucht ein Arm auf und stößt die Tür mit einem einzigen festen Ruck auf – und mir ist so was von bewusst, dass Jake genau hinter mir steht und ich mich nur ein winziges Stück zurücklehnen müsste, um mit meiner Schulter seine Brust zu berühren. Meine Wangen werden noch heißer, darum trete ich mit einem fiepsigen »Danke!« schnellstmöglich in den Verkaufsraum.

Jake folgt mir und ich gewinne wieder an Sicherheit. Dies ist mein Laden. Okay, es ist Myras Laden, aber immerhin arbeite ich schon seit anderthalb Jahren hier und bin ihre absolute Lieblingsangestellte, auch wenn sie das niemals zugeben würde. Ich führe Jake durch alle Abteilungen und erkläre ihm, nach welchem Prinzip die Regale eingeräumt werden und welche Aufgaben er zu erledigen hat. Jake hört aufmerksam zu, sagt aber nichts.

»Der Laden gehört Myra«, sage ich, als wir in die Kinderbuchabteilung kommen. Dies ist mein liebster Bereich. Alle Regale sind voller Bücher, die ich als Kind verschlungen habe, und dazu kommen immer neue Titel. Überall stehen kleine Tische und Stühle, an denen zwei unserer treuesten Kunden, das pensionierte Lehrerpaar Murillo, zweimal die Woche Geschichten vorlesen. Und Myras Ehemann, Architekt von Beruf und Tischler aus Leidenschaft, hat sogar ein Spielschloss aus Holz gebaut, in das die Kinder hineinkriechen können, um dort zu lesen. Manchmal, wenn ich besonders früh da bin und außer mir und Myra noch niemand hier ist, verkrieche ich mich mit einem guten Buch im Schloss und genieße die Ruhe.

Ja, ich bin so klein, dass ich in ein Kinder-Holzschloss hineinpasse.

»Du hast sie beim Einstellungsgespräch kennengelernt«, plappere ich weiter. »Sie ist ziemlich super, solange man sich nicht über ihre Vorgaben zum Regale-Sortieren hinwegsetzt. Stelle beispielsweise niemals alle lilafarbenen Bücher in ein Fach, nur weil der Gedenktag von Prince ist und du glaubst, es könnte ihr gefallen, weil sie ein riesiger Prince-Fan ist.«

Jake hebt eine Augenbraue. »Das ist ja ein sehr konkretes Beispiel.«

»Könnte durchaus sein, dass ich so etwas schon mal gemacht habe.« Ich fange seinen Blick auf und versuche es mit einem Grinsen. Er grinst nicht zurück. Mein Anflug von Unbehagen wächst. »Alles klar.« Ich reiße mich zusammen. »Also, jeder hat eine Sechs-Stunden-Schicht und wir dürfen eine halbe Stunde Mittagspause machen. Wie schon gesagt, ich treffe mich normalerweise mit ein paar Freuden im Food-Court. Wenn du willst, kannst du nachher mitkommen ...«

»Ich habe mir etwas zu essen mitgebracht.«

»Na ja, du kannst ja ...«

Er schneidet mir wieder das Wort ab: »Nein danke.«

Ich straffe die Schultern. Langsam bekomme ich dasselbe unangenehme Gefühl wie bei dem klauenden Idioten in der Philosophieabteilung, nur ohne das Klauen. Ich verstehe nicht ganz, was hier abgeht, aber es gibt überhaupt keinen Grund dafür, dass dieser Jake so unhöflich zu mir ist. »Ich versuche nur, nett zu sein«, sage ich.

»Und ich versuche nur, etwas über meinen Job zu erfahren.«

»Nun, ein Teil deines Jobs ist nett sein. So wie ich.«

Jakes Antwort: Er zieht die Augenbrauen hoch.

Ich will gerade kontern, als eine helle Stimme uns unterbricht: »Entschuldigung.«

Ich schaue zur Seite und sehe ein kleines Mädchen, ungefähr acht, in einem limettengrünen Overall. Ich ignoriere Jack und sein Verhalten und seine Kieferpartie und knie mich hin, sodass ich auf gleicher Höhe mit dem Mädchen bin. »Hallo!« Ich strecke ihr die Hand hin. »Ich bin Shoshanna. Und wer bist du?«

Sie gibt mir mit einem schiefen Grinsen die Hand und sagt dann schüchtern: »Marissa.«

»Marissa! Das ist aber ein toller Name!« Ich schaue zu Jake. »Ist Marissa nicht ein toller Name?«

Ich blicke ihm geradewegs in die blöden schönen braunen Augen. Eine Herausforderung. Ich wette, er ist total überfordert mit so einem Verkaufsgespräch, vor allem bei einem Kind. Doch überraschenderweise lächelt er, und es ist ein verdammt gutes Lächeln, sodass ich ganz rot werde. Aber HaSchem sei Dank sieht er Marissa an und nicht mich, darum bemerkt er es nicht mit.

»Definitiv ein toller Name«, stimmt Jake mir zu. Er gibt ihr ein »Daumen hoch« und sie kichert und erwidert die Geste. Ja schön. Mir doch egal.

»Wie können wir dir heute helfen?«, frage ich.

»Ich möchte ein Buch«, sagte Marissa. »Aber ich habe schon alle *Doktor Prinzessin*-Bücher gelesen.«

Ich lächle anerkennend. *Doktor Prinzessin* ist eine Serie für Leseanfänger, in der die Prinzessin von Wynthrop Medizin studiert und dann durch die Welt reist, um Menschen zu retten. Sie ist einfach megacool. »Die sind super! Sie gehören zu meinen Lieblingsbüchern! Und mir fallen auch gleich noch ein paar andere ein, die du bestimmt mögen wirst ...«

Marissa folgt mir durch die Abteilung, während ich ein halbes Dutzend Bücher für sie aus den Regalen ziehe. Der Stapel in ihren kleinen Armen hat schon bedenkliche Ausmaße angenommen, als ihr Vater um die Ecke biegt und ihren Namen ruft. Sie eilt zu ihm und er blickt entsetzt auf den Bücherturm, aber dann nickt er und nimmt alle mit zur Kasse. Ich seufze zufrieden, während ich ihnen nachschaue. Ich habe wirklich den besten Job der Welt.

Da fragt Jake: »*Doktor Prinzessin* ist also eins deiner Lieblingsbücher, hm?«

Ich blicke ihn finster an. »Du klingst ziemlich abwertend. Du guckst auch ziemlich abwertend.« Und jetzt *grinst* er, als würde er am liebsten gleich loslachen. Idiot. »*Doktor Prinzessin* ist eine tolle Serie, feministischer geht es kaum. Du verpasst was.« Ich verschränke die Arme. »Was liest du denn so? Nur *anspruchsvolle* Literatur?«

»Ich lese gar nicht, nur für die Schule.«

Mir fällt die Kinnlade runter. »Entschuldigung, bitte was? Du liest nicht?«

»Nö.«

Ich höre, wie meine Stimme lauter wird. »Warum arbeitest du dann in einer Buchhandlung?«

Die nächsten Worte spricht er betont langsam und voller Herablassung aus, noch schlimmer als der Dieb aus der Philosophieabteilung. »Weil ich einen Job brauche, *Shoshanna.*«

»Sprich nicht so mit mir. Sprich meinen Namen nicht so aus.«

Langsam ergibt das Ganze einen Sinn. Kein Wunder, dass dieser Typ so abweisend ist. Er liest nicht. Er ist keiner von uns. Und dann redet er so von oben herab mit mir, behandelt mich, als wäre ich total dumm und naiv, wahrscheinlich weil ich Kinderbücher mag und ein Streifenhörnchen-Kleid trage. Und das Ganze ist noch viel schlimmer als bei dem Kerl aus der Philosophieabteilung, weil Jake hier arbeitet. Und ES WAR EINMAL ist doch mein zweites Zuhause, mein Rückzugsort vom Rest der Welt, ein

Hort der Sicherheit und Geborgenheit – ein stiller Hafen ohne geschlossene Türen und streitende Eltern.

Aber jetzt droht Jake es zu zerstören.

Mir zuckt es in den Fingern und ich greife instinktiv nach dem Funkgerät, das an meinem Kleid hängt.

»Was machst du da?«, fragt Jake.

Ich drücke den Alarmknopf. Die Lautsprecher knistern.

Er geht einen Schritt auf mich zu. »Ernsthaft, was hast du für ein Problem?«

»Ich bitte um Ihre Aufmerksamkeit«, verkünde ich durch den Lautsprecher. »Wir haben einen Code Lila.« Jake durchbohrt mich mit einem mörderischen Blick, als meine Stimme durch den Laden dröhnt. »Der neue Kollege liest keine Bücher!«

KAPITEL 2

»Hast du das gerade wirklich über den Lautsprecher verkündet?«, fragt Jake.

»Liest du wirklich keine Bücher?«

»Doch. Für die Schule.«

»Ja, aber du liest nicht zum Spaß, was willst du dann in einer Buchhandlung?«

»Arbeiten«, gibt Jake zurück.

»Hey, Shosh! Das war eine ... interessante Durchsage.« Als ich mich umdrehe, steht Daniel hinter mir, mein Arbeitsehemann. Daniel ist schwarz und ziemlich groß. Er hat mich an meinem ersten Tag eingearbeitet und wir haben uns auf Anhieb verstanden, weil wir beide totale Bücherfreaks sind und finden, dass man Leute nicht für ihren Buchgeschmack verurteilen sollte. Selbst dann nicht, wenn sie auf Loch-Ness-Monster-Liebesromane stehen. Ja, so was gibt es wirklich. Und nein, googelt es nicht.

Ich war schon immer ein bisschen verliebt in Daniel, weil er nicht nur ein Bücher-Nerd ist, sondern auch noch Muckis hat, und ich bin schließlich ein ganz normales heterosexuelles Mädchen. Aber er ist vergeben, seit ich ihn kenne, und ich kann nicht mal wütend auf ihn sein deswegen, denn seine Freundin Lola ist die coolste und liebste Person der Welt.

»Neuzugang?«, fragt Daniel.

»Jep«, sage ich. »Daniel, Jake. Jake, Daniel.«

»Was geht, Mann?«, sagt Daniel. Er lehnt sich zu Jake rüber und sie begrüßen sich per Handschlag.

»Nicht viel,«, antwortet Jake.

»Wo ist dein Namensschild?«

Ich unterdrücke ein Kichern. Na gut, ich versuche, es zu unterdrücken, und scheitere. Jake findet das anscheinend nicht witzig.

»Schön«, brummt er, zieht das Namensschild aus der Hosentasche und heftet es sich an.

»Ich liebe das Teil«, sagt Daniel grinsend. »Peeta Pettigrew. Das perfekte *Harry Potter/Tribute von Panem*-Crossover.«

»Nie gelesen«, erwidert Jake.

»Ah«, sagt Daniel. »Dann stimmte die Durchsage also. Macht ja nichts. Bis zur neunten Klasse oder so war ich auch kein großer Leser und jetzt studiere ich Englische Literatur und Drehbuchschreiben.« Er macht eine Pause. »Mit Lyrik im Nebenfach.«

»Wirklich?« Jake lacht.

Daniel nickt. »Echt wahr.«

Mein schlechtes Gewissen macht sich bemerkbar. Natürlich ist es okay, wenn Jake keine Bücher liest. Ich wollte mit meinem Kommentar nicht sagen, dass das nicht okay ist. Nicht jeder liest gerne. Ich finde es nur komisch, dass er dann ausgerechnet hier arbeitet, wo es doch allein in diesem Einkaufszentrum tausend andere Läden gibt.

Plötzlich taucht Myra auf. Sie rollt mit irrsinniger Geschwindigkeit durch den Laden zu uns herüber und stoppt dann direkt vor meiner Nase. »Shoshanna«, sagt sie mit Bestimmtheit. »Das Funkgerät. Sofort.«

»Okay, aber ...«

»*Jetzt.*«

Ich schlucke und überreiche ihr das Walkie-Talkie. Myra betätigt die Lautsprechertaste: »Liebes ES WAR EINMAL-Team, liebe Kundinnen und Kunden, ich bitte um Ihre Aufmerksamkeit: Unsere Kollegin Shoshanna Greenberg hat ab sofort keine Berechtigung mehr, das Funkgerät zu benutzen. Danke!«

»Und was soll daran jetzt fair sein?«, frage ich.

»Mir gehört dieser Laden, also entscheide ich«, antwortet sie. Dann wendet sie sich an Jake, der ziemlich selbstgefällig aus der Wäsche guckt. »Bitte entschuldige, Jake. Daniel übernimmt ab jetzt deine Einarbeitung.«

»Danke«, sagt Jake.

Daniel klopft ihm auf die Schulter. »Los, fangen wir mit der Kasse an.«

Bevor er mit Jake verschwunden ist, rufe ich noch: »*Et tu*, Daniel?«

Er muss lachen. »Entspann dich, Shosh. Bis nachher.«

Als sie weg sind, drehe ich mich wieder zu Myra. »Es tut mir leid«, sage ich. »Das war wohl nicht die professionellste Durchsage der Welt.«

»Eher nicht.« Sie sieht mich an. »Wenn du die Sonderrechte fürs Funkgerät willst, musst du mir beweisen, dass du verantwortungsvoll genug dafür bist.«

»Ich weiß.« Die meisten neuen Angestellten bekommen nach drei Monaten ein Funkgerät. Bei mir waren es sechs. Aus irgendeinem unerklärlichen Grund hatte Myra wohl das Gefühl, dass ich nicht dafür bereit war.

»Und um eins klarzustellen«, sagt sie und lehnt sich dabei in ihrem Rollstuhl zurück. »Auch wenn ich einen belesenen Mitarbeiter natürlich zu schätzen weiß, muss man kein Büchernarr sein, um Regale einzuräumen und Kunden zu bedienen. Wir stecken mitten im Feiertagsgeschäft und Jake hatte gute Referenzen.«

»Aber was ist, wenn ihn jemand nach einer Buchempfehlung fragt?«

»Na, dann kannst *du* ja einspringen. Farshteyt?«

»Benutzt du gerade Jiddisch, um mich einzuwickeln?«

»Du hast es mir doch selbst beigebracht, Mamaleh.« Myras Augenzwinkern löst die Anspannung in meinen Schultern. *Sie mag mich noch immer.* »Mach Mittagspause und dann kommst du zurück und tust das, was du am besten kannst.«

»Du meinst, die Leute mit meiner umwerfenden Art verzaubern?«

Myra rollt die Augen. »Bücher verkaufen.«

»Da drüben!«, rufe ich und zeige auf einen Tisch in der hintersten Ecke des Food-Courts. »Schnell!«

»Nimm das.« Cheyenne drückt mir ihr Tablett in die freie Hand, und während ich versuche, unsere zwei Mittagessen zu balancieren, sprintet sie los und bahnt sich einen Weg durch die mit tausend Tüten beladenen Feiertagshorden und Rudel von vorpubertären Kids. Sie hat ihr Ziel fast erreicht, als ihr plötzlich ein Mann mit einem Zwillingskinderwagen den Weg versperrt. Aber Cheyenne weicht aus, springt nach vorn und wirft sich auf den Stuhl. Dann breitet sie ihre Arme über dem Tisch aus. »Gewonnen!«, ruft sie.

»Sieg!«, jubele ich. Mit den beiden Tabletts dauert der Weg durch die Menge wesentlich länger, aber schließlich habe ich es durch das Labyrinth aus Menschen und Tischen geschafft und setze mich zu ihr.

»Hab ich's doch gewusst, dass die rhythmische Gymnastik sich eines Tages noch auszahlen würde«, triumphiert Cheyenne und greift nach ihrem Essen.

Cheyenne hat sehr viele Interessen, denen sie begeistert nachgeht, die aber nur von kurzer Dauer sind. Dazu gehören unter anderem: Rhythmische Sportgymnastik, Horn spielen, Kickboxen, Kalligrafie und Karaoke-Wettkämpfe. *Ich folge eben dem Ruf meiner Muse,* sagt sie immer. Ich hoffe nur, dass ihre Muse sie nie wieder zum Fliegenfischen ruft, denn sie hat mich einmal mitgeschleppt und es war eklig, verdammt eklig.

Cheyenne nimmt einen großen Schluck von ihrem Milchshake und seufzt zufrieden. »Mmh, süße Nahrung – das habe ich gebraucht. Ich bin so kaputt, Shosh. Ich hätte vor den Feiertagen kündigen sollen.«

»Hätte dein Vater das erlaubt?«

Sie überlegte kurz. »Wahrscheinlich nicht.«

Ich liebe es, bei ES WAR EINMAL zu arbeiten, aber ich brauche den Job auch, weil ich sonst nicht genug Geld zum Tanken und für die Autoversicherung hätte – na gut, auch nicht für diese total niedlichen *Harry Potter*-Haarklammern, die wie Federn aussehen. Mama ist Kunstlehrerin und Mom ist Buchhalterin in einer Marketing-Agentur. Wir haben genug für alles, was wir brauchen, aber viel mehr auch nicht. Cheyennes Eltern sind ziemlich gut betucht für unsere Gegend. Sie bräuchte den Job eigentlich nicht, aber ihr Vater wollte, dass sie den Wert des Geldes verstehen lernt, und hat darauf bestanden, dass sie sich einen Nebenjob zulegt.

»Wenigstens arbeitest du nicht mehr mit deiner Ex zusammen.« Ich zucke mit den Schultern. »Das war doch echt nicht leicht.«

»Jaaa«, sagt Cheyenne und spielt dabei mit ihrem Strohhalm. »Das Ding ist, irgendwie vermisse ich Anna.«

»Was?« Ich lehne mich vor. »Das ist mir neu. Seit wann denn das?«

»Seit Kurzem. Ach, ich weiß auch nicht. Wahrscheinlich liegt es an den Feiertagen.« Cheyenne seufzt. »Und außerdem war sie echt gut im Küssen. Klamotten falten ist noch viel langweiliger, wenn du niemand hast, den du küssen kannst. Kaum zu glauben, was?«

Ich lache und klaue ihr eine Fritte. Cheyenne hat vor zwei Monaten mit ihrer Freundin Anna Schluss gemacht. Keine Ahnung, warum. Ich bin keine ausgemachte Dating-Expertin. Eigentlich hatte ich noch nie ein Date. Und mit »eigentlich« meine ich, dass ich tatsächlich noch nie eins hatte. Wie auch immer, ein paar Wochen nachdem sie Schluss gemacht hatten, waren die beiden es leid, sich über die Pullover hinweg böse Blicke zuzuwerfen, und so kündigte Anna bei GAP und fing bei NORDSTROM an, was ziemlich cool ist, weil sie dort normalerweise keine Highschool-Schüler einstellen.

»Hi, Leute. Was geht?«

Als ich hochschaue, steht Geraldine an unserem Tisch, in der Hand eine Schale Nachos und Guacamole. Ihr Eyeliner sitzt perfekt und dazu trägt sie knallroten Lippenstift. Geraldine und ich sind schon seit der Grundschule beste Freundinnen. Wir waren die beiden Streberinnen in unserer Klasse, die die Lehrer immer nach Extra-Leseaufgaben gefragt haben.

»Cheyenne trauert ihrer Ex nach«, kläre ich sie auf. »Wie läuft die Arbeit?«

»Oh, interessant! Rutsch rüber«, befiehlt mir Geraldine. Ich rücke ein Stück zur Seite, sodass wir beide auf dem Stuhl Platz haben, jede mit einer Pobacke. »Es ist total heiß bei uns auf der Arbeit. Ein echter Härtetest für meine wasserfeste Wimperntusche. Ich habe das Gefühl, ich bekomme das Geld für die Kamera niemals zusammen.« Sie seufzt und fächert sich mit der Hand Luft ins Gesicht. »Hat jemand Lust auf Guacamole?«

»Ja, ich!« Ich schnappe mir einen Nacho. Geraldine arbeitet bei BO'S BURRITOS. Mit dem Geld will sie sich ihren Traum erfüllen und Beauty-Star auf YouTube werden. Ich finde, sie ist wirklich der geborene Star. Schon in der Grundschule hatte sie Stil und steckte sich ihre Löckchen jeden Tag auf eine andere Art zusammen. Außerdem überredete sie ihre Eltern, ihr farbigen Lipgloss zu kaufen. Sie ist ein totaler van Gogh mit Schminkpinsel und Lidschattenpalette.

»Klar bekommst du das Geld zusammen«, sage ich. »Und in der Zwischenzeit kannst du deine Kunst an mir üben, einverstanden?«

»Danke, Shosh.« Geraldine grinst. »Ich werde darauf zurückkommen. Wie läufts bei ES WAR EINMAL?«

Mein Gesichtsausdruck muss sich in Sekundenschnelle verfinstert haben.

»Die Feiertagshorden?«, fragt Geraldine.

»Hat wieder jemand in dein Lieblingsbuch gekrakelt?«, fragt Cheyenne.

»Nope«, antworte ich.

»Was dann?«, Geraldine beugt sich zu mir.

Ich stecke mir einen von den Nachos in den Mund und lasse ein lautes Krachen ertönen. »Jake.«

Cheyennes Augen verengen sich. »Wer ist das?«

»Ein neuer Kollege. Ich musste ihn heute Morgen einarbeiten und ich habe noch nie so einen unfreundlichen Typen erlebt.«

Geraldine und Cheyenne grinsen sich an.

»Was ist?«, frage ich.

»Mit unfreundlich meinst du, dass er nicht auf Anhieb

deinem natürlichen Charme erlegen ist?«, hakt Geraldine nach.

»Nein!«, rufe ich empört. »Also … na ja …« Ich denke an unser Gespräch zurück. War Jake einfach ein Idiot oder habe ich es ein bisschen übertrieben? Vermutlich beides. Auf jeden Fall bin ich zu weit gegangen, als ich ihn über den Lautsprecher bloßgestellt habe. Ich sollte mich nachher entschuldigen.

»Ist er süß?«, fragt Cheyenne und reißt mich aus meinen Gedanken.

»Ist er oder ist er nicht?«, springt Geraldine ihr zur Seite.

Ich verdrehe die Augen. »Ernsthaft, Leute? Sind wir nicht Feministinnen?«

»Komm schon«, sagt Cheyenne. »Mit Feminismus hat das rein gar nichts zu tun. Los jetzt, auf einer Skala von eins bis zehn.«

»Na gut.« Ich schaue nach oben, als würde die Antwort an der Decke stehen, die seit der Eröffnung des Einkaufszentrums in den 1980er-Jahren nicht mehr gereinigt worden ist. »Er ist eine Acht.« Noch während ich das ausspreche, sehe ich sein Lächeln vor mir und bekomme ein Kribbeln im Bauch. *Verdammt.* »Vielleicht sogar eine Neun.«

Cheyenne stößt einen Pfiff aus.

Geraldine beißt auf einen Nacho. »Nicht schlecht.«

»TIMOTHY, KOMM DA RUNTER!« Das Geschrei eines

Vaters lenkt unsere Aufmerksamkeit in die Mitte des Food-Courts, wo ein kleiner Junge auf eine hohe Theke geklettert ist und die Passanten mit Legosteinen bewirft.

Geraldine stöhnt: »Wie viele Tage noch bis Weihnachten?«

»Sechs«, antworte ich.

Ich liebe die Adventszeit mit ihren funkelnden Lichtern und all den köstlichen Leckereien. Und ich mag es total, Leuten dabei zu helfen, das perfekte Geschenk auszusuchen, weil es ein echt schönes Gefühl ist, so ein perfektes Geschenk zu öffnen und zu merken, dass jemand dich ganz genau kennt. Ich kann es kaum erwarten, heute Abend die Latke-Party zu feiern und meinen Müttern ihre Geschenke (natürlich sorgfältig ausgewählte Bücher) zu übergeben. Ich bin mir sicher, dass unsere fröhliche Chanukka-Feier alle kleinlichen Streitigkeiten beilegen wird.

»Es wird eine lange Woche«, sagt Cheyenne.

»Aber wenigstens haben wir einander«, fügt Geraldine hinzu.

Wir blicken uns im chaotischen Einkaufszentrum um, wo der Rentier-Song nun schon zum fünften Mal gespielt wird, und dann nicken wir uns in gegenseitiger Anteilnahme zu. Wir sind Feiertagssoldatinnen, bereit, dem Sturm auf den Einzelhandel entgegenzutreten. Ich hebe meinen Becher. »L'chaim, Leute!«

Die beiden stoßen mit mir an und rufen im Chor: »L'chaim.«

»Das macht achtunddreißig Dollar zweiundzwanzig«, sage ich. »Möchten Sie eine Tüte?«

»Ja bitte«, antwortet die Frau. Ich stecke die drei Taschenbücher in eine Tüte und sie zieht ihre Kreditkarte hervor, doch dann ruft sie plötzlich: »Amy! Oh mein Gott! Hi!«

Eine andere Frau schnappt nach Luft und quetscht sich an der Warteschlange vorbei nach vorne. »Monica! Wie geht es dir? Wie geht es Rufus?«

Monica schnalzt mit der Zunge. »Nicht besonders. Er hat seit Wochen keinen normalen Stuhlgang mehr. Der Tierarzt meint, wir sollen noch mal das Futter wechseln. Übrigens, schönes Top.«

»T.J.MAXX«, sagt Amy.

»Na klar!«

»Ähm, entschuldigen Sie«, sage ich und versuche, ihre Aufmerksamkeit zu gewinnen. In der Schlange warten zig Leute und starren uns an, als würden sie uns am liebsten erwürgen. »Ihre Karte bitte ...«

Entweder hört sie mich nicht oder sie ignoriert mich einfach. Ich blicke auf die Kreditkarte, mit der sie in der Luft herumfuchtelt. »Ich liebe den Laden«, teilt sie ihrer Freundin mit. »Letztens habe ich dort eine Handtasche zum Super-Schnäppchenpreis ergattert. 70 Prozent Rabatt! Im Ausverkauf! Ein unglaubliches Glück.«

»Wow, und welcher Designer?«

»Entschuldigen Sie bitte«, sage ich ein bisschen lauter. »Wenn ich nur kurz Ihre Karte haben könnte …«

»Das mit deinem Hund tut mir so leid, Monica«, schnattert Amy weiter.

Oy vey. Die Leute in der Schlange schieben sich ungeduldig nach vorne. Wenn ich nicht gleich was unternehme, droht ein Aufstand. Dieses Mal sage ich – okay, vielleicht schreie ich auch: »Monica!«

Sie zuckt zusammen und sieht mich verblüfft an.

Ich räuspere mich, lächle sie an und sage in normaler Lautstärke: »Hi. Ich bin auch Fan von T.J.MAXX! Und wir alle lieben Mode-Schnäppchen! Aber würde es Ihnen etwas ausmachen, mir Ihre Kreditkarte zu geben? Dann könnte ich Ihren Einkauf abschließen, und Sie und Ihre Freundin könnten sich woanders weiterunterhalten …« Überall, nur nicht hier. »Vielleicht gleich da vorne? An dem gemütlichen Kaffeestand?«

Monica guckt verdattert, reicht mir aber ihre Karte.

Ich ziehe sie durchs Lesegerät und gebe sie ihr mit einem extrabreiten Lächeln zurück. »Frohe Feiertage, Monica!«

»Sie meinen wohl ›Frohe Weihnachten‹«, korrigiert sie mich.

Mein Lächeln wird noch breiter. »Klar.«

Nach einer weiteren Stunde an der Kasse werde ich abgelöst und atme erleichtert auf. Die Beratung von Kunden ist mir hundertmal lieber. Denn das ist es, was ich an diesem Job so liebe. Es ist jedes Mal wie ein Glücksrausch, wenn ich es schaffe, einen Bücher-Nerv zu treffen.

»Hi, Ms Serrano«, sage ich, als ich die Ecke mit den historischen Romanen erreiche. Ms Serrano ist eine unserer besten Kundinnen. Sie war Anwältin, ist vor sechs Jahren in den Ruhestand gegangen und kommt seitdem mindestens zweimal die Woche vorbei, um sich neue Bücher zu besorgen. »Kann ich behilflich sein?«

»Shoshanna!« Sie lächelt und um ihre Augen bilden sich kleine Lachfältchen. »Ich könnte einen Kaffee vertragen. Weißt du, wo meine Tasse steht?«

»Klar. Bin sofort wieder da.« Ms Serrano ist so oft im Laden, dass sie eine eigene Tasse im Pausenraum hat. So ein schönes, leicht angestoßenes altes Ding – weiß mit blauem Rand –, das ihr Vater aus seiner italienischen Heimat mitgebracht hat. In meiner ersten Woche in der Buchhandlung hatte ich Ms Serrano an der Kasse bedient und ihr dabei aus Versehen ein Buch zu viel berechnet. Ich bemerkte den Fehler, als sie schon fast aus dem Laden war, und rannte ihr nach, rot vor Verlegenheit und verzweifelt bemüht, ihr das Ganze zu erklären und mich zu entschuldigen. Ich hatte solche Angst, ich würde Schwierigkeiten bekommen und meinen Job verlieren.

Aber Ms Serrano tätschelte mir nur die Schulter und sagte: »Nimm dir ein anderes Buch, eins, das du besonders gerne magst, und spende es der Bücherei von mir. Einverstanden, Liebes? Ich wünsche dir noch einen schönen Tag. Bis nächste Woche.«

Schlicht gesagt, sie ist meine Lieblingskundin.

Ich gehe in den Pausenraum und fülle ihre Tasse mit Kaffee, schwarz mit einem Stückchen Zucker, und hole ihr auch noch einen Biscotti.

Zurück im Laden, sage ich: »Ich bin in der Nähe. Sollten Sie noch etwas brauchen, lassen Sie es mich wissen!«

»Danke, Shoshanna«, antwortet sie und trinkt einen Schluck, während ihr Blick schon wieder über die Bücherregale wandert. Hach, eine Frau ganz nach meinem Geschmack.

Im Laden herrscht das totale Chaos. Aber in zwei Stunden habe ich Feierabend, dann bringt Cheyenne mich nach Hause und dann ist Latke-Party-Zeit! Ich räume den Müll weg, der auf den Auslagetischen liegen geblieben ist, und kratze Kaugummi vom Boden ab. Menschen sind einfach ekelhaft. Als Nächstes versuche ich mit einem magischen Schmutzradierer einen Kratzer von der Wand in der Kinderbuchabteilung zu entfernen. Myra navigiert ihren Rollstuhl immer schnell und gekonnt durch den Laden und hat schon mehr als einmal angemerkt, dass unser Team sich ruhig ein bisschen was von ihrer Koordination abgucken könnte, um nicht ständig mit den Bücherwagen gegen die Wände zu stoßen. Dann gehe ich von Regal zu Regal, rücke Bücher zurecht und fange Ausreißer wieder ein. Dort hat sich zum Beispiel ein Rom-Reiseführer ins Science-Fiction-Regal verirrt, war ja wieder klar. Ich schnappe ihn mir und mache mich auf den Weg zu den Reisebüchern, wo ich auf Jake treffe, der gewissenhaft die Regale bestückt.

Ich umklammere den Rom-Führer und sehe Jake einen kurzen Moment lang zu. Seine Hände arbeiten ruhig und entschlossen. Seine braunen Locken sehen weich aus und mich überkommt der verstörende Drang, meine Finger hindurchgleiten zu lassen. Der Spiralblock steckt immer noch zusammengerollt in seiner Jeans. Einer Jeans, die übrigens *ziemlich* gut sitzt.

Ich trete zu ihm. Sicher ist er eigentlich ein ganz netter Typ. Bestimmt war er einfach überfordert, weil heute sein erster Tag war und meine Einarbeitung mit hundert Prozent Enthusiasmus und null Prozent Impulskontrolle ablief. Wir haben uns auf dem falschen Fuß erwischt. Ich werde mich einfach bei ihm entschuldigen und er wird mir dafür dankbar sein, und alles ist gut. Ich rücke meine Locken zurecht, bevor ich flöte: »Hi, Jake!«

Keine Antwort. Vielleicht hat er mich ja nicht gehört.

»Wie läuft dein erster Tag?«, frage ich.

Er dreht sich zu mir um, unsere Blicke treffen sich. »Meinst du, bevor oder nachdem du über den Lautsprecher verkündet hast, dass ich nicht lese?«

»Ähm, ja, das tut mir echt leid. Sorry«, sage ich. »Echt.«

Er schüttelt den Kopf, als er ein neues Buch vom Wagen nimmt. »Mich wundert, dass Myra dich nicht gefeuert hat. Mein anderer Boss hätte so ein kindisches Verhalten nicht durchgehen lassen.«

»Kindisch.« Ich zucke zusammen. Er hat meinen wunden Punkt getroffen. Entschlossen hebe ich das Kinn. »Ich bin nicht kindisch.«

»Und ob du das bist«, antwortet er.

»Bin ich nicht!«, schreie ich.

Jake zieht eine Augenbraue hoch.

Meine Wangen werden feuerrot. »Hör mal, bloß weil du –«

»Shoshanna«, sagt Jake und mein Herz beginnt zu klopfen, weil er meinen Namen so sanft und langsam ausspricht, wie jemand in einem Film, bevor es zum ersten, perfekten, spektakulären Kuss kommt.

Ich klimpere mit den Wimpern. »Ja?«

»Es ist mir völlig egal, was du zu sagen hast. Es interessiert mich nicht. Und jetzt lass mich in Ruhe arbeiten.«

Ich schnappe nach Luft. »Das ist doch … du bist doch ein …« Meine Augen verengen sich zu Schlitzen und ich mache einen Schritt auf ihn zu. Verdammt, er riecht unglaublich gut. Irgendwie nach frisch gebackenem Brot. Aber wie kann das sein? Hat er etwa ein Croissant in der Tasche, oder was? Sag mal, hast du ein Croissant in deiner Tasche oder bist du einfach nur so …?

Okay, konzentrier dich, Shoshanna. »Jake«, sage ich und gehe noch ein Stückchen näher. »Du bist kein netter Mensch.«

Seine Augen blitzen zornig, und ich schnappe nach Luft.

Aber dann zuckt er nur mit den Schultern und beginnt wieder Bücher einzuräumen, die er nicht liest. Das Adrenalin ist rasch verflogen und ich bin eher verwirrt als wütend, aber dann macht mich das Gefühl von Verwirrtheit wütend, denn ES WAR EINMAL ist mein Laden, mein Wohlfühlort.

Und Jake ist dabei, ihn zu zerstören.

Als Cheyenne mich um halb fünf bei mir zu Hause absetzt, ist es schon fast dunkel. Winter ist einfach das Schlimmste. Ich lade sie zu unserer Latke-Party ein, aber sie hat noch Cellounterricht, also verabschiedet sie sich und fährt davon. Der kalte Wind bläst die Blätter die Auffahrt entlang und peitscht mir ins Gesicht. Mit kalten Händen tätschele ich Barbra Streisand liebevoll und überlege, ob Eve wohl schon da war, um sie durchzuchecken.

Ich gehe rein und stelle überrascht fest, dass niemand zu Hause ist. Mom arbeitet immer mindestens bis sechs, aber Mama müsste jetzt eigentlich schon da sein und entweder im Wintergarten sitzen und malen oder es sich mit einem Buch oder ihrem Tablet auf dem Sofa gemütlich gemacht haben. Ich schaue auf mein Handy, ob mir jemand geschrieben hat, und schreibe ihnen dann selbst, um zu fragen, wann sie nach Hause kommen.

Trotz des langen Arbeitstages bin ich ganz kribbelig von der letzten Begegnung mit Jake. Ich habe Shpilkes, wie meine Bubbie es nennt – Hummeln im Hintern. Also verwende ich meine ganze Energie darauf, das Haus für die Latke-Party zu schmücken. Dekorieren ist total mein Ding. Myras Schaufenster haben eine ernsthafte Verbesserung erfahren, seit ich dort arbeite.

Ich sammle den Chanukka-Krimskrams zusammen, der im ganzen Haus verteilt ist. Gibt es jüdische Familien, die ihre jüdischen Sachen an einer Stelle aufbewahren? Ich bezweifle es. Es ist fast, als wäre es ein eigenes Gebot: Du sollst die Menoras und die Dreidels nicht im selben Schrank aufbewahren, und du sollst nicht alle Chanukka-Kerzen in eine Schachtel legen, wenn du genauso gut vier halb gefüllte Schachteln haben kannst.

Es vergeht mehr als eine Stunde, bis ich alle Sachen beisammenhabe, alles geschmückt ist und ich die Wachsreste aus der Menora herausgepult habe, doch am Ende liegt das blau-weiße Tischtuch auf dem Tisch, an der Wand hängt die HAPPY-CHANUKKA-Girlande und die Geschenke für meine Mütter sind sorgfältig verpackt. Für einen guten lesbischen Liebesroman ist Mama immer zu haben, also habe ich ihr ein paar Neuerscheinungen gekauft. Und ich bin mir ganz sicher, dass Mom sich über den Schuber mit Krimis ihres Lieblingsautors freuen wird. Sie liebt Taschenbücher, und ich kann bestätigen, dass das Knacken, das entsteht, wenn der Rücken eines Taschenbuchs bricht, eins der schönsten Geräusche der Welt ist.

Als Nächstes ist der Sack mit den Kartoffeln dran, der auf der Arbeitsplatte liegt. Hm. Normalerweise raspelt Mama immer die Kartoffeln und Mom kümmert sich ums Braten, aber ich bin immer noch allein. Ich wippe auf die Fersen, während ich mein Handy raushole. Keine neuen Nachrichten, und dabei ist es schon sechs. Mama müsste auf jeden Fall schon zu Hause sein und Mom sollte eigentlich auch jeden Moment auftauchen. Ich schreibe ihnen noch eine Nachricht und rufe dann mit einem Anflug von Sorge bei Mama an. Es klingelt und klingelt, und als ich schon befürchte, dass jeden Moment die Voicemail anspringt, nimmt sie plötzlich doch ab. »Hallo, mein Schatz!«

»Hi!«, sage ich fröhlich. »Wo bist du?«

»Tut mir leid, Schatz. Ein Lehrer ist krank und ich musste einspringen. Ich bin in ein paar Stunden zu Hause. Fangt schon mal ohne mich an, okay?«

»Oh.« Meine Kehle fühlt sich irgendwie eng an. »Äh, Mom ist auch nicht hier.«

Für einen Moment herrscht angespannte Stille. Als Mama schließlich antwortet, klingt ihre Stimme komisch – gezwungen fröhlich, so wie damals bei meiner Musiklehrerin in der Grundschule, als sie mir sagte, ich hätte eine schöne Stimme, obwohl wir beide wussten, dass das gelogen war. »Sie wurde bestimmt auch bei der Arbeit aufgehalten.« Erneutes Schweigen. »Wir sehen uns nachher. Hab dich lieb!«

»Hab dich lieb«, sage ich, bevor ich auflege.

Ich lege mein Handy auf den Tisch, verschränke die Hände ineinander und schaue mich in der leeren Küche um. Es ist still. Richtig still. Bei uns geht es eigentlich immer laut zu – jeden Abend essen wir zusammen, es gibt ausgelassenes Geplauder und Gelächter, und alle sprechen gleichzeitig, weil jede ihre Geschichte oder ihren lustigen Kommentar zuerst loswerden will. Laut und gemütlich, genau wie ich es liebe. Aber gerade weiß ich gar nicht mehr, wann wir zuletzt zusammen gegessen haben, und muss wieder an die gedämpften Streitereien denken.

Wir lieben unsere Latke-Party. Wir zelebrieren sie. Wir haben sie zusammen gefeiert, seit ich denken kann. Aber jetzt bin ich ganz allein. Und komischerweise ist mir nach Heulen zumute. Was einfach lächerlich ist. Wegen Kartoffelpfannkuchen weint doch niemand. Meine Mütter werden jeden Augenblick auftauchen und alles ist wieder gut. Sie haben viel zu tun. Und sie machen gerade eine schwere Zeit durch oder so was. Das geht jedem mal so.

Zitternd hole ich Luft, dann gehe ich hoch in mein Zimmer und setze mich an den Schreibtisch. Ich werde an meinem Roman arbeiten, bis sie nach Hause kommen. Kreativ zu sein hat unbestreitbar etwas Magisches. Ich liebe es, tief in meine eigene Welt einzutauchen. Ich schreibe nun schon seit über einem Jahr an diesem Buch. Ich habe schon 107 Seiten voller Fantasy und Romantik und Zeitreisen und möglicherweise ist meine Geschichte mehr als nur ein bisschen beeinflusst von *Time Stands Still*. Das ist meine absolute Lieblingsbuchserie. Sie handelt von einer Stadt, die auf magische Weise vom Rest der Welt abgeschottet wird, die niemand verlassen kann und in der niemand altert. Gerade bin ich an der Stelle angelangt, an der meine beiden Hauptfiguren, Isobel und Henry, sich endlich auf spektakuläre Weise zum ersten Mal küssen.

Nachdem ich bis ans Ende des Dokuments gescrollt habe, lege ich die Hände auf die Tastatur, starre auf den blinkenden Cursor und stelle mir vor, wie Isobel und Henry in der Abenddämmerung auf dem Marktplatz der Stadt stehen, zwischen ihnen eine enorme romantische Spannung. Aber sosehr ich mich auch bemühe, ich kann mich einfach nicht konzentrieren. Es gelingt mir nicht, in meine Fantasy-Welt abzutauchen. Ich kann nur dasitzen und darauf warten, dass jemand nach Hause kommt.

KAPITEL 3

Am nächsten Morgen werde ich von leisen Geräuschen geweckt, die aus der Küche zu mir hochdringen, dem Brodeln des Wasserkochers und dem Ploppen des Toasters. Ich dreh mich auf die Seite und reibe mir den Schlaf aus den Augen. Mama ist gestern Abend gegen acht nach Hause gekommen. Sie hat an meine Tür geklopft, sich mit einer Riesenumarmung bei mir entschuldigt und gefragt, ob ich noch Latkes mit ihr backen will. Aber zu zweit ist es nicht das Gleiche, und außerdem hatte ich, gesundheitsbewusst wie ich bin, schon einen Mikrowellen-Burrito gegessen. Wir sind trotzdem nach unten gegangen, haben die Kerzen angezündet und das Gebet gesprochen. Dann hat mir Mama einen Kuss auf den Kopf gedrückt und versprochen, mich morgen zur Arbeit zu bringen. Dann hat sie sich auf ihr Zimmer zurückgezogen. Normalerweise bleibe ich immer sitzen, um zu sehen, wie die Kerzen runterbrennen und sich dabei in winzige Lichtfunken verwandeln, aber gestern Abend bin ich ebenfalls hoch auf mein Zimmer und hab die Menora allein auf der Fensterbank vor sich hin flackern lassen.

Mom ist eine Stunde später nach Hause gekommen. Kein Klopfen, keine Nachricht, kein gar nichts. Meine Eltern haben die Latke-Party verpasst – unsere Familientradition –, und Mom hat sich nicht mal entschuldigt.

Der Duft von gebratenem Bacon dringt in mein Zimmer und ich verspüre Unbehagen. Was, wenn doch mehr hinter den geschlossenen Türen, den gedämpften Stimmen, den verpassten Abendessen steckt als volle Terminkalender und schmutziges Geschirr?

Was, wenn wirklich etwas nicht stimmt?

Ich steige aus dem Bett, schiebe die Füße in meine Meerjungfrauen-Hausschuhe (die ich mir gerade deshalb gekauft habe, weil Meerjungfrauen keine Füße haben) und gehe runter in die Küche. Es ist still, kein fröhliches Geplauder über den neuesten Klatsch auf der Arbeit, keine Musik, bei der Mom lautstark mitsingt, nur das leise Geklapper der Frühstückszubereitung. Mama sitzt mit einer Tasse Tee und einer Scheibe Toast am Tisch. Mom steht am Herd und blickt auf, als ich reinkomme. Ihr flüchtiges Lächeln wirkt gezwungen. »Morgen, Shoshanna. Es tut mir leid wegen gestern Abend. Im Dezember ist auf der Arbeit die Hölle los.«

»Danke.« Ich verhake die Finger ineinander. »Verstehe.«

Mom wendet den Bacon, Mama blättert eine Seite in ihrem Magazin um und ich wippe auf die Fersen. Die Stille jagt mir einen Schauer über den Rücken und mir fällt auf, dass ich mich zum ersten Mal in meinem Leben in meinem eigenen Zuhause unwohl fühle.

»Ich habe Geschenke für euch«, sage ich und zwinge mich, fröhlich zu klingen. Ich selbst erwarte kein Geschenk, denn mein Handy, das ich vor ein paar Monaten bekommen habe, als mein altes den Geist aufgegeben hat, war meine vorzeitige Chanukka-Gabe. »Wollt ihr sie auspacken?«

»Auf jeden Fall!« Mama schiebt ihr Messer in die Butterdose und kratzt einen winzigen Klecks heraus. »Die Butter ist aus.«

»Wie fast alles in diesem Haus«, antwortet Mom. »Ich dachte, *jemand* hier hatte vor, einkaufen zu gehen.«

»*Jemand* musste gestern Abend zwei Vertretungsstunden übernehmen«, giftet Mama zurück.

»Ähm.« Ich ziehe an meinem Davidstern-Anhänger. »Ich hole dann mal die Geschenke.«

»Gut«, sagt Mom, während sie den Bacon aus der Pfanne auf eine Lage Küchenpapier gleiten lässt. »Aber beeil dich bitte, ich muss gleich los.«

Als meine Mütter gestern nicht auftauchten, habe ich ihre Geschenke wieder in mein Zimmer gebracht. Jetzt hole ich sie schnell und mein Puls rast vom Hoch- und Runterrennen. Mom steht im Flur und hat schon ihren Mantel an, den Bacon in der einen, den Thermosbecher mit Kaffee in der anderen Hand.

»Oh, warte«, sage ich und nehme ihr unbeholfen den Becher ab, damit sie eine Hand für das Geschenk frei hat. »Ähm, das kannst du mir auch geben.« Ich greife nach dem Stapel Bacon. Der Geruch lässt mir buchstäblich das Wasser im Mund zusammenlaufen, aber mein Magen fühlt sich an wie zugeschnürt, und darum beiße ich nicht ab, was ich normalerweise machen würde.

Mom packt aus und lässt ein fröhliches »Oh!« hören, das ein bisschen unecht klingt, so wie das meiner Großmutter, als Großvater ihr einen Toaster zum Geburtstag geschenkt hat. Schließlich gibt es keinen besseren Weg, um »Ich liebe und verehre dich« zu sagen, als mit einem Küchengerät. »Wow«, sagt Mom, dieses Mal etwas herzlicher. »Die sind toll. Danke, Shoshanna.«

Ich räuspere mich und lächle. »Gern geschehen, Mom.«

Sie legt den Bücherschuber auf die Kommode im Flur und nimmt dann ihr Frühstück wieder an sich. Im Rausgehen hält sie noch einmal an und sagt: »Ach ja, Eve ist gestern vorbeigekommen.«

Hoffnung keimt in mir auf. »Wirklich? Was hat sie gesagt?«

»Barbra ist zwar angesprungen, aber ohne Ersatzteil kann sie jeden Moment wieder den Geist aufgeben. Die Reparatur macht Eve umsonst, aber das neue Teil kostet neunhundertfünfzig Dollar.« Ich hasse mich dafür, dass ich Mom automatisch Hilfe suchend anschaue. Sie schüttelt den Kopf. »Wir haben das Geld nicht. Darum musst du dich selbst kümmern.« Sie meint das nicht böse. Ich weiß, dass wir das Geld wirklich nicht haben.

»Na ja, wir könnten dir ein bisschen unter die Arme greifen«, ruft Mama aus der Küche. Ich schaue rüber und sehe, wie sie mit einer Tasse Kaffee in der Tür steht. »Wie viel war das noch mal?«

»Neunhundertfünfzig«, sage ich. »Aber, ähm, ich komm schon klar. Ich arbeite ja Doppelschichten und …«

»Genau, das schaffst du alleine«, unterbricht mich Mom. »Keine Ahnung, warum deine Mama mir immer die Rolle des Bad Cop zuschieben muss.«

»Hör schon auf, Alana«, antwortet Mama. »Ich habe nur gesagt, dass wir ihr etwas unter die Arme greifen können, nicht, dass wir das ganze Ding bezahlen.«

»Ach ja?«, wendet sich Mom ihr zu. »Das heißt, du möchtest diesen Monat kein Geld in die Rentenkasse einzahlen? Und dann? Willst du, dass wir später auf die Unterstützung unsere Tochter angewiesen sind? Du planst nicht auf lange Sicht, Alex. Das hast du noch nie getan.«

»Echt jetzt, Leute.« Meine Stimme ist so schrill, dass sie fast bricht. »Ich kümmere mich selbst darum. Kein Problem.«

»Sehr gut!« Mom gibt mir einen schnellen Kuss auf die

Stirn und rennt aus dem Haus, nicht ohne dabei die Tür laut zuzuschlagen.

Ich kann den Druck hinter meinen Augen spüren, aber ich verbiete mir zu weinen. Es ist bloß ein Auto. Nur ein Auto. Und ich weiß ja, dass wir das Geld nicht haben. Ja, wirklich. Ich finde schon einen Weg, um dieses Ersatzteil zu bezahlen: 950 Dollar. Das ist jetzt auch keine völlig absurde Summe. Auf meinem Girokonto liegen 500 Dollar und bis Weihnachten mache ich ohnehin fast nur Doppelschichten. Damit bin ich schon nah dran, und dann könnte ich vielleicht noch einen Nebenjob annehmen, Hundesitting oder so.

Aber darum geht es auch gar nicht – es geht nicht um das Auto und auch nicht ums Geld. Es ist der ewige Streit. Andauernd. Um den Abwasch, um den Einkauf und um kaputte Autos. Irgendwas ist nicht in Ordnung, ist kaputt. Mein ganzes Leben konnte ich mich auf unsere Familie verlassen, aber jetzt fühlt es sich so an, als würde das, was immer so sicher war, vor meinen Augen zusammenbrechen.

»Hey, mein Schatz.« Mamas Stimme holt mich aus meinen Gedanken. Sie steht immer noch im Türrahmen und betrachtet mich nachdenklich. »Ist das da für mich?«

»Ähm.« Ich räuspere mich und streiche mir eine Locke hinters Ohr. »Ja.«

Ich reiche ihr das Geschenk und sie packt es aus. Mit einem erfreuten Seufzer drückt sie sich die Bücher an die Brust. »Ich kann es gar nicht erwarten, die zu lesen. Der Winter ist die perfekte Jahreszeit, um es sich mit einem guten Liebesroman gemütlich zu machen, oder?«

»Mm-hmm«, stimme ich zu.

»Ich habe auch ein kleines Geschenk für dich.«

»Wirklich?«, frage ich und fühle mich gleich ein bisschen besser.

»Ganz wirklich.« Mama zwinkert mir zu. »Komm mit.« Sie winkt mich mit dem Zeigefinger zu sich und wir gehen durchs Wohnzimmer hinaus in den Wintergarten.

Es ist eiskalt hier draußen. Die Heizlüfter sind nicht an und ich trage nur einen Schlafanzug und meine Meerjungfrauenhausschuhe. Aber auf Mamas Staffelei liegt mein Geschenk. Es ist eins meiner Lieblingszitate aus *Time Stands Still,* in goldener Schrift und auf mitternachtsblauem Hintergrund:

Wahrscheinlich brauche ich eine ganze Ewigkeit, um dir zu beweisen, wie sehr ich dich liebe. Zum Glück ist die Ewigkeit genau das, was wir haben.

»Wie toll«, sage ich und umarme Mama. »Es ist wunderschön.«

Ihr Haar duftet nach ihrem Kokos-Shampoo. Mama drückt mich fest und ich atme ihren Geruch ein.

Ich bin zu früh in der Buchhandlung. Das Teamtreffen beginnt erst in zwanzig Minuten, aber ich wollte einfach raus aus dem Haus. Obwohl Mom nicht mehr da war und trotz Mamas Geschenk lag Spannung in der Luft. Vielleicht kann ich es ja wieder in Ordnung bringen, indem ich die Nichtigkeiten aus dem Weg räume, die die beiden belasten. Ich könnte zum Beispiel Lebensmittel einkaufen. Ich tippe eine Erinnerung in mein Handy, damit ich nach der Arbeit daran denke. Klar, ich muss das Geld für die Reparatur von Barbra zusammenbekommen, aber wenn es ums Einkaufen geht, bin ich sparsam, und eine gut gefüllte Speisekammer wird die angespannte Situation zu Hause bestimmt verbessern. Bei der Vorstellung, wie Mama und Mom sich angeregt bei einem Schälchen Joghurt mit frischen Blaubeeren unterhalten, muss ich lächeln. Mit diesem Bild im Kopf gehe ich zurück in die Kinderbuchabteilung, dem einzigen Ort, der groß genug ist für alle 15 Leute aus unserem Team.

Obwohl ich früh dran bin, sind Sophie-Anne und ihr Freund Arjun bereits da. Wie immer ganz in Schwarz und mit viel Metallzeug und Netzstoff. Arjun lehnt an einem Regal und hat Sophie-Anne im Arm, seine Finger spielen mit ihrer Gürtelkette. Sophie-Anne dreht sich zu mir und fragt: »Wieso guckst du so fröhlich?«

Ich zucke mit den Schultern. »Ich bin wohl einfach ein fröhlicher Mensch.«

Sie zieht die Augen zusammen. »Du bist echt schräg.« Dann schaut sie zu Arjun. »Sag ihr, dass sie echt schräg ist, Schatz.«

»Du bist echt schräg«, bestätigt er mit einem Nicken.

Ich hebe die Augenbrauen. »Ihr habt beide ein Tattoo von *Hello Kitty* mit Reißzähnen und nennt mich schräg?«

»Ja«, antwortet Anne-Sophie, ganz offensichtlich überzeugt davon, dass ihr Tattoo-Geschmack völlig normal ist. Sie erinnert mich ein bisschen an Mama, sie hat erdbeerblondes Haar und einen blassen Teint. Und spricht sogar mit dem gleichen leichten Südstaatenakzent.

Aber da enden die Gemeinsamkeiten auch schon.

Sophie-Anne zieht einen silbernen Edding aus der Tasche, greift nach Arjuns Hand und beginnt etwas auf die braune Haut zu malen, das wie ein geköpftes Einhorn aussieht. Sehr romantisch. Ich wende mich von ihnen ab und sichere mir gerade einen Platz an einem der Mini-Tische, als Daniel reinkommt. Ich winke ihm zu, streiche mein gepunktetes Kleid glatt und ziehe die Ärmel meiner Strickjacke herunter. Mit einem schiefen Grinsen setzt sich Daniel auf einen der Kinderstühle neben mir, dabei berühren seine Knie fast sein Kinn. »Kaffee?«, fragt er und schiebt seinen Becher in meine Richtung.

»Ja, Koffein kann nie schaden.« Ich greife nach dem Becher. »Ich hoffe, du hast Zucker und Milch reingetan?«

»Einmal Zucker, einmal Kaffeesahne.«

Ich rümpfe die Nase. »Igitt. Weniger als drei von beidem sind inakzeptabel, das weißt du doch.«

»Nee, ist klar, meine Variante ist die ekelhafte.« Daniel lacht und holt sich seinen Becher zurück. Wir reden über die Bücher, die wir zuletzt gelesen haben, den Shoppingrummel im Laden und eine unverschämte Kundin, die sich eine halbe Stunde lang Bücher von ihm hat empfehlen lassen, um sie dann vor seinen Augen bei einem großen Online-Händler zu bestellen. Als mehr Leute eintrudeln, blickt Daniel auf und sagt dann: »Hi, Jake!«

Jake kommt an unseren Tisch, seine braunen Locken sehen perfekt verwuschelt aus, sein Kinn scheint über Nacht noch markanter geworden zu sein, sofern das biologisch überhaupt möglich ist. Er setzt sich neben Daniel und ignoriert mich, als er »Morgen« sagt.

Er trägt eine Jeans und dazu schon wieder ein Holzfällerhemd, dieses Mal schwarz-rot-kariert, als käme er gerade von einer Wanderung durch die Wälder zurück.

Ich schiebe mich in sein Blickfeld. »Na, heute Morgen schon Holz gehackt?«

Er schaut mich irritiert an und sagt dann: »Ja, allerdings.«

»Moment mal, echt jetzt?«, frage ich.

Doch da zieht Daniel einen Comic aus seiner Tasche und

reicht ihn Jake. »Hier. Darüber haben wir gestern gesprochen.«

»Cool, danke.« Jake nimmt das Buch entgegen.

»Die Geschichte ist großartig. Wird dir gefallen. Oder auch nicht. Mach dir deshalb keinen Kopf.« Ich muss mir ein Lachen verkneifen bei der nerdigen Begeisterung in Daniels Stimme. Wenn es etwas gibt, das er noch lieber mag als Comics, dann ist das, Leuten Comics zu empfehlen. Er lehnt sich nach vorne, die Arme über dem Waterston-College-Schriftzug auf seinem T-Shirt verschränkt. »Ich bin gespannt, was du davon hältst.«

»Was ist das für eine Geschichte?«, frage ich und lehne mich ebenfalls vor.

Daniel blickt mich überrascht an, als hätte er vergessen, dass es mich überhaupt gibt. Meine Schultern verspannen sich. Daniel ist mein Freund. Nicht einfach nur ein Freund – er ist mein Arbeitsehemann. Dass wir jetzt schon eine zweite stressige Adventszeit im Laden zusammen durchzustehen, ist fast so bindend wie ein Ehegelübde. Und doch klingt seine Antwort etwas spröde: »*Sleepwalker*.«

»Oh, cool!« Vielleicht ist meine Stimme etwas zu schrill, zu übertrieben begeistert. »Wovon handelt es denn?«

»Ich hatte es dir letztes Jahr empfohlen. Aber du hast dich nicht dafür interessiert.«

»Oh.« Der Boden unter mir schwankt, so wie heute Morgen bei mir zu Hause. Ich kratze mich am Hals. »Entschuldigung.«

»Kein Thema«, sagt er und wendet sich wieder Jake zu.

Mein Magen verkrampft sich. Ich arbeite in einer Buchhandlung. Mir werden pausenlos Bücher empfohlen, und es gehört quasi zu meinem Job, von allen begeistert zu sein. Und außerdem empfiehlt Daniel Comics sogar im Schlaf. Ich meine, wortwörtlich im Schlaf. Lola, seine Freundin, hat es mir erzählt. Und er hat gesagt: »Kein Thema.« Also sollte ich auch kein Thema daraus machen. Und doch ...

»Morgen zusammen!« Myra eröffnet das Treffen. Die Kinderbuchabteilung hat sich gefüllt. Anscheinend ist das gesamte Team hier. In der Hand hält Myra eine Tasse mit der Aufschrift *Büchertussi*. »Danke, dass ihr alle gekommen seid. Ich weiß, es ist früh.«

»*Sehr* früh«, sagt Sophie-Anne. Sie betrachtet ihre Fingernägel, die jetzt silbern angemalt sind.

»Du wirst es überleben«, antwortet Myra trocken. Sie geht das übliche Meeting-Gedöns mit uns durch: Dienstpläne, das Einräumen der Regale und eine Änderung bei der Rücknahmegarantie, die die Leute hoffentlich davon abhalten wird, gelesene Bücher einfach wieder herzubringen – von wegen, *Sie haben die Seiten mit Eselsohren markiert und verlangen Ihr Geld zurück?* Ich habe übrigens nichts gegen Leute, die Bücher mit Eselsohren versehen. Ich halte sogar sehr viel von ein paar gut platzierten Eselsohren. Aber man kann kein Buch mit umgeknickten Seiten zurückgeben und erwarten, dass jemand glaubt, dass das Buch nicht gelesen wurde.

Nach etwa zehn Minuten sagt Myra: »Und falls ihr ihn noch nicht kennengelernt habt, möchte ich euch unseren neuen Kollegen Jake Kaplan vorstellen.«

Kaplan? Ich sehe rüber zu Jake und frage mich, ob er wohl Jude ist. Ich streiche über meinen Davidstern-Anhänger. Südlich von Atlanta gibt es nicht so viele von uns. Es wäre schön, einen Juden im Team zu haben; noch schöner wäre es, wenn wir uns überhaupt verstehen würden.

»Und zu guter Letzt habe ich noch ein paar aufregende Neuigkeiten für euch!«, verkündet Myra. Jemand hustet und Daniel stupst mich an und rollt grinsend mit den Augen. Das letzte Mal, als Myra aufregende Neuigkeiten hatte, ging es darum, dass wir bei den Kaffeebohnen im Pausenraum von Medium Roast auf Medium Dark Roast umsteigen. Und außerdem würde Myra auch das Programm des National Public Radio als *prickelnd* beschreiben, aber na ja, trotzdem lieben wir sie. »Wir werden einen kleinen Wettbewerb veranstalten.«

»Einen Wettbewerb?« Schlagartig geht es mir besser. »Ich liebe es, zu gewinnen!«

»Wer sagt, dass du gewinnst?«, fragt Daniel.

»Ich habe jedenfalls mehr Chancen als du«, gebe ich zurück.

»Du weißt doch noch nicht mal, worum es überhaupt geht«, sagt Jake.

Ich beuge mich vor. »Und du weißt noch nicht mal ...«

»Kinder!«, fährt Myra dazwischen. Ich werde rot und selbst Jake und Daniel wirken beschämt. Wir drehen uns alle wieder zu Myra. »Jetzt im Advent ist der Laden voller Kundschaft«, fährt sie fort. »Aber es gibt zu viele, die nur stöbern und nichts kaufen. Da dachte ich mir, ein kleiner Anreiz könnte nicht schaden. Wer bis Weihnachten die meisten Verkäufe erzielt, bekommt eine Prämie in Höhe von ...« Sie hält kurz inne und wir hängen alle an ihren Lippen. »... zweihundertfünfzig Dollar.« Adrenalin schießt mir durch den Körper. 250 Dollar zusammen mit den 500 Dollar auf meinem Konto, zusammen mit meinem nächsten Gehaltsscheck wären mehr als genug, um Barbra reparieren zu lassen. *Und* ich könnte heute Abend problemlos ein paar Lebensmittel kaufen. Dann müssten meine Mütter sich nicht mehr darum streiten.

Ich springe von meinem Stuhl auf und rufe: »Ich melde mich freiwillig als Tribut. Wie kann ich gewinnen?«

»Indem du Bücher verkaufst«, antwortet Myra. »Und, noch wichtiger, indem du dich an die Regeln hältst, die für diesen Wettbewerb gelten.« Sie nimmt ihr Handy aus der Halterung an ihrem Rollstuhl und tippt auf den Bildschirm. »Die Regeln findet ihr ab jetzt in eurem Mail-Postfach. Also, viel Erfolg!. Möge das Glück stets mit euch sein.«

Von: Myra@EsWarEinmal.com

An: Team@EsWarEinmal.com

7:42 Uhr

Liebes Team,

anbei die Regeln zu unserem Gewinnspiel:

1. Alle im Team bekommen einen eigenen QR-Code, der an der Kasse eingescannt wird. Bitte holt euch die entsprechenden Scheine dazu bei mir im Büro ab.

2. Wenn ihr Kunden beratet und die daraufhin ein Buch kaufen wollen, gebt ihnen bitte einen Schein mit eurem Code und bittet sie, diesen beim Bezahlen an der Kasse abzugeben.

3. Die Leute an der Kasse dürfen nicht ihre eigenen Codes verwenden, wenn Kunden keinen Code haben. Und ja, ich werde euch beobachten, und ihr werdet disqualifiziert, wenn ich so was sehe.

4. Die Leute an der Kasse müssen den Code eingeben, den sie von den Kunden erhalten. Kein »Uups, habe ich ganz vergessen«. Und ja, ich werde euch beobachten, und ihr werdet disqualifiziert, wenn ich so was sehe.

5. Mit jedem Code wird ein Verkauf registriert. Wir können nicht erfassen, wie viele Bücher verkauft wurden, sodass der

Wettbewerb sich nach der Anzahl der Kunden und nicht nach der Zahl der verkauften Bücher richtet.
6. Noch mal zur Sicherheit: Wir können nicht erfassen, wie viele Bücher verkauft wurden, sodass der Wettbewerb sich nach der Anzahl der Kunden und nicht nach der Zahl der verkauften Bücher richtet. Wenn ihr einem Kunden zehn Bücher verkauft, ist das fantastisch! Ihr bekommt trotzdem nur einen Punkt.

Für den Fall, dass ihr Nummer 5 und 6 nicht gelesen habt: Es gibt pro Kunde einen Punkt. Keine Ausnahmen.
Der Wettbewerb endet, sobald wir an Heiligabend den Laden zumachen.

Von: Myra@EsWarEinmal.com
An: Team@EsWarEinmal.com
7:47 Uhr
Nein, ihr könnt euch nicht mit anderen aus dem Team zusammenschließen und gemeinsam Punkte sammeln.

Von: Myra@EsWarEinmal.com
An: Team@EsWarEinmal.com
7:49 Uhr
Nein, Sophie-Anne, du bist nicht zur Teilnahme verpflichtet. Die Teilnahme ist für alle freiwillig.

Von: Myra@EsWarEinmal.com

An: Team@EsWarEinmal.com

7:51 Uhr

Nein, Arjun, du bist ebenfalls nicht zur Teilnahme verpflichtet. Die Teilnahme ist für alle freiwillig.

Von: Myra@EsWarEinmal.com

An: Team@EsWarEinmal.com

7:54 Uhr

Nein, ich kann nicht an meinem eigenen Wettbewerb teilnehmen.

Von: Myra@EsWarEinmal.com

An: Team@EsWarEinaml.com

7:56 Uhr

EIN PUNKT PRO KUNDE.

Von: Myra@EsWarEinmal.com

An: Team@EsWarEinmal.com

7:58 Uhr

Hört auf, mir Mails zu schreiben, und fangt an zu arbeiten.

KAPITEL 4

Jake kommt aus Myras Büro und schiebt sich einen Stapel QR-Codes in die Tasche.

»Häh«, sage ich.

»Was?«, fragt er und bleibt ein paar Meter vor mir stehen. Er hat sich offensichtlich nicht rasiert, und ich verspüre den dringenden Wunsch, die Bartstoppeln zu berühren, denn wie bereits festgestellt, bin ich völlig normal und gar nicht schräg.

Ich räuspere mich und sage: »Du machst auch mit?«

»Um zweihundertfünfzig Dollar zu gewinnen? Ja, Shoshanna, ich mache mit und werde versuchen, die zweihundertfünfzig Dollar zu gewinnen.« Er schlägt den gleichen herablassenden Ton wie gestern an und in mir sträubt sich alles.

»Aha«, antworte ich. »Na dann, viel Glück. Du wirst es brauchen, da du ja nicht allzu viele Bücher empfehlen kannst.«

»Keine Sorge. Ich werde die Leute mit meinem charmanten Lächeln bezaubern.«

Ich rolle mit den Augen. »Welches charmante Lächeln?«

Er lächelt, und dieses Lächeln ist tatsächlich charmant und bringt seine Augen zum Strahlen. Mit dem Lächeln und seinem Holzfällerhemd könnte er gut eines dieser Outdoor-Magazine zieren, eine Angelrute über der Schulter und einen hechelnden Golden Retriever an seiner Seite. *Verdammtes Lächeln. Verdammtes Flanellhemd.* Ich wünschte, Jake hätte im Sommer hier angefangen. Dann hätte er vielleicht Cargo-Shorts und T-Shirts mit grenzwertigen sexistischen Sprüchen getragen, und daran ist nun wirklich gar nichts Attraktives.

»Wenn du meinst«, gebe ich zurück. *Exzellente Reaktion, Shoshanna. Richtig schlagfertig.* Ich gehe an Jake vorbei in Myras Büro. Dieses Büro mit den cremefarbenen Wänden, den Bildern in Pastell und den künstlichen Pflanzen, die täuschend echt aussehen, habe ich schon immer geliebt. Die Regale sind so gebaut, dass Myra sie alle leicht erreichen kann, darin aufgereiht stehen ihre Lieblingsbücher und ein bisschen Nippes. Und durch den Lufterfrischer riecht es immer nach frischer Wäsche.

Normalerweise ist Myra entspannt, wenn sie sich in ihrem Büro aufhält, doch heute starrt sie mit gerunzelter Stirn auf den Bildschirm ihres PCs. »Ähm.« Mit einem Räuspern mache ich mich bemerkbar. »Könnte ich bitte meine Codes haben?«

Sie blickt auf und sagt nach einer gewichtigen Pause: »Ja, aber versprich mir, dass du dich an die Regeln hältst. Ich möchte dich nicht disqualifizieren müssen.«

»Du hast nichts zu befürchten. Versprochen.«

»Oy.« Sie greift nach den Codes auf ihrem Schreibtisch und reicht sie mir. Ernsthaft – sie muss sich bei mir keine Sorgen machen. Ich werde die Regeln einhalten, diese Prämie gewinnen und Barbra reparieren lassen. »Ich brauche dich im Lager. Wir haben heute Morgen eine große Lieferung bekommen und die Auslagetische müssen neu bestückt werden.«

»Ist gut«, antworte ich. »Bücher verkaufe ich dann später. Ich werde in null Komma nichts in Führung gehen.«

»Da bin ich mir sicher, schließlich hast du ...« Myra kneift die Augen zusammen und liest etwas vom Bildschirm ab, »... ›Die Prämie gehört mir, ihr Loser‹ an die gesamte Belegschaft geschrieben, nicht wahr?«

Ich keuche. »Ich habe dich doch gar nicht ins CC gesetzt?!«

»Es war ihre Mail.« Jake steckt noch mal seinen Kopf ins Büro.

Ich werfe ihm einen mörderischen Blick zu. Aber für den Fall, dass die Botschaft nicht angekommen ist, lege ich etwas Extra-Abscheu in meinen Ausdruck. »Um eins klarzustellen«, sage ich und richte mich auf. »›Loser‹ meinte ich nicht im Sinne von *Du bist ein Versager ohne Lebensberechtigung*, sondern im Sinne von *Verlierer*, also: *Ihr werdet beim Wettbewerb verlieren und ich werde gewinnen.*«

»Danke für die Definition«, sagt Daniel, der am Büro vorbeigeht. Er hat Notizbücher im Arm, und zwar die mit der süßen Katze und dem Bücherstapel vorne drauf. Ich wollte mir eigentlich auch so eins kaufen, aber ich sollte wohl besser gerade kein Geld dafür vergeuden. Wobei es natürlich niemals eine Vergeudung ist, sich ein Notizbuch zu kaufen.

»Weißt du, was, Shoshanna?«, sagt Myra. »Am besten nimmst du Jake gleich mit. Dann kannst du ihm die Warenannahme erklären.«

Ich verkneife mir ein weinerliches »Warum«, schließlich verlangt Myra nur, dass ich meinen Job mache. »Klar«, antworte ich stattdessen, drehe mich um, gehe aus dem Büro und zupfe dann an Jakes Hemdzipfel. »Komm mit, Mountain Man.«

»Mountain Man?«, sagt er.

»Hast du zufällig einen Golden Retriever?«

Er runzelt die Stirn. »Häh?«

Ich seufze und gehe an ihm vorbei. »Vergiss es. Komm einfach mit.«

Wir gehen ins Lager, das sich hinter dem Pausenraum befindet, was lustig ist, weil man ein 30-Grad-Inferno durchquert, um dann in einem eiskalten Kühlschrank zu landen. Ich ziehe die Ärmel meiner Strickjacke übers Handgelenk. Im Lager befindet sich ein großes Garagentor, das zum Hof hinter dem Einkaufszentrum führt. Shoppingmalls sind so was wie die langweilige Version von Disney World. Überall gibt es geheime Gänge und Gassen, von denen die Besucher nichts wissen, ein Labyrinth, das dazu dient, die Läden zu füllen und den Müll wegzuschaffen, ohne dass die Kundschaft etwas davon mitbekommt. Es würde ihre Begeisterung fürs Shoppen killen, wenn sie wüssten, wie viel Müll produziert wird, damit sie ihre Gelüste befriedigen können.

»Kalt hier.« Jack reibt die Hände aneinander.

»Du könntest uns einen Kaffee aus dem Pausenraum holen«, schlage ich vor.

Ich rechne damit, dass er ablehnt, aber überraschenderweise sagt er: »Gute Idee.«

Hm. Vielleicht bessert sich unser Verhältnis doch noch. Vielleicht sind wir ja wie die Erzfeinde Nathaniel und Rose aus *Time Stands Still*, die widerwillig die Notwendigkeit ihres Miteinanders akzeptieren und argwöhnische Freunde werden. Unsere Notwendigkeit besteht allerdings darin, Bücher auszupacken, nicht, unsere Stadt vor einem immerwährenden Zeitstopp zu retten.

»Dreimal Zucker, dreimal Milch!«, rufe ich noch, als

Jake davongeht. Lächelnd und summend schnappe ich mir einen Cutter und öffne den ersten Karton. Dabei achte ich sorgfältig darauf, nicht zu fest zu drücken, damit ich nicht die Ware zerschneide. Wie viele Bücher wurden nicht schon durch einen Cutter zerstört.

Bäh. Ein Stapel dieser Thriller, die *New York Times*-Bestseller sind. Ich will die nicht schlechtreden, wirklich. Die Leute lieben diese Bücher. Ist nur nicht so meins. Dann mache ich weiter mit dem nächsten Pack und dem übernächsten und fördere noch mehr Bestseller-Thriller und Liebesromane und Weihnachtsbilderbücher zutage.

Jake kommt mit zwei Bechern zurück. Er reicht mir einen davon und ich runzle die Stirn. »Ziemlich leicht«, sage ich und hebe den Deckel zur Kontrolle. »Jake, der ist ja nicht mal halb voll. Und das bisschen Kaffee sieht aus, als wäre es schwarz.« Ich nehme einen Schluck. Bitter wie Hölle. »Haben wir keine Kaffeesahne mehr?«

Er zuckt die Schultern. »War keine mehr da.«

»Ah, okay. Könntest du zumindest etwas mehr Kaffee einschenken? Und Zucker reintun?«

»Sorry, die Kanne war fast leer.«

Ich stutze. »*Fast* leer?« Argwöhnisch greife ich nach seinem Becher und kann fühlen, wie schwer er ist. »Deiner ist voll! Du hättest uns doch gleich viel einschenken können!«

Er holt sich den Becher zurück und trinkt daraus. »Mhm, dreimal Milch und dreimal Zucker. Etwas extrem, aber lecker.«

»Du Scheusal«, fauche ich.

Er grinst, bevor er noch einen Schluck nimmt, und seine Zähne blitzen weiß wie bei einer Werbung für Zahnpasta. Ich hoffe, vom Kaffee werden sie richtig gelb. »Also, die Warenannahme. Dann erklär mir mal, wie das geht, Boss.«

Am liebsten würde ich ihm seinen Kaffee aus der Hand schlagen. Aber besser nicht. Ich muss mich auf wichtigere Dinge konzentrieren. Je schneller ich mit der Sendung durch bin, desto eher bin ich wieder im Laden, um Bücher zu verkaufen. Die beste Rache ist für mich, den 250-Dollar-Bonus zu gewinnen.

Ich zeige auf die geöffneten Kartons. »Bücher auspacken. Auf den Wagen legen. Auf der Rechnung abhaken. Bücher in den Laden schieben.«

»Okay, klingt nicht allzu schwierig.«

Jake stellt seinen Becher zur Seite und nimmt die schweren Stapel raus, während ich die anderen Kartons öffne. Nachdem er ein paar Minuten lang Bücher aufgestapelt und sortiert hat, wird es still. Ich kann hören, wie er dasteht, ohne zu arbeiten. Ich bin über einen niedrigen Karton gebeugt, die ungünstige Position ist mir durchaus bewusst, und ich bin sehr froh, dass ich im Winter immer eine Leggings unter dem Kleid trage.

Ich richte mich auf und drehe mich zu Jake. »Brauchst du Hilfe?«

»Warum arbeitest du nicht?«, fragt er.

»Ich arbeite doch. Ich öffne die Kartons.«

»Ja, aber das ist der leichtere Teil.«

Eben.

»Falsch«, sage ich. »Es erfordert Präzision, die Kartons zu öffnen, ohne die Ware zu beschädigen. In ein paar Monaten bist du vielleicht auch so weit. Falls du dann noch hier arbeitest.«

»Oh, ich werde schon noch da sein, keine Sorge«, gibt Jake zurück. Er hält sieben Hardcover auf einmal im Arm, ich nur vier. Angeber. Er legt die Bücher auf einen Wagen und tritt dann zu mir. »Lass mich einen Karton öffnen.«

»Nein.«

»Komm schon, Shosh, lass es mich versuchen.«

»Nenn mich nicht Shosh.«

Er macht noch einen Schritt in meine Richtung und ich halte die Luft an. Er duftet schon wieder nach frisch gebackenem Kuchen, nach Zucker und Zimt. Gibt es ein Rosinenschnecken-Deo, das ich nicht kenne?

»Na schön. Ich nenne dich nicht mehr Shosh.« Er blickt mir in die Augen. »*Shoshanna.*«

Ich schlucke schwer, meine Haut kribbelt. Jep, das ist definitiv schlimmer.

Nur um Raum zum Atmen zu bekommen, gebe ich ihm den Cutter und trete zurück. »Hier.«

Sieht aus, als würde er sich wirklich freuen, seine Augen leuchten begeistert, so niedlich und voller Enthusiasmus wie ein christliches Kind am Weihnachtsmorgen. »Nicht zu fest drücken«, weise ich ihn an, während er sich über den ungeöffneten Karton beugt. »Es geht nur darum, das Klebeband durchzuschneiden, okay? Wenn du zu fest drückst, kann es passieren, dass ...«

»Oh, oh!«, ruft Jake. Er tritt zurück und schaut mich mit schuldbewusster Miene an.

»Oh, oh?«, frage ich. »Ernsthaft?« Ich stürze vor, um in den Karton zu sehen. Hoffentlich ist es nicht der *Christmas Killings*-Nachschub. Die Weihnachtskrimis sind schneller aus den Regalen verschwunden, als der fiktive Serienmörder Karl Kringle über die Feiertage Liebespaare ermordet. Aber in der Kiste sind glücklicherweise nicht die Krimis, sondern noch mehr Bilderbücher, und die sind auch nicht kaputt.

Jake feixt. »Reingelegt.«

Ich werde von Mordlust gepackt und bin wirklich froh, dass *er* gerade den Cutter in der Hand hält. Sonst hätte ich ihn vielleicht einfach abgestochen, ganz wie Karl Kringel.

Ich atme einmal tief durch und sage ruhig: »Leg sie auf den Wagen.«

»Das ist alles?«, fragt er. »Kein Rumgekeife?«

Ich zucke die Schultern. »So kindisch bin ich nun auch wieder nicht.«

Überrascht schaut er mich an. »Okay.«

Während Jake den Karton auspackt, hebe ich seinen Kaffeebecher vom Boden auf und tapse damit so leise wie möglich zum Mülleimer am anderen Ende des Raumes. »Hey, Jake«, sage ich.

Er dreht sich um und sieht mich und dann den Becher. »Nicht ...«, versucht er noch, mich davon abzuhalten.

Mit einem Lächeln lasse ich seinen Kaffee in den Müll fallen.

»Vielleicht leide ich ja unter Klaustrophobie«, sage ich zu Geraldine, während wir uns zwischen Horden von Käufern hindurchquetschen. In den Gängen drängeln sich Leute, und um uns herum sind so viele dicke Pullover und prall gefüllte Einkaufstüten und blinkende Weihnachtsdekorationen, dass ich kaum geradeaus gucken kann. Ich presse die Arme an den Körper, damit ich von der vorbeihetzenden Meute nicht angerempelt werde.

»Ich hätte nicht gedacht, dass immer noch so viele Leute in einer Shoppingmall einkaufen gehen«, gibt Geraldine zurück. Sie hat erst im Sommer hier angefangen und erlebt den verrückten Weihnachtsrummel hier zum ersten Mal. »Wissen die nicht, dass es Internet gibt?«

»Es ist VL-Woche.«

»VL-Woche?«

»Verzögerte-Lieferung-Woche«, erkläre ich. »Das heißt, es werden so viele Bestellungen gemacht, dass die Online-Händler unseres Vertrauens keinen Express-Versand mehr anbieten. Wenn die Leute ihre Geschenke noch rechtzeitig bekommen wollen, müssen sie sie vor Ort kaufen.«

»Oooh, sie sind da!«, quiekt Geraldine, als wir bei MAKE YOU UP angelangt sind. Wir machen eine frühe Mittagspause, bevor sie ihre Schicht bei BO'S BURRITOS beginnt. Ich werde heute Nachmittag eine absolut epische Menge an Büchern verkaufen, aber zuerst brauche ich eine kleine Verschnaufpause vom Laden – und von Jake –, um in die richtige Bücherverkaufsstimmung zu kommen. Etwas Zeit mit der besten Freundin ist dafür genau das Richtige.

Geraldine drückt ihr Gesicht an der Scheibe platt und starrt verliebt auf die ausgestellten Winter-Lippenstift-Kits. »Die sind einfach umwerfend. Ich bin verliebt!«

Ihre überschwängliche Begeisterung wirkt so ansteckend, dass ich kurz davor bin, mich für Winter-Lippenfarben zu interessieren. Sie wird mal eine fantastische

Beauty-Vloggerin sein. Sie muss nur einmal kreischen und schon verkauft sie ein Produkt!

Wir bahnen uns einen Weg in den überfüllten Laden, und Geraldine greift meine Hand, um mich zu leiten. In den schmalen Gängen drängeln sich die Kunden und die Schlange an der Kasse misst so in etwa *20000 Meilen unter dem Meer*. So einen Andrang gibt es bei ES WAR EINMAL selbst vor den Feiertagen nicht. Vielleicht sollten wir mal versuchen, *Das Schweigen der Lämmer* zusammen mit einer Körperlotion oder einer Gesichtsmaske zu verkaufen.

»Elliot!«, ruft Geraldine.

Elliot wirbelt herum und grinst uns an. Sein braunes Haar fällt ihm bis kurz über die perfekt gestylten Augenbrauen, unter seiner Ladenschürze trägt er ein Football-Shirt der Paladin Highschool. Er geht zu Geraldine und ergreift ihre Unterarme. »Hast du sie schon gesehen?«

»Mm-hm!«, haucht Geraldine mit großen Augen, in denen echte Lippenstiftliebe leuchtet. »Aber nur von Weitem.«

»Na, dann komm mal mit.« Elliot bahnt uns einen Weg zu den Lippenstift-Kits. »Entschuldigung, dürfte ich mal durch?«, sagt er zu allen, die uns in die Quere kommen. »Das ist ein offizieller Notfall. Aus dem Weg bitte.«

Ich muss lachen. »Deine Chefin ist bestimmt begeistert von dir!«

»Sie kann mich nicht leiden«, antwortet Elliot. »Aber ich verkaufe mehr als jeder andere auf dieser Etage, und darum behält sie mich. Wie läuft es bei ES WAR EINMAL diesen Advent?« Er nimmt zwei Winter-Kits und reicht sie Geraldine. Elliot weiß, dass meine Make-up-Routine sich auf Wimperntusche und Lippenstift aus dem Drogeriemarkt beschränkt.

»Viel zu tun«, antworte ich, obwohl wenn ich es mir genau überlege, geht es weniger hektisch zu als letztes Jahr. Aber vielleicht bin ich jetzt auch einfach nur etwas älter und weiser und schneller an der Kasse. »Irgendwelche Bücher, die du dir zu Weihnachten wünschst? Ich kann dir Rabatt geben!«

»Gab's da nicht diese Aaron-Rodgers-Autobiografie?«

»Hat das was mit Football zu tun?«, frage ich.

»Jep!«

Ich verziehe mein Gesicht. »Puh, wie langweilig.«

Elliot grinst. »Ich muss trainieren *und* lernen, wenn ich es nächstes Jahr in die Schulmannschaft schaffen will. Wenigstens kam mein Wachstumsschub genau zur richtigen Zeit.« Er tritt vor und stupst seine gut 30 Zentimeter höhere Stirn an meine.

Neben mir ist ein leises Schluchzen zu hören, und als ich mich umdrehe, sehe ich Tränen über Geraldines Gesicht laufen, während sie das Winter-Kit anstarrt. »Oh, Süße«, sage ich. »Du weinst doch nicht ernsthaft wegen eines Lippenstifts?«

Geraldine blinzelt. »Das ist nicht einfach *ein* Lippenstift«, sagt sie. »Das sind Limited-Winter-Edition-Lippenstift-Kits in den Farben Blutiger Burgunder und Hau die Pflaume.«

»Blutiger Burgunder? Hau die Pflaume?« Ich hebe eine Augenbraue. »Ich glaube, mit dieser Firma stimmt was nicht.«

»Sie sind beide hinreißend«, sagt Elliot zu Geraldine. »Aber ich glaube, wenn du dich für einen entscheiden musst, wäre Blutiger Burgunder der Gewinner.«

»Mich entscheiden? Ich kann mir nicht mal einen leisten.« Geraldine verzieht die Lippen. »Ich spare gerade auf die Kamera, damit ich nicht ständig mit dem Handy filmen muss. Aber die Kamera nützt mir wenig, wenn ich dann keine Kosmetikprodukte habe, über die ich sprechen kann. Manche Beauty-Influencer zeigen jede Woche ein Dutzend neue Produkte. Lucille Tifton, die ich am liebsten mag, postet jeden Tag ein neues Video. Da werde ich nie mithalten können ...«

Mir blutet das Herz, wenn ich Geraldine so sehe. Sie macht all diese Anstrengungen, um ihren YouTube-Traum wahr werden zu lassen. Und sie jobbt nur deshalb bei BO'S BURRITOS (*eine Beleidigung für meine Mutter und mexikanisches Essen auf der ganzen Welt, obwohl die Guacamole wirklich lecker ist,* wie sie sagt) und nicht bei MAKE YOU UP, weil sie bei BO'S Trinkgeld bekommt und dort somit letztlich mehr pro Stunde verdient. Ich weiß nicht, wie ich ihr helfen kann, aber ich habe eine Idee, um ihr den Tag zu verschönern.

Während Geraldine auf die Lippenstifte starrt, beuge ich mich zu Elliot. »Hey«, flüstere ich. »Gibt es nicht irgendwelche Pröbchen oder so, die sie haben könnte?« Ich klimpere mit den Wimpern. »Bitte?«

»Du bist wirklich süß«, sagt Elliot.

Ich strahle ihn an. »Ganz deiner Meinung.«

Er denkt kurz nach. »Weißt du, was? Jemand hat heute einen kaputten Hau-die-Pflaume-Stift zurückgegeben. Ich behaupte einfach, er ist versehentlich im Müll gelandet. Bin gleich wieder da.«

Während Elliot das entsprechende Kit sucht, sehe ich mich im Laden um. Lippenstifte und Lidschatten liegen wie Juwelen in ihren Kästchen und glänzen im Schein der Lampen. Kunden befingern die Tuben mit Wimperntusche und die Tiegel mit Feuchtigkeitscreme, während andere ihre Haut mit schimmerndem Puder bestäuben. Ein türkisfarbener Eyeliner erregt meine Aufmerksamkeit und ich muss sofort an Mama denken. Sie liebt es, hin und wieder mit ausgefallenen Farben zu experimentieren. Ich mache ein Bild und schicke es ihr, zusammen mit der Nachricht:
Süß, oder? Hast du diese Farbe schon?

Ich muss zwar sparen, aber vielleicht ist der Eyeliner ja im Angebot und ich kann ihr noch ein kleines Extra-Chanukka-Geschenk machen. Ich erwarte, dass sie sofort antwortet, weil ich weiß, dass sie mehr am Handy klebt als die meisten Leute in meinem Alter, aber sie reagiert nicht. Und dann ist Elliot auch schon zurück. Er schiebt Geraldine diskret die Tube zu und küsst sie auf die Wange. »Die Farbe wird toll aussehen an dir.«

»Danke«, flüstert Geraldine und starrt ehrfürchtig auf die mattschwarze Tube. »Gratis-Nachos für den Rest deines Lebens, okay?«

»Deal!«, sagt Elliot. »Ich muss zurück an die Arbeit. Besucht mich bald wieder, ja?«

»Na klar!«, antwortet Geraldine.

»Ich such für dich nach diesem Football-Buch«, verspreche ich ihm.

Als wir aus dem Laden gehen, starrt Geraldine wie gebannt auf ihren Lippenstift. »Ich bin so glücklich«, stammelt sie. »Danke, Shosh.«

Ich drehe mich zu ihr, mein Herz ist ganz erfüllt. »Ich freue mich so für dich.«

Mein Handy summt und meine Laune steigt noch mehr. Das muss Mama sein. Hoffentlich ist der Eyeliner nicht so teuer wie diese Lippenstift-Kits, denn ich habe echt keine Zeit, diese Woche noch eine Niere auf dem Schwarzmarkt zu verkaufen. Aber es ist gar keine Nachricht, sondern nur der Alarm, der mich daran erinnert, zur Arbeit zurückzukehren.

Das ist schon okay. Jetzt heißt es, sich fokussieren: Bücher verkaufen, das Geld gewinnen und Barbra reparieren.

Ich knacke mit den Knöcheln. Und als kleinen Zusatzgewinn werde ich Jake Kaplan zeigen, dass er mich mal kreuzweise kann.

Der restliche Vormittag und der frühe Nachmittag vergehen wie im Flug. Ich springe von einem Kunden zur nächsten Kundin, plaudere, bin charmant und gebe niemanden auch nur die Chance, daran zu denken, den Laden ohne ein Buch zu verlassen. Mein Stapel QR-Codes geht so schnell zur Neige, dass ich einen zweiten Stapel von Myra holen muss, die ziemlich beeindruckt guckt. Dieser Wettbewerb ist ein Kinderspiel. Niemand braucht diesen Bonus dringender als ich, und selbst wenn, gibt es definitiv niemanden, der oder die so gut Bücher verkauft wie Shoshanna Greenberg.

Schon habe ich mein nächstes Opfer im Visier.

Und mit »Opfer« meine ich »die glückliche Person, die gleich in den Genuss einer exzellenten Beratung kommt«.

Ich stürze mich nicht gleich auf die Leute, wenn sie den

Laden betreten. Das ist viel zu offensiv, vor allem da unsere Kundschaft eher zur introvertierten Sorte gehört. Ein einfaches *Guten Tag, bitte geben Sie Bescheid, wenn Sie meine Hilfe brauchen* ist in Ordnung, aber mehr auch nicht. Bücherfreunde wollen in Ruhe stöbern und ich bin nicht dazu da, ihnen das zu vermiesen.

Aber dieser Typ starrt seit drei Minuten auf dasselbe Regal mit Romanen und sieht ziemlich ratlos aus. Man kann ihn quasi die Stirn runzeln sehen. Hier ist offiziell ein freundliches Eingreifen vonnöten.

»Hi!« Ich gehe lächelnd auf ihn zu. »Kann ich dir helfen?«

Mein Lächeln wird breiter, als ich sehe, dass er in meinem Alter ist und ziemlich süß aussieht. Er ist groß und hat dichtes blondes Haar. Eigentlich steh ich nicht auf Blonde, aber er könnte der goldgelockte Waffenschmied aus *Time Stands Still* sein, und darum finde ich es bei ihm okay.

»Oh, ja, danke«, sagt er. Er checkt mich ab und ich zwirbele mein Haar, ohne mich zu schämen.

»Suchst du nach etwas Bestimmtem?«, frage ich und bemerke, dass Jake sich in der Nähe herumdrückt. Vermutlich tut er nur so, als würde er Bücher sortieren, während er in Wirklichkeit die Verkaufsstrategien der Meisterin stiehlt. Schön. Soll er ruhig sehen, wie gut ich bin.

»Ja, ich suche dieses eine Buch ...« Der Junge verstummt

und fährt sich durchs Haar. Durch sein schönes, glänzendes, blondes Haar. Ob er wohl genauso liebevoll und stark ist wie der Waffenschmied Bryant? Ob er wohl ebenfalls eine verletzte Kriegerin in voller Rüstung einen ganzen Tag und eine ganze Nacht auf seinem Rücken tragen könnte?

Okay, Shoshanna, Konzentration. Du sollst verkaufen, nicht flirten. Ich neige den Kopf leicht zur Seite und spiele mit meiner Kette. Hm, vielleicht ein bisschen flirten.

»Aha«, sage ich. »Und wie lautet der Titel?«

Er schüttelt den Kopf. »Habe ich vergessen. Sorry.«

»Kein Problem. Wie heißt denn der Autor?«

»Das weiß ich leider auch nicht mehr.«

Mein Lächeln schwächelt, aber nur eine Sekunde. »Okay, ist nicht schlimm.«

Aus den Augenwinkeln sehe ich, wie Jake sich ein Lachen verkneift. Mir wird heiß, aber ich lasse mich nicht beirren. Das ist nicht das erste Mal, dass mir so was passiert, und es wird nicht das letzte Mal sein. »Wie heißt du?«, frage ich.

»Ryan«, sagte er mit einem schiefen Lächeln.

Ryan. Oh mein Gott. Fast wie Bryant. »*Ryan,* erinnerst du dich noch, wovon das Buch handelt? Oder vielleicht wie das Cover aussah?«

Es entsteht eine Pause, und er macht ein so angestrengtes Gesicht, als würde er gerade berechnen, wie viel Triebkraft benötigt wird, um eine Rakete ins All zu schießen. Schließlich schaut er mich wieder mit einem schiefen Grinsen an und sagt: »Blau?«

»Okay.« Ich räuspere mich. »Blau.«

»Vielleicht blau.«

Ich presse die Kiefer aufeinander. »Okay. Vielleicht blau. Und handelt es sich um Belletristik oder um ein Sachbuch?«

Er starrt mich verständnislos an.

Erstaunlich, wie schnell Attraktivität verpuffen kann.

In diesem Moment kommt Jake herüber und stellt sich so vor mich, dass quasi meine gesamte Größe von eins zweiundfünfzig vor Ryan verborgen ist. »Hi.« Jake streckt die Hand aus. »Ich bin Jake. Wie gehts, Mann.«

Ich drücke Jakes Arm zur Seite, um mir Platz zu verschaffen. »Er heißt Ryan«, murmele ich, als sie sich die Hand geben.

Jake ignoriert mich. »Geht es in dem Buch um eine wahre Geschichte oder eine, die sich jemand ausgedacht hat?«

»Eine wahre Geschichte!«, sagt Ryan, und seine Augen leuchten auf wie bei einem Labrador Retriever, der gerade einen Tennisball gesichtet hat. »Über Präsident Jimmy Carter.«

»Fantastisch!« Jake klopft Ryan auf die Schulter. »Dann gehen wir mal rüber zu den Autobiografien. Komm mit …« Jake erstarrt. »Ähm …«

Ich drehe mich zu ihm und klimpere mit den Wimpern. »Gibt es ein Problem, Jake?«

Als er mir in die Augen schaut, ist da wieder dieses Kribbeln, aber ich bewahre Haltung.

»Ja«, brummt er. »Wo stehen die Autobiografien?«

Ich lege mir die Hand aufs Herz. »Oh, brauchst du etwa meine Hilfe?«

»*Shoshanna.*«

Warum muss er meinen Namen immer so aussprechen? Fast als würde er knurren. Ich schlucke und versuche mich zu sammeln, aber da wendet er schon seinen Blick von mir ab. »Hey, Daniel«, ruft er. »Hilfst du mir mal kurz?«

»Klar, Mann!« Daniel kommt auf uns zu. »Heya, Shosh.«

»Daniel«, antworte ich knapp. Und bevor ich es verhindern kann, gehen alle drei Jungs zusammen in die Biografieabteilung. *Mein Kunde* geht ohne mich davon. Angespannt atme ich aus. *Verdammt seist du, Jake Kaplan.* Nicht dass er eine Chance hätte, diesen Wettbewerb zu gewinnen, aber indem er mir meine Kunden stiehlt, schmälert er meine Chancen gegenüber den anderen und somit die Möglichkeit, Barbra reparieren zu lassen.

»Pech gehabt«, sagt eine Stimme.

Ich wirbele herum. Sophie-Anne lehnt hinter mir am Science-Fiction-Regal. »Stehst du da schon die ganze Zeit?«, frage ich sie.

Sie beugt sich vor und legt mir eine Hand auf die Schulter. »Was ist schon Zeit?« Dann gleitet sie davon und ihr langer schwarzer Rock bauscht sich hinter ihr auf.

»Alles klar«, murmele ich und drehe mich um. »Na ja, wenigstens ist sie keine Konkurrenz.«

»Führst du Selbstgespräche?«

Ich blicke zurück. Sophie-Anne ist wieder da. Ich schenke ihr ein kühles Lächeln und gehe davon.

Der Food-Court ist völlig überfüllt, alle Tische und Stühle sind belegt, die Schlangen sind so lang, dass sie definitiv gegen die Brandschutzverordnungen verstoßen. Menschen haben sich in jede Ecke und jeden Winkel gequetscht, und dazu versucht die Weihnachtsmusik, das Stimmengewirr noch zu übertönen. Meine Haut fängt an zu jucken. Bäh, Menschen. Nicht dass das jetzt jemand falsch versteht – *manche* Menschen mag ich, aber diese Massen von Fremden? Nein danke.

»Lass uns Smoothies holen«, sagt Cheyenne und ergreift meine Hand und die Kontrolle über die Situation. »Die Schlange ist am kürzesten. Wahrscheinlich weil es draußen unter null ist.«

»Ähm.« Ich halte sie zurück. »Ich muss für Barbras Reparatur sparen, aber ich kann mit dir zusammen anstehen, okay?« Eigentlich hatte ich vorgehabt, später im Pausenraum Mittag zu essen, Tee mit Biscotti und dazu einen Müsliriegel, von denen ich immer ein paar in meiner Tasche habe.

»Kein Problem«, sagt Cheyenne. »Ich lad dich ein.«

»Nein, das musst du nicht.«

Sie blickt mich an und zieht die Augenbrauen hoch. »Das ist wirklich kein Problem, Shosh.«

Ich zucke lächelnd mit den Schultern und wir stellen uns an und geben unsere Bestellungen durch. Cheyenne bezahlt mit ihrer Karte, als wäre das ganz selbstverständlich. »Danke«, sage ich und knete meine Finger. Es ist seltsam, wenn die Freundin viel mehr Geld hat als man selbst. Ich wünschte, es wäre mir nicht bewusst – und ich frage mich, ob es *ihr* bewusst ist. Ich schätze, ich bin gerade so fixiert aufs Geld, weil es echt stressig ist, für Barbras Reparatur zu sparen. Ich will nicht, dass das Auto zu noch mehr Streit bei uns zu Hause führt.

Als wir die Smoothies entgegennehmen, atme ich tief ein. Meiner heißt Banana-Mango-Tango, Cheyennes Triple-Berry-Explosion. Da nirgendwo ein freier Platz zu finden ist, spazieren wir durchs Einkaufszentrum. Anscheinend habe ich meine Arme nicht eng genug an den Körper gedrückt, denn eine mit Tüten behängte Frau stürmt an uns vorbei und knallt so hart gegen mich, dass ich mit meinem Banana-Mango-Tango fast zu Boden gehe. Sie hält nicht mal an, um sich zu entschuldigen.

»Wie unhöflich!«, rufe ich und reibe meinen Arm.

»Alles okay?«, fragt Cheyenne. Aus irgendeinem Grund kommen mir bei dieser Frage die Tränen. Verlegen wische ich sie weg. »Hey.« Ihre Stimme wird weich. »Was ist denn los?«

Ich fummele an meinem Strohhalm herum, meine Kehle ist zu eng, um etwas zu trinken. »Gar nichts.«

»Shosh«, sagt Cheyenne mahnend.

Ich bin einfach ein bisschen überempfindlich. Ernsthaft, wer heult denn, weil ihn jemand angerempelt hat? Und wer hat ein Problem damit, dass die beste Freundin ihm einen Smoothie kauft? Und, ja, meine Moms haben die Latke-Party verpasst, und das ist kein besonders schönes Gefühl, weil wir diesen Tag *immer* zusammen feiern, aber sie hatten eben keine Zeit, weil sie arbeiten mussten, also gibt es gar keinen Grund, ein Drama daraus zu machen. Und wenn ich Cheyenne jetzt davon erzähle, würde ich genau das tun, dabei ist es definitiv nichts, woraus man ein Drama machen müsste.

»Shosh?« Cheyenne knufft mich in die Seite und blickt mich sanft an. Sie trägt einen Oversized-Pulli aus Wolle, die Ärmel sind so lang, dass sie ihre Finger verdecken, während sie ihren Smoothie hält.

»Es ist nichts«, sage ich schnell und lächle. Das Lächeln ist echt – zu wissen, dass meine Freundin für mich da ist, wenn ich sie brauche, bedeutet mir alles. »Versprochen. Ooh, guck mal, Santas Weihnachtswerkstatt!«

Cheyenne akzeptiert den Themenwechsel mit einem fröhlich-lauten Aufschrei: »Santa!«

»Aber du weißt, dass es den Weihnachtsmann nicht wirklich gibt, oder?«, frage ich. »Das hab ich über die Jahre schon einigen Nichtjuden versehentlich verraten. Wahrscheinlich ist das der Grund dafür, dass die Leute Juden hassen.«

Cheyenne schnaubt. »Ha, ha. Natürlich weiß ich, dass es ihn nicht gibt. Aber es ist einfach schön, die glücklichen Gesichter all dieser Kinder zu sehen, bevor ihnen die harte Realität aufgedrängt wird. Komm, lass uns hingehen.«

Ich werfe einen Blick auf mein Handy. »Okay, aber dann muss ich zurück in den Laden.« Ich habe noch fünfzehn Minuten Pause, aber je früher ich wieder anfange, desto mehr Bücher kann ich verkaufen. Ich wette, ich liege in Führung, doch es kann ja nicht schaden, diese Führung auszubauen.

»Wie läuft es mit Jake?«, fragt Cheyenne, als wir zum Weihnachtswerkstatt hinüberspazieren.

Jake. Jake, dieser Idiot mit seinem Dreitagebart und seinem Holzfällerhemd und diesem unverschämt guten Geruch nach frischem Kuchen. »Nicht besonders«, antworte ich. »Ist irgendwie echt ein Arsch.«

»Aber er hat auch einen guten Arsch, oder?« Der vielsagende Tonfall lässt mich erröten.

»Woher willst du das wissen?« Ich ziehe die Brauen hoch. »Du bist ihm doch noch nie begegnet.«

Sie fängt an zu grinsen. »Das merke ich an der Art, wie du über ihn sprichst.«

»Mein Gott! Hör auf damit«, sage ich.

Die Sache ist nur, sie hat recht.

Cheyenne lacht und legt ihren Arm um mich. Wir bahnen uns einen Weg außen an der Schlange vorbei, die sich im Zickzack durch einen Großteil des Nordflügels windet. Kinder rufen und schreien, während die Eltern auf ihren Handys herumscrollen. Die Musik dröhnt hier noch lauter aus den Boxen und gerade läuft Mariah Careys »All I Want for Christmas Is You«. Bei dem Song bekomme ich immer Lust, *Tatsächlich ... Liebe* zu gucken. Ein Film, bei dem ich mir dann immer wünsche, dass es auch einen epischen Chanukka-Liebesfilm gäbe.

Die Bühne ist mit Kunstschnee bedeckt und hat außerdem ein Rentier samt rotem Schlitten zu bieten und ein Schild, auf dem *Nordpol* steht. Richtig süß. Es gibt sogar zwei Weihnachtselfen! Und der Weihnachtsmann lacht fröhlich und laut und … Hm. Dieser Santa kommt mir bekannt vor. Dunkle Haut und so freundliche Augen, die ich überall wiedererkennen würde …

»Oh. Mein. Gott.« Ich halte mir die Hand vor den Mund, um nicht in hysterisches Gekicher auszubrechen.

Cheyenne starrt schockiert auf den Weihnachtsmann.

»Ist das …« Obwohl ich mich ernsthaft bemühe, muss ich losprusten.

Sie droht mir mit dem Zeigefinger. »Wag es nicht!«

»Aber ist das …«

»Hör. Auf. Zu. Reden.«

»Cheyenne, ist das da oben dein Dad?«

»Mein Gott!« Cheyenne vergräbt ihr Gesicht in den Händen und stöhnt so laut, dass einige der Eltern in der Schlange sich zu uns umdrehen. Sie klingt wie eine Schauspielerin, die die Rolle ihres Lebens gibt: »Wie konnte er mir das antun?«

Ich lache jetzt lauthals. Cheyenne durchbohrt mich mit einem Todesblick, und ich versuche, das Kichern zu unterdrücken. »Na ja, um ehrlich zu sein, glaube ich nicht, dass er es wegen dir tut«, merke ich an. »Sieh doch mal, wie süß er zu den Kindern ist! Er ist der Beste!«

»Ho, ho, ho!«, ruft Mr Herman. Cheyenne stöhnt noch lauter. Zwei Kinder stehen strahlend vor ihm und kommen aus dem Staunen nicht heraus. Ein Weihnachtself knipst ein Bild und dann geleitet ein anderer die glücklichen Kinder von der Bühne.

Cheyenne jammert: »Wie peinlich.«

»Überhaupt nicht«, sage ich. »Es ist toll. Komm, lass uns Hallo sagen!«

»Auf gar keinen ...«

Aber ich habe sie schon am Ärmel gepackt und ziehe sie an der Schlange vorbei nach vorn. »Mr Herman! Mr Herman!«, rufe ich und winke mit der freien Hand. Der als Santa verkleidete Mr Herman sieht panisch zu uns her, und mir wird klar, dass ich dabei bin, seine Tarnung auffliegen zu lassen. »Ich meine, guter Weihnachtsmann! Sieh mal! Ich bringe dir deinen Lieblingself!«

Mr Herman kapiert sofort. »Ho, ho, ho. Meine beiden Lieblingselfen sind zu Besuch gekommen. Kommt her zu mir und ...«

»Nein!«, schreit Cheyenne, macht auf dem Ansatz kehrt und entfernt sich vom Nordpol, so schnell sie kann. Ich renne ihr hinterher und stoße dabei fast mit drei Jungs zusammen, die mit ihren Skateboards durch die brechend vollen Gänge kurven. Cheyenne redet derweil weiter vor sich hin: »Shoshanna, das war mein Dad. Als Weihnachtsmann verkleidet. Und ›Ho, ho, ho‹ rufend. Mein Gott. Was, wenn Anna ihn sieht? Das ist so peinlich. Ich kann nicht ...«

Ich merke, wie eine leichte Verärgerung in mir hochkocht. Mr Herman hat sich so gefreut, Cheyenne zu sehen. Er wollte gerne Zeit mit ihr verbringen. Als ich den Job bei ES WAR EINMAL bekam, waren meine Moms so begeistert, dass sie am Ende meiner ersten Schicht im Laden auftauchten und Cupcakes mit Regenbogen-Glasur an die Belegschaft verteilten. Es war einfach zu nett, um peinlich zu sein. Danach kamen sie immer mal wieder vorbei, um in den Regalen zu stöbern, Geschenke zu kaufen oder mich zum Mittagessen im Food-Court zu treffen. All diese Kleinigkeiten, die ich immer genossen, über die ich aber nie groß nachgedacht habe. Jetzt fände ich es ziemlich seltsam, wenn Mama mit Brezeln von Auntie Anne's vorbeikommen oder Mom vor den Regalen der Krimiabteilung stehen würde.

Aber es ist nicht fair, auf Cheyenne sauer zu sein, wenn ich ihr nicht erzählt habe, was bei mir zu Hause los ist. Und immerhin habe ich meine Mütter auch noch nie in einem Elfenkostüm gesehen. Von dem Anblick würde ich mich wahrscheinlich im Leben nicht mehr erholen.

Während wir unsere jeweiligen Läden ansteuern, holt Cheyenne ihr Handy hervor und tippt eine Nummer ein. Ein paar Sekunden später höre ich sie atemlos sagen: »Mom? Ja, hi!« Ihre Augen weiten sich vor Panik. »Es gab einen Notfall!«

KAPITEL 5

In der nächsten Stunde bin ich vollauf damit beschäftigt, Bücher zu verkaufen. Ich bediene einen Kunden nach dem anderen und bringe allein fünf Exemplare des ersten Teils von *Time Stands Still* an den Mann oder die Frau, ganz zu schweigen von jeder Menge Autobiografien, Liebesromanen und wunderbarer Kinderbücher. Mein eigener Stapel von Büchern, die ich unbedingt lesen will, hat mittlerweile die Höhe des Eiffelturms erreicht, und ich kann es kaum erwarten, dass die Feiertags-Doppelschichten endlich vorbei sind und ich wieder mehr Zeit zum Lesen habe.

Nachdem ich eine weitere Kundin bedient habe, sehe ich mich um und seufze zufrieden. Ich liebe diesen Job einfach. Wie die Leute zögerlich und zugleich voller Hoffnung in den Laden kommen, ihren Blick über die Regale schweifen lassen, auf der Suche nach etwas Besonderem, und ich ihnen dann behilflich sein kann. Wie ich die Abteilungen durchforste, um das perfekte Buch zu finden, das ihnen die Woche oder vielleicht sogar das ganze Jahr erhellt. Es gibt nichts Besseres als das perfekte Buch – nichts ist besser, um ein Licht in deinem tiefsten Inneren zum Leuchten zu bringen, sich in dein Herz einzugraben und dir das Gefühl zu geben, gesehen und gehört zu werden. Weihnachtsbonus hin oder her, das perfekte Buch für jemanden zu finden ist sogar ein noch größerer Adrenalinkick als mein legendärer Zuckerrausch (Halloween 2016).

Ich bemerke Daniel, der gerade mit einem freundlichen Lächeln einen Kunden zur Kasse geleitet. Ich mustere ihn mit plötzlichem Misstrauen. Daniel, der Bücherwurm, Empfehlungsrekordhalter und Spider-Man-Socken-Träger. Er ist einer der wenigen aus dem Team, der noch mehr Bücher gelesen hat als ich, und er ist genauso zugewandt. Wenn einer mir den Bonus streitig machen kann, dann er. Und nur weil wir beste Nerd-Freunde sind, die sich einmal zusammen 101 alternative Titel für die *Harry Potter*-Bücher ausgedacht haben (einschließlich *Harry Potter und der feurige Angstkelch* und *Harry Potter und die Heiligtümer der tödlichen Angst*), heißt das nicht, dass ich ihn mit Nachsicht behandeln werde.

Daniel bemerkt meinen Blick und lacht, während er auf mich zugeht und sich dabei durchs Haar fährt. »Du solltest mal dein Gesicht sehen. Wenn ich es nicht besser wüsste, hätte ich Angst vor dir, Shoshanna Greenberg.«

»Und …«, frage ich. »Versuchst du, den Bonus zu gewinnen?«

Er zwinkert. »Sehr subtil. Aber keine Sorge. Ich bin gar nicht oft genug hier, um zu gewinnen. Meine Familie ist über Weihnachten da, daher werde ich keine Doppelschichten schieben wie du.«

»Oh, gut«, sage ich erleichtert.

Daniel lacht wieder, dann klingelt sein Handy. »Ah, Lola ist da. Dann mach ich mich mal auf den Weg. Man sieht sich, Greenberg.«

Ich verabschiede mich ebenfalls. »Bis morgen, Rhodes.«

Er gibt Myra auf dem Weg nach draußen ein High-Five.

Mir entfährt ein kleiner Seufzer. Ich will ja nicht das Klischee erfüllen, aber an Weihnachten jemand Besonderen zu haben, wäre schon schön. Daniel hat Lola, und dass Cheyenne so versessen auf die Küsse ihrer Ex ist, wundert mich auch nicht. Wer würde es sich bei dem eisigen Wetter nicht gerne mit einem lieben Menschen gemütlich machen? Natürlich muss ich genau in dem Moment hochschauen und Jake sehen, der in der Fantasyabteilung für Erwachsene steht. Er ist in ein Gespräch mit einer Kundin vertieft, lacht und fährt sich durch die Lockenpracht. Ich beiße mir auf die Lippe, während mein Blick von seinem Kiefer über das Flanellhemd auf seine braunen Stiefel gleitet und ich mich einen Moment lang frage, ob ...

Das Lachen erstirbt. Jake blickt verunsichert, und die

Kundin seufzt, als wolle sie sagen: *Dieser Typ ist mir keine große Hilfe.* In einem Anfall von weihnachtlicher Güte – und auf keinen Fall aus irgendeinem anderen, liebestollen Grund – beschließe ich, ihm beizustehen.

Ich gehe zu ihnen und frage so fröhlich wie möglich: »Kann ich irgendwie behilflich sein?«

»Ich komme schon klar, danke«, antwortet Jake.

Ich trete näher an ihn ran und flüstere: »Ich will nur helfen.« Als er mich ansieht, falle ich fast in Ohnmacht, so intensiv ist der Blick aus seinen dunkelbraunen Augen, sie sind quasi schwindelerregend. Und von so nah steigt er mir zu Kopf, und meine Gedanken sind gleichzeitig träge und überschwänglich, als wäre heute Seder-Abend und ich hätte zwei Glas Wein intus. Ich kann meine Stimme noch gerade so kontrollieren, als ich hinzufüge: »Die Punkte kannst du behalten.«

Die schwindelerregenden Augen verengen sich, während er sich am Nacken kratzt. Ich ertappe mich dabei, wie ich etwas zu lange auf seinen Hals starre. »Ach wirklich?«

Ich räuspere mich und lenke meinen Blick wieder auf einen weniger verfänglichen Bereich – auch bekannt als Fluse auf meinem Strickjackenärmel. »Ja, wirklich«, verspreche ich. »Ich habe es schon ordentlich krachen lassen in Sachen Verkauf. Das eine Buch wird deine Chance, gegen mich zu gewinnen, nicht übermäßig erhöhen.«

»Na schön«, lenkt er ein, und ich könnte schwören, dass ein Lächeln über seine Lippen zuckt. »Also gut.«

Mein Herz schlägt schneller. Ich bin ihm wirklich sehr nahe, so nah, dass ich seine Körperwärme durch meine Strickjacke und sein Flanellhemd spüren kann. Mit rotem Gesicht drehe ich mich zu der Kundin und lenke die Aufmerksamkeit weg von Jake und der Wärme, die von ihm ausgeht. Die Frau hat drei Bücher im Arm, doch ich kann ihr ansehen, dass sie mit der Auswahl unzufrieden ist.

Ich strecke ihr die Hand entgegen: »Hi! Ich bin Shoshanna. Kann ich Ihnen helfen?«

Sie legt die Bücher beiseite und gibt mir die Hand. »Ich bin auf der Suche nach einem Geschenk für meinen Vater. Er mag Fantasy und ich würde ihm gerne etwas Aktuelles schenken. Wenn möglich, von einer Frau geschrieben.«

»Oh«, sage ich. »Dann muss er unbedingt *Time Stands Still* lesen. Das ist die beste Buchserie …«

Sie schüttelt den Kopf. »Nein, ich dachte an etwas Aktuelles.«

»Es ist aktuell.«

Sie wirft mir einen befremdeten Blick zu. »Wurde die Serie nicht vor zehn Jahren abgeschlossen?«

Nun, bezogen auf die Geschichte der Literatur würde ich das immer noch als verdammt aktuell bezeichnen, aber die Kundschaft hat immer recht. Vor allem, wo ich Jake gerade vorführe, was guter Kundenservice ist – und ich bin mir weiterhin sehr bewusst, dass er dicht neben mir steht. »Ja, das stimmt. Aber wir haben einen Thementisch mit den Neuerscheinungen aus dem Bereich Fantasy. Vielleicht ist dort ja etwas für Sie dabei!«

Ich will sie zu der entsprechenden Auswahl führen, doch sie bleibt stehen. »Gibt es einen Titel, den Sie besonders empfehlen würden?«

»Jedes der Bücher ist ein Lesetipp aus unserem Team«, versichere ich, und endlich gelingt es mir, sie zum Fantasy-Tisch zu lotsen. Jake schließt sich uns an und zu dritt schauen wir über die ausgestellten Titel. Dabei fällt mir auf, dass ich keinen davon gelesen habe. Ich liebe Fantasy. Es ist quasi mein Lieblingsgenre, aber ich muss mir eingestehen, dass ich etwas hinterherhinke, was wohl passiert, wenn man seine Lieblingsserie ungefähr achtmal hintereinander liest und noch dazu diverse Fanfiction. Ich kann die Unzufriedenheit der Kundin spüren, und ich hasse es, dass ich keine Lösung parat habe. Ich zermartere mir das Hirn, aber mir fallen nur Bücher ein, die schon vor Längerem erschienen sind.

»Also so etwas wie *Time Stands Still*, aber aktueller?«, fragt Jake.

»Genau«, antwortet die Frau.

»Die Serie ist wirklich gut!«, sagt Jake.

Nicht sein Ernst! Er hat sie nicht mal gelesen.

»Einen Moment …« Jake holt sein Handy hervor, und nach kurzem Herumgetippe sagt er: »Wie wär's mit der *Willow Warrior*-Serie von Elyse Greene?«

»Haben Sie sie schon gelesen?«

»Noch nicht«, antwortet er, »aber ich habe es vor. Sie steht auf der Liste der empfohlenen Neuerscheinungen für Fans von *Time Stands Still.*«

Sie klatscht in die Hände. »Ja, das ist perfekt!«

Ich werde nervös. Ist es wirklich möglich, auf diese Art Bücher zu verkaufen? Mit Lügen und einem Smartphone? Was ist, wenn Jakes Strategie funktioniert? Was, wenn er den Bonus gewinnt und ich nicht genug Geld zusammenkriege, um Barbra reparieren zu lassen, und meine Mütter weiter darum streiten und …

Bevor ich es verhindern kann, höre ich mich schon sagen: »Ah, ich weiß, wo diese Serie steht. Kommen Sie bitte mit.« Ich mache auf dem Absatz kehrt und führe die Frau zurück in die Fantasy-Ecke. Ich ziehe den ersten Band aus dem Regal und reiche ihn ihr, zusammen mit meinem QR-Code. »Geben Sie diesen Schein bitte vorne an der Kasse ab, vielen Dank. Frohes Fest!«

Nachdem die Frau weg ist, stapft Jake wütend auf mich zu. Seine schwindelerregenden Augen blitzen. »Ernsthaft? Du hast gesagt, ich kann die Punkte behalten!«

Seine Worte treffen mich härter als erwartet und ich versteife mich. Das habe ich ja wirklich gesagt. Ich bin einfach in Panik geraten, weil ich Angst hatte, den Bonus nicht zu bekommen. »Stimmt«, gebe ich ihm recht. »Es tut mir leid. Aber du hast mir heute Morgen auch Ryan, den Jimmy-Carter-Fan, geklaut. Also sind wir quitt.«

»Oh.« Jake blinzelt. Er lehnt sich vor, und mich umgibt dieser Geruch nach Zimt und Zucker, als wäre er eine überdimensionale Schüssel Cini-Minis. »Ich schätze, du hast recht. Mir tut es auch leid.«

Der Moment zieht sich unendlich lang hin, und meine Haut beginnt zu kribbeln, überempfindlich und wie elektrisiert, als könnte ich Jake spüren, obwohl wir uns nicht einmal berühren. Mein Blick wandert zu seinen geschwungenen Lippen und das Kribbeln wird stärker, und wenn nicht bald einer von uns etwas sagt, kann ich für nichts mehr garantieren. Also reiße ich mich zusammen. »Nicht dass es eine Rolle spielt. Du wirst den Bonus eh nicht gewinnen.«

»Denkst du wirklich, ich könnte nicht gewinnen?« Jake lehnt sich nach hinten und reckt sich, indem er einen Arm über seine Brust zieht. Er wirkt jetzt eher amüsiert als verärgert. »Ich mein' ja nur, schließlich habe ich gerade das Buch für diese Frau gefunden. Nicht du.«

»Das war purer Zufall«, versuche ihm und mir selbst

einzureden. »Du kannst nicht jedes Mal eine Empfehlung zusammengoogeln. Die Leute wollen eine persönliche Note, sie wollen, dass du dich für das Buch verbürgst.«

»Etwas, das du nicht geschafft hast. Außerdem mögen die Leute suchmaschinenoptimierte Ergebnisse. Sie wollen genau zur richtigen Wahl geleitet werden.« Jakes Gesichtsausdruck ändert sich und er setzt dieses teuflische Grinsen auf, das mir die Haare zu Berge stehen lässt.

»Was ist?«, frage ich.

»Nichts.«

»Jake …«, sage ich warnend.

Er grinst noch breiter. »Weißt du, was? Ich werde jetzt die Regale aufräumen. Der nächste Kunde gehört ganz allein dir. Es stimmt, du hast recht. Wenn ich den Bonus gewinne, wäre das die Sensation des Jahres.«

Als er weggeht, rufe ich ihm panisch hinterher: »Warum hast du so gegrinst, als du das gesagt hast? Jake!«

Er antwortet mir nicht.

Verdammt noch mal.

Warum hat er so gegrinst, als er das gesagt hat?

Ich knabbere an einem Fingernagel, während die Schlange vor Starbucks sich langsam vorwärtsschiebt. Ich überreagiere. Ich weiß genau, dass ich überreagiere. Jake kann den Bonus gar nicht gewinnen. Er will mich nur verunsichern, das ist alles. Und ich reagiere überempfindlich. Ich war schon immer ein bisschen empfindlich. Einmal musste ich sogar bei einem Werbespot für Teppichreiniger weinen, weil die Familie sich so über ihren kleinen Welpen gefreut hat, trotz der schlammigen Pfoten und allem. Und durch die Streitereien zu Hause und Barbras drohenden Kollaps bin ich viel gereizter als sonst, und warum stehe ich überhaupt bei Starbucks an und verschwende hier mein Geld, obwohl ich noch nicht mal einen Smoothie will, wozu soll ein Muntermacher gut sein, wenn es einen so viele Nerven kostet, ihn zu besorgen, und ich habe das Gefühl, wenn auch nur die kleineste weitere Sache passiert, dann breche ich zusammen und ...

Ich stoße einen riesigen Seufzer aus.

»Huch, was ist denn mit dir los?«, fragt jemand hinter mir.

Angespannt drehe ich mich um, doch als ich sehe, wer hinter mir steht, bin ich erleichtert. »Elliot!«

»Ich brauche dringend Koffein«, sagt er. »Dieser Tag war einfach viel zu lang.«

»Absolut.« Ich lächle. »Die Meute bei MAKE YOU UP sah ziemlich krass aus.«

»Megakrass. Wir haben alle Hände voll zu tun wegen Weihnachten, und ich möchte möglichst nützlich erscheinen, weil ich nämlich versuche, eine Gehaltserhöhung bei

Kim durchzudrücken. Echt jetzt, ich verkaufe zweimal so viel wie jeder andere in dem Laden, aber sie will meinen Lohn nicht erhöhen, weil ich angeblich ein Problem damit habe, ›Autoritäten zu respektieren‹, oder so. Aber trotzdem hat sie anscheinend keine Bedenken, mich heute den Laden abschließen zu lassen, und ...«

»Warte!«, rufe ich dazwischen, da mir eine Idee gekommen ist. »Du schließt heute den Laden ab?«

Elliot seufzt, während er sich durch sein perfekt zerzaustes Haar fährt. Seine silbernen Ringe glänzen im Licht des Einkaufszentrums. »Jep. Kim muss heute früher los, weil sie irgend so ein Hot-Yoga-Meditations-Akupunktur-Dings hat. Keine Ahnung.«

»Hmm«, sage ich.

Ein ganzer Laden voller Make-up und niemand da ...

»Du heckst da doch was aus.« Elliot tippt an meine Stirn. »Spuck's aus!«

»Na ja ... wenn du heute Abend den Laden abschließt, du weißt schon, mit der ganzen Schminke und so, wie wär's, wenn wir dann Geraldines erstes Video dort drehen und dazu die Pröbchen nutzen?« Vor Begeisterung hüpfe ich. »Ich könnte so einen alten Hintergrund von einer Lesung bei ES WAR EINMAL mitbringen, dann merkt überhaupt niemand, wo wir sind. Es ist einfach perfekt!«

»Klingt gut. Aber auch riskant.« Wir sind an der Kasse

angelangt und Elliot bestellt für uns beide. »Zwei große Peppermint Mocha, bitte!«

»Das macht elf vierundsiebzig«, sagt der Kassierer.

Ich erstarre. Eigentlich müssten wir halbe-halbe machen, aber Elliot hat einfach etwas Superteures geordert, dabei hatte ich schon ein schlechtes Gewissen, weil ich mir heiße Schokolade im Minibecher kaufen wollte. Bevor ich überhaupt reagieren kann, hat Elliot seine Karte in den Kartenleser gesteckt und der Kassierer gibt ihm den Bon.

»Nächstes Mal zahle ich!«, sage ich. »Versprochen.«

»Perfekt«, antwortet Elliot völlig unbekümmert. Ich beiße mir auf die Wange, während wir uns in die nächste Schlange stellen, um auf unsere Getränke zu warten. »Also ein Video …«

»Ja. Was hältst du davon? Aber fühl dich zu nichts verpflichtet. Ich will nicht, dass du Ärger bekommst.«

»Ich denke …« Elliot macht eine lange Pause, bevor er mir zulächelt. »Ich denke, das ist eine super Idee, und ich bin so was von dabei.«

Ich quieke: »Wirklich?«

»Ja, wirklich!«

Und wie von selbst fällt plötzlich eine riesige Last von meinen schmalen Schultern. Es wird Geraldine helfen, ihren YouTube-Traum Wirklichkeit werden zu lassen, und obendrein lenkt es mich von meinen Sorgen ab.

Als unsere Getränke fertig sind, schnappe ich mir meins und trinke einen Schluck. Pfefferminzig-schokoladige Perfektion! »Ich geh besser zurück an die Arbeit«, sage ich zu Elliot.

»Weitere Details per Textnachricht?«, fragt er.

»Auf jeden Fall!«

Er umarmt mich zum Abschied und geht davon. Sofort wird er von der Menschenmasse verschluckt.

Während ich trinke, ziehe ich mein Handy raus und berichte Geraldine von unseren Plänen für heute Abend. Sie schickt mir sofort mehrere Nachrichten, sie klingt aufgeregt, aber auch ein bisschen nervös. Sie schreibt, dass sie noch nicht bereit ist, online zu gehen, aber dass sie gerne ein Übungsvideo machen würde. Glücksgefühle durchströmen mich, während ich an meinem Peppermint Mocha nippe und zurück zu ES WAR EINMAL gehe. Gestärkt durch die Ladung Zucker und meine Freunde, bin ich bereit, einen verdammten Rekord im Bücherverkaufen aufzustellen.

KAPITEL 6

Jake geht nach der Hälfte meiner Doppelschicht nach Hause, sodass der Rest des Tages ohne weitere Zwischenfälle verläuft. Okay, abgesehen von den Zwischenfällen mit der Kundschaft. Wie diese Frau, die unbedingt Jungsbücher für ihren Sohn wollte und mich buchstäblich auslachte, als ich ihr eine Geschichte mit einer weiblichen Hauptfigur empfahl. Oder aber das zehnminütige anstrengende Gespräch mit einem Kunden, der meinte, er habe ein Buch auf Mittwoch vorbestellt, und warum es denn noch nicht da sei, und ich antwortete, ja, aber heute ist erst Montag, und er sagte, ja, aber ich habe es für Mittwoch vorbestellt, und ich hätte am liebsten geschrien: *So funktioniert Zeit aber nicht, Sir!*

Aber so ist das nun mal im Einzelhandel.

Und dann habe ich auch noch meine Mens bekommen und hatte keinen Tampon dabei. Also habe ich Tanya nach einem gefragt. Sie ist zweifache Mutter und hat immer alles in der Tasche, von Tampons über Graham Cracker bis hin zu Fleckenstiften. Sie ist so ein guter Mensch, dass sie vermutlich noch Notfalltampons für andere mit sich herumschleppt, wenn sie selbst schon in den Wechseljahren ist. Ich beschließe, ihr zum Dank ein paar Packungen Kamillentee mitzubringen. Das ist ihr Lieblingstee und der im Pausenraum ist ständig alle, und anscheinend ist das die einzige Sache, die nicht in ihre Mary-Poppins-Tasche passt.

Der Nachmittag lief aber nicht komplett schlecht. Ich habe eine abnormale Menge an Büchern verkauft, und was noch besser ist, Ms Serrano und ich unterhielten uns eine halbe Stunde lang über eine neue Romantik-Serie, die sie toll findet, und am Ende hat sie mir die Bücher geschenkt, weil sie meinte, wenn sie nicht endlich anfängt, ihre Privatbibliothek zu entrümpeln, landet sie noch in einer dieser Reality Shows über Messies. Und jetzt habe ich endlich Feierabend und nach zwei Tagen Doppelschicht bin ich sterbensmüde. Das hat mein Großvater immer gesagt und ich verstehe erst jetzt so richtig, was damit gemeint ist.

Aber … ich muss mich wieder fit machen, schließlich haben wir gleich einen YouTube-Video-Dreh!

Kurz bevor ich MAKE YOU UP erreiche, texte ich Elliot das Codewort: **Peppermint Mocha**. Wir haben auch Cheyenne zum Dreh eingeladen, aber sie musste leider absagen. Sie will mit ihrer Mom die neuste Staffel von *Die Bachelorette* anschauen. Es versetzt mir wieder einen kleinen ärgerlichen Stich – oder nein, es ist nicht Ärger, sondern Eifersucht. Ich kann gar nicht sagen, wann wir zu Hause unseren letzten Deko-Show-TV-Marathon hatten, bei dem wir es uns immer mit Decken und Süßigkeiten gemütlich machen und gnadenlos über die Designvorlieben der Leute herziehen. Ich sage eine Sache, meine Mütter sagen das genaue Gegenteil, es ist immer superwitzig.

Elliot öffnet die Tür einen Spalt und reißt mich aus meinen Gedanken. Er blickt sich vorsichtig nach beiden Seiten um, als befänden wir uns in einem Thriller und nicht in einer Shoppingmall in der Vorstadt, die seit den frühen Nullerjahren kein ordentliches Lifting mehr erhalten hat. Dann nickt er, lässt mich passieren und flüstert dabei: »Die Luft ist rein.«

»Roger«, ertönt Geraldines Stimme.

Elliots Smartphone guckt aus seiner Tasche und hat die Funktion eines Walkie-Talkies übernommen. Ich beuge mich vor und spreche hinein: »Der Peppermint Mocha ist gelandet. Over.«

»Roger«, antwortet Geraldine wieder.

Ich grinse. »Das ist cool.«

Elliot grinst zurück. »Total. Und jetzt rein mit dir.«

Er schließt die Tür ab und ich folge ihm in den hinteren Teil des Ladens. Außerhalb der Öffnungszeiten sieht alles ganz anders aus. Weniger eindrucksvoll. Ohne die beleuchteten Auslagen und die Horden von Kunden haben die Produkte nicht denselben magischen Glanz. Geraldine läuft trotzdem mit glasigen Augen durch die Reihen, wie ein Kind in einem Bonbonladen oder wie Geraldine in einem Kosmetikgeschäft. Als sie uns sieht, rennt sie kreischend auf uns zu. »Das hier ist das Coolste, was ich je gemacht habe! Die Sache, als die Freundin von Lucille Tifton meinen Tweet über Lucille Tifton gelikt hat, mit inbegriffen. Danke für die großartigste Idee aller Zeiten, ihr großartigsten Freunde der Welt.«

»Das hast du alles Shoshanna zu verdanken«, sagt Elliot.

»Quatsch«, antworte ich. »Sei nicht so bescheiden und gib mir das ganze Lob. Also, okay, ein bisschen Lob steht mir natürlich zu, weil ich tatsächlich eine verdammt tolle Freundin bin. Aber das wäre alles nicht möglich, wenn Elliot das Risiko nicht auf sich nehmen würde.«

»Es ist für einen guten Zweck«, antwortet er feierlich.

»Okay.« Geraldine klatscht in die Hände. »Lasst uns anfangen!« Sie flitzt durch den Laden wie ein Profi, zieht ein Mascara-Pröbchen von dieser Marke, einen Concealer von jener und einen Lippenstift von noch einer anderen aus dem Regal. Ihre Finger gleiten an den Produkten entlang, als hätten sie einen eigenen Willen. Sobald sie ihr Geschütz aufgefahren hat, ordnet sie alles auf einem Tisch für die Aufnahmen, während Elliot und ich die Kulisse von

ES WAR EINMAL aufbauen. Dann richten wir noch zwei der Ladenlampen auf Geraldine aus, damit es so richtig professionell wirkt.

»Bereit?«, frage ich und bringe ihr Handy in Position.

»Klar!«, ruft Geraldine, ihr Gesicht strahlt im Schein der Lichter, aber dann schwindet ihr Lächeln.

»Hey.« Ich nehme das Handy runter. »Was ist los?«

Sie schlägt mit ihren burgunderroten Fingernägeln gegen die Wimperntusche. »Ich bin nervös, schätze ich mal.«

Das ist nun wirklich etwas ganz Neues für Geraldine Castillo. Ich bin vielleicht impulsiv, aber Geraldine war schon immer die Mutigere von uns beiden. In der Grundschule hatten alle Angst vor den langen Monologen, aber Geraldine meldete sich freiwillig für die Hauptrolle im Theaterstück. In der Mittelstufe beim Ausflug in den Six-Flags-Freizeitpark marschierte Geraldine schnurstracks zur extremsten Achterbahn, während wir anderen mit den Baby-Bahnen anfingen. Und als wir letztes Jahr auf einer Demo für die Verschärfung der Waffengesetze waren und ein Reporter fragte, ob jemand bereit wäre, ein Interview zu geben, trat sie direkt vors Mikrofon und ihre Stimme zitterte nicht ein einziges Mal.

Es macht mir richtig zu schaffen, jetzt Geraldines Unsicherheit zu sehen.

Und es zeigt gleichzeitig, wie viel das Ganze ihr bedeutet.

»Du musst nicht nervös sein«, sagt Elliot. »Niemand wird das Video zu sehen kriegen.«

Geraldine macht ein langes Gesicht und ich stoße ihm den Ellbogen in die Rippen. »Du bist ja eine schöne Hilfe, Elliot.«

»Na, es stimmt doch!«, sagt er.

»Ja.« Ich mache eine Pause. »Hast recht.« Ich gehe zu Geraldine, lege meine Hände auf ihre Schultern und blicke ihr fest in die wunderschönen braunen Augen. »Geraldine, beste Freundin, du bist klug und großartig und kannst so auffallend gut mit flüssigem Eyeliner umgehen, dass man meinen könnte, du hast einen Pakt mit dem Teufel. Dieses Video wird ein Slam Dunk, um es wie eine Basketballspielerin zu sagen. Und falls es wider Erwarten doch kein Slam Dunk wird, kriegt es sowieso niemand zu sehen. Das klingt zwar nicht nett, wenn Elliot es so sagt, aber eigentlich ist es ein super Grund, um keine Angst haben zu müssen, okay?«

Sie lacht etwas schlapp. »Okay.«

Nur zur Sicherheit halte ich kurz inne, mustere ihr Gesicht und sehe einen winzigen Fleck an der Wange, vielleicht von ihrer Schicht bei BO'S. Ich gebe etwas Spucke auf meinen Finger und reibe ihn ab.

»Hey!«, ruft Geraldine.

»Was?«, frage ich. »Du hattest da etwas Schmutz.«

Jetzt muss sie wirklich lachen. »Okay, *danke, Mama.*«

»Gern geschehen, Süße.« Ich gehe zurück auf die Kameraposition. »Alles klar, meine Schöne. Leg los!«

Der Dreh läuft super. Beim Filmen zeigt Geraldine keine Spur von Nervosität. Ich kann immer noch nicht glauben, dass sie auch nur eine Sekunde lang unsicher war. Sie ist so verdammt talentiert und sympathisch. Mit strahlendem Lächeln und angenehmer Stimme erklärt sie ein paar Make-up-Tricks, darunter auch, wie man Lipliner aufträgt, ohne dass es so aussieht, als würde man Lipliner tragen. Im Grunde genommen Hexerei. Sie sollte das Video unbedingt veröffentlichen, damit die Leute von ihren Tipps profitieren können.

»Vielen Dank noch mal«, sagt Geraldine, als wir zu unseren Autos gehen. Elliot, dem selbst bei 30 Grad noch zu kalt wäre, sprintet sofort zum Wagen seiner Mutter, als die vorfährt, um ihn einzusammeln. Sie warten, bis Geraldine und ich sicher in unseren Autos sitzen.

»Mehr als gern geschehen.« Ich lege meinen Arm um ihre Schulter und gebe ihr einen Kuss auf die Wange, die schon ganz eisig ist. Wir verfallen in angenehmes Schweigen, wie das nur alte Freundinnen können, und plötzlich überkommt mich eine riesige Dankbarkeit dafür, dass

Geraldine in meinem Leben ist. »Ich hab dich gern«, sage ich.

Sie blickt mich mit einem warmherzigen Funkeln in den Augen an. »Genauso doll wie Schoko-Pfefferminz-Eis an einem heißen Sommertag?«

Ich lache und muss sofort an den Tag in der vierten Klasse denken, als Geraldine ihr frisch gekauftes Eis fallen ließ. Ich hatte das Taschengeld der ganzen Wochen für einen Becher Schoko-Pfefferminz-Eis gespart und wollte mir gerade einen Löffel voll in den Mund schieben, als ihre Eistüte auf den Boden klatschte. Ohne zu überlegen, sagte ich feierlich: »Hol dir einen Extra-Löffel.« Und dann machten wir uns gemeinsam über meinen Becher her, der innerhalb von Sekunden verschlungen war und nur klebrige Gesichter und ein Lächeln zurückließ.

»Aber so was von«, antworte ich.

Sie zwinkert mir zu, als wir Barbra ansteuern, dann winkt sie zum Abschied. Ich steige ins Auto und stecke den Schlüssel ins Zündschloss. Ich möchte nur noch nach Hause, den Schlafanzug anziehen und mich ins Bett fallen lassen. Aber dann erinnere ich mich wieder an den Streit von heute Morgen wegen der leeren Speisekammer, also lenke ich Barbra stattdessen zum Supermarkt. Es ist dieser schmuddelige Laden, der bis spät in die Nacht geöffnet hat und immer halb abgelaufene Produkte anbietet. Außerdem flackern in mindestens zwei Gängen die Leuchtstoffröhren, wie bei einem Horrorfilm. Mit müden Füßen schleppe ich mich an den Regalen entlang und belade den Einkaufswagen mit Brot, Wurst, Eiern, Moms Lieblings-Pistazieneis, obwohl es nicht im Angebot ist, und mit dieser zuckersüßen Orangenmarmelade, die Mama so gerne isst.

Die Einkäufe kommen auf 27,42 Dollar und die Kassiererin muss mir meine Karte fast aus der Hand reißen. Sicher würden meine Mütter mir das Geld für die Sachen zurückzahlen, aber das hieße, dass ich zugeben müsste, dass ich eingekauft habe, und dann würden sie sich wieder gegenseitig anschnauzen, und das würde den ganzen Plan zunichtemachen. Ich werde die Lebensmittel einfach in den Schrank räumen und hoffen, dass sie dann beide denken, die jeweils andere hätte sie besorgt. Denn wer will schon streiten, wenn es leckere Marmelade und Pistazieneis gibt?

Als die Kassiererin mir den Bon reicht, stecke ich ihn in die Tasche und streiche die Summe aus meinem Kopf. Mit meinen Ersparnissen, den Überstunden und dem Bonus werde ich trotzdem genug haben, um Barbra reparieren zu lassen. Jake wollte mich mit seiner Bemerkung nur verunsichern. Es ist völlig absurd, dass er mehr Bücher verkaufen könnte als ich. Ich trage die Einkäufe zum Auto und hole tief Luft. Ich bin fest entschlossen.

Dieser Bonus gehört mir.

Kaum liege ich im Bett, bin ich weg. Ich schlafe tief und fest, wie ein Murmeltier. Mitten in der Nach werde ich aus meinen Träumen gerissen, als irgendwo eine Tür zukracht, und ich setze mich verwirrt und orientierungslos auf. Aus dem Flur drängen gedämpfte Stimmen in mein Zimmer. Streitende Stimmen.

Mein Magen verkrampft sich, als die Stimmen noch lauter werden.

»Mach nicht immer so ein Drama daraus, Alex.«

»Ich *kümmere* mich wenigstens darum, Alana.«

»Glaubst du, mir ist es egal? Du denkst wohl, ich arbeite fünfzig Stunden in der Woche und mache hier alles im Haus, weil es mir egal ist, was?«

»Alana, du bist –«

»Fang jetzt nicht wieder damit an …« Die Stimmen werden zu leise, um noch mehr zu verstehen. Mein Herz schlägt laut und heftig, ich kann es bis in die Ohren spüren. Ich presse meine Decke an mich, als könnten sie jeden Moment in mein Zimmer stürzen, weil *ich* etwas falsch gemacht habe.

Dann ist Mama wieder zu hören: »Ich gehe zurück ins Bett.«

»Mach doch!«, schreit Mom.

Ihre Schlafzimmertür knallt zu.

Stille.

Jetzt bin ich hellwach. Ohne nachzudenken, gleite ich aus dem Bett und schleiche zur Tür. Als ich sie aufstoße, rast mein Herz. Mom steht in ihren Lammfellslippern im Flur. Vom Türklappen aufgeschreckt, dreht sie sich um und sieht mich. Sie braucht einen Moment, um sich zu sammeln, fast so, als hätte sie vergessen, dass ich hier wohne. Sie blinzelt ein paarmal. »Shoshanna.« Sie hat dunkle Schatten unter den Augen, entweder ist sie erschöpft oder es ist verschmierter Eyeliner. »Tut mir leid. Haben wir dich geweckt?«

Ich bekomme einen Kloß im Hals, als ich bemerke, dass sie einen Pulli über dem Arm trägt. »Wo willst du hin?«

»Nur kurz raus ... um Milch zu holen.«

»Ich habe welche mitgebracht«, sage ich und lasse damit mein Geheimnis auffliegen. »Ich war einkaufen.«

»Nein, ich glaube, Milch hast du vergessen.« Sie blickt mir nicht in die Augen. »Im Kühlschrank war keine.«

Ich habe die Milch vergessen? »Oh«, sage ich. »Tut mir leid.«

Mom zieht den Pullover über und schaut zur Treppe und nicht zu mir, als sie sagt: »Ich bin bald wieder da.«

»Ich könnte dich begleiten ...«, biete ich ihr an, obwohl es mitten in der Nacht ist, ich im Schlafanzug stecke und morgen einen vollen Arbeitstag habe. Aber Mom schüttelt den Kopf, noch bevor ich zu Ende gesprochen habe. Sie will nicht, dass ich bei ihr bin, will keine Zeit mit mir verbringen. Ich kann es fühlen, tief unten in meinem zugeschnürten Magen.

»Ich bin bald wieder da«, wiederholt sie.

»Okay.«

Weg ist sie und das Haus ist wieder still.

Ich stehe eine ganze Weile im Flur, bevor ich zurück in mein Zimmer gehe. Angst jagt mir über den Rücken. Und mein Herz pocht wie wild, keine Chance, jetzt wieder einzuschlafen. Wer kauft, bitte schön, mitten in der Nach Milch? Worüber haben sie denn gestritten? Und warum bloß scheint es schlimmer zu sein als vorher? Im Dunkeln schlüpfe ich unter die Decke und entsperre mein Handy. Meine Hände zittern, ich schließe die Augen und atme tief durch. Was ... wenn alles noch viel schlimmer ist, als ich dachte? Was, wenn sie sich ...

An dieser Stelle weigert sich mein Hirn weiterzudenken.

Nein. Das ist unmöglich. Die Frauen, die schon nach fünf Monaten zusammengezogen sind, die Frauen, die mich in einem kuscheligen Kokon aus Fingerfarben und Schoko-Hafer-Keksen gemeinsam großgezogen haben, die Frauen, die ausnahmslos immer ihren Hochzeitstag bei ihrem Lieblingsthailänder feiern, zwei Flaschen Prosecco trinken und am nächsten Tag krankfeiern, diese Frauen lassen sich nicht scheiden.

Ich schlucke schwer.

Mir kommt es so vor, als würde ich durchgeschüttelt, obwohl das Haus, in dem ich bin, vollkommen still steht.

Ich möchte helfen. Ich will, dass alles wieder in Ordnung kommt. Aber ich weiß nicht wie. Ohne Sinn und Verstand scrolle ich in meinem Handy herum und versuche, meinen Geist mit One-Shot-Fanfiction und Memes zu betäuben. Meine Augen werden langsam schwer, da lande ich bei der Aufnahme von Geraldine. Ich sehe mir das Video an. Es ist der Wahnsinn. *Geraldine* ist der Wahnsinn. Ich finde es schrecklich, dass sie nicht selbstsicher genug ist, um es zu posten. Wie gerne würde ich ihr tausendfaches Selbstvertrauen schenken. Ich möchte, dass sie erkennt, was für ein unglaubliches Talent in ihr schlummert, möchte, dass sie genauso an sich glaubt wie ich. Aber manchmal brauchen wir eben Bestätigung, die nicht von den Freunden oder der eigenen Familie kommt. Und Geraldine verdient alle Bestätigung der Welt.

Wenn ich schon nicht weiß, wie ich meinen Müttern helfen soll, kann ich vielleicht wenigstens meiner besten Freundin helfen. Und ehe ich michs versehe, habe ich auch schon einen YouTube-Account eröffnet und lade ihr Video hoch. Mir schwirrt der Kopf vor lauter Aufregung und Schlafmangel. Sobald das Video online ist, kopiere ich den Link and klicke mich von einer Beauty-Bloggerin zur nächsten, schreibe in den Kommentaren, wie toll ich ihre Videos finde, obwohl ich sie mir nicht angeschaut habe, und füge hinzu: »Hey, kennst du schon Geraldine? Sie ist auch ziemlich gut!« Ich mache einen auf »Die Welt ist klein, ich bin über drei Ecken auf dich gestoßen«, damit es nicht so aussieht, als würde ich ihre Feeds spammen.

Nachdem ich das Video ein Dutzend Mal verschickt habe, übernehmen meine Augenlider die Kontrolle und fallen zu. Aber ich schlafe nicht gut. Ich wälze mich hin und her. Höre Türen, die auf- und zugehen. Und wenn ich dann doch etwas schlafe, habe ich verworrene Träume. Als ich mich gerade zum hundertsten Mal erschöpft auf die andere Seite wälze, fällt mir etwas ein:

Ich habe Milch gekauft. Zwei ganze Liter.

KAPITEL 7

Ich bin früh dran, ES WAR EINMAL öffnet erst in einer Viertelstunde, aber ich wollte heute Morgen nicht zu Hause bleiben und abwarten, ob schon wieder ein Streit ausbricht. Etwas ist zerbrochen. Kaputt. Und ich weiß nicht, wie man es wieder heil machen kann.

Aus den Lautsprechern im Laden ertönt sanfter Akustik-Rock und nur die Hälfte der Lichter sind an, aber die offenen Bürotür sagt mir, dass Myra bereits da ist und arbeitet. »Shoshanna!«, höre ich Daniel rufen, als ich durch den Laden gehe. »Hilf uns, den Baum zu schmücken!«

Ich biege um eine Ecke und sehe, wie Daniel eine funkelnde Lichterkette um unseren Plastik-Weihnachtsbaum wickelt. Ich zögere, als ich Jake entdecke, der neben ihm Lichter zurechtrückt. Er hat die Ärmel eines blau-grünen Flanellhemds bis zu den Ellbogen hochgeschoben, sodass seine Unterarme frei liegen. Echt jetzt? Er ist auch früher da? Zu Hause ist es schon schlimm genug. Da will ich nicht auch noch bei ES WAR EINMAL Stress haben.

Als sie mit der Lichterkette fertig sind, lassen sie sich auf den Boden fallen, umgeben von noch mehr Lichtern und Popcorn-Eimern. »Setz dich und hilf mit.« Daniel klopft auf den Boden. »Komm schon.«

Ich wippe auf die Fersen. »Aber ich bin jüdisch.«

Daniel lacht. »Als ob ich das nicht wüsste. Jake übrigens auch.«

Das wäre also bestätigt. Ich werfe einen Blick auf Jake mit den braunen Locken, der mit bemerkenswerter Hingabe Lichterketten entwirrt. Jake Kaplan. Jüdischer Junge. Attraktiver jüdischer Junge. Unhöflicher, attraktiver jüdischer Junge, der Lichterketten für einen Weihnachtsbaum entwirrt.

Jake schaut mit einem kleinen Lächeln zu mir hoch. »Vielleicht können wir einen Davidstern finden, den wir auf die Spitze setzen.«

Ich zögere. Sein Lächeln scheint echt zu sein, und es wäre schön, mit meinem Arbeitsehemann und einem Haufen glänzender Christbaumkugeln und Lichterketten abzuhängen, bis der Laden öffnet. Den Frieden, den Trost und die Ruhe könnte ich gut gebrauchen. Ich drehe meine Halskette einmal zwischen den Fingern, bevor ich »Okay« sage. Ich bekomme einen heißen Nacken, als ich mich neben Jake setze, und mir ist sehr wohl bewusst, dass sein Knie nur wenige Zentimeter von meinem entfernt ist. Ich könnte ein Stück wegrutschen, um den Abstand zu vergrößern, aber Jake könnte sich darüber lustig machen – und außerdem will ich gar nicht von seinem Knie wegrutschen.

Stattdessen schnappe ich mir einen Eimer Popcorn und eine Schnur. Ich blicke auf die Sachen und dann zu Daniel. »Ähm, ich habe keine Ahnung, was ich damit machen soll.«

»Wäre auch komisch, wenn du es wüsstest.« Daniel grinst, schnappt sich das Popcorn und reicht mir stattdessen ein paar verhedderte Lichterketten. »Ich musste, seit ich sieben bin, bei meiner Oma Popcorn auffädeln, daher bin ich ein zertifizierter Experte mit über zehnjähriger Erfahrung. Kannst du Lichterketten entwirren?«

»Ich kann es auf jeden Fall versuchen«, antworte ich.

Ich konzentriere mich auf die Lichterkette, und ein paar Minuten lang arbeiten wir alle in angenehmer Stille. Aus den Boxen erklingt die Akustikversion eines Beatles-Songs, und ich summe mit, dankbar für die Pause von der Weihnachtsmusik. Ich bemerke, dass Jake mit dem Fuß wippt, während ich einen Knoten nach dem anderen löse. Die Aufgabe ist angenehm, befriedigend und meine Anspannung löst sich langsam.

»Igitt! Wie ekelhaft!« Daniel spuckt in seine Hand.

Mein Blick wandert von ihm zum Popcorn-Eimer. »Hast du etwa gerade davon gegessen?«, frage ich.

»Ich glaube nicht, dass das zum Essen gedacht ist«, sagt Jake. Und dann fängt er meinen Blick auf, und es entsteht dieser Funken, als wir beide losprusten, und mein Magen macht vor Freude einen Hüpfer. Jakes Lachen ist wie Schnee in Georgia, so selten, dass man gar nicht anders kann, als innezuhalten und zuzusehen.

Mit roten Wagen blicke ich Daniel an.

»Ich hatte Hunger.« Er zuckt mit den Schultern. »Ich bin im Wachstum.«

»Wisst ihr, was?«, sagt Jake. »Ich habe ein Hammerrezept für gesalzenes Karamellpopcorn. Ich bringe euch welches mit.«

Euch. Jake Kaplan will *mir* Popcorn mitbringen? Und er sagt »euch«? Himmel. Das Hüpfen in meinem Magen wird stärker, weil mein Körper anscheinend nicht bemerkt hat, dass wir diesen ganz speziellen Südstaaten-Juden nicht mögen. Ich halte meinen Blick weiter auf Daniel gerichtet und frage: »Woher kommt das Popcorn?«

»Myra hat es mir gegeben.« Er kratzt sich am Hinterkopf. »Vor einer Woche. Und dann habe ich vergessen, den Baum zu schmücken, deshalb machen wir das heute vor der Arbeit, damit sie mich nicht feuert.«

»Komm schon«, sage ich. »Myra würde dich niemals feuern. Schon gar nicht so kurz vor Weihnachten.«

»Da hast du wohl recht. Wir haben zu viel zu tun, um Leute zu verlieren.«

Ich schaue mich um. Der Laden ist noch geschlossen,

daher ist keiner außer uns hier, aber schon bald wird alles voller Kundschaft sein. »Auf jeden Fall«, sage ich. »Vor allem nach dem ruhigen Jahr, das wir hatten.«

»Ja, es war leer in letzter Zeit.« Daniel hebt seine Faust. »Ihr verdammten Online-Händler.«

Ich schnaube laut. »Kürzlich hast du noch getönt, wie sehr du dein *Avengers*-Shirt liebst, das du im Internet bestellt hast.«

»Okay, dann bin ich eben ein Marvel-liebender Heuchler, mir doch egal.«

»Mm-hm«, sage ich und konzentriere mich wieder auf meine Lichterkette. Gerade bin ich an einem besonders vertrackten Knoten angelangt, und es will mir einfach nicht gelingen, ihn zu entwirren. Meine Finger sind so anmutig an wie ein Hackebeil. »Grrr.«

»Soll ich mal?« Ich hebe den Kopf und sehe, dass Jake mich anschaut. Sein Blick ist sanft und ein bisschen amüsiert, und dieses Mal hüpft mein Magen nicht – er schlägt verdammte Purzelbäume. Oh mein jüdischer Herrjemine! Ich zucke mit den Schultern, gebe ihm die Lichterkette und ignoriere das Kribbeln, als sich unsere Finger berühren. Mit drei geschickten Griffen hat Jake den Knoten gelöst. Sein selbstzufriedenes Lächeln ist ebenso attraktiv wie nervig. Die Dualität des Menschen. »Gern geschehen«, sagt er und gibt mir die Lichterkette zurück.

»Danke.« Ich zwinge mich zu einem Lächeln. »Schön zu sehen, dass es etwas gibt, das du kannst.«

»Oh, ich kann viele Sachen«, antwortet Jake. Der Blick, den er mir dabei zuwirft, ist eindeutig nicht jugendfrei. Ich werde rot und schlucke, als er nach einer weiteren verknoteten Lichterkette greift und sie mit seinen geschickten Fingern in Sekundenschnelle entwirrt.

»Leute …«, sagt Daniel. »Seid nett zueinander.«

»Wir *sind* doch nett!« Meine Stimme ist eine Oktave zu schrill und einige Dezibel zu laut. »Ich habe ihn dazu beglückwünscht, dass er etwas gut kann, denn Bücher verkaufen ist ja nicht gerade seine Stärke, wie wir wissen.«

»An deiner Stelle wäre ich mir nicht so sicher, dass du den Bonus gewinnst«, sagt Jake.

Meine Augen verengen sich. »Soll das eine Drohung sein?«

Er zuckt cool und gelassen mit den Schultern. »Vielleicht.«

»*Vielleicht.* Was soll das heißen?«

»Das wirst du heute schon noch herausfinden.«

»Als ob du es wirklich schaffen –«

Abrupt verstummt die sanfte Akustikmusik und wird durch »Rudolph the Red-Nosed Reindeer« ersetzt, und zwar in voller Lautstärke. Die schrillen Töne bringen mich aus dem Konzept, und ich vergesse, was ich sagen wollte.

»Oh, seht mal! Wir haben geöffnet!«, kommentiert Daniel das Ganze. Und nuschelt dann vor sich hin: »Gerade noch rechtzeitig.«

Nachdem ich drei Stunden lang fleißig Bücher verkauft habe, gehe ich in den Pausenraum, um mein Putensandwich mit Chips zu vertilgen. Ich begrüße Tanya, die mir lächelnd zuwinkt, was ihr Bettelarmband zum Klimpern bringt, und sich dann wieder über ihr Buch beugt. Heute habe ich keine Mittagspause zusammen mit meinen Freundinnen, und ich möchte den Food-Court ohnehin lieber meiden, um nicht unnötig Geld auszugeben. Aber ich war ziemlich angespannt, als ich morgens mein Lunchpaket gepackt habe, ich bin quasi bei jedem Knistern der Chipstüte zusammengezuckt, weil ich Angst hatte, Mom und Mama zu wecken.

Ich setze mich und ziehe ein Buch aus meinem Stoffbeutel. In dem historischen Roman geht es um eine Ärztin im neunzehnten Jahrhundert, die das Gesetz in die eigene Hand nimmt und Leute umbringt. Es ist großartig, aber aufgrund des ganzen Feiertagstrubels war ich so beschäftigt, dass ich kaum weitergekommen bin. Während ich noch nach meinem Lesezeichen suche, das irgendwie immer zwischen die Seiten verloren geht, vibriert mein Handy.

Hm, bestimmt nur Spam, aber nein – es ist eine E-Mail von YouTube, und plötzlich fällt mir wieder ein, dass ich gestern Abend Geraldines Video gepostet habe. Mein Herz klopft, als ich die Seite aufrufe. Dann bekomme ich Schnappatmung. Wortwörtlich. So sehr, dass Tanya von ihrem Buch und ihrem Mittagessen aus Thunfisch und Crackern aufschaut und fragt: »Alles in Ordnung, Liebes?« *Japs.*

»Ja«, antworte ich und kann mich vor Aufregung kaum halten. »Alles gut.«

Als ich das Ausmaß der Zahl begreife, weiten sich meine Augen: 923. Fast *eintausend* Menschen haben sich Geraldines Video angesehen. Eintausend! In nur einer Nacht! Und es gibt auch Kommentare, in denen sich die Leute für all die coolen Tipps bedanken. Oh mein Gott. Ich wusste es. Die Leute lieben Geraldine. Ich muss es ihr sagen! Aber es wäre fantastisch, wenn wir vorher die 1000-Views-Marke geknackt hätten.

Ich verschicke den Link an ein paar weitere YouTuber, auch an diese Lucille Tifton, auf die Geraldine so versessen ist. Allerdings musste ich mir das Hirn ganz schön zermartern, bis mir ihr Name endlich eingefallen ist. Sie wird sich das Video wahrscheinlich nicht ansehen, aber ich hoffe, unter ihren Tausenden von Followern gibt es ein paar, die neugierig werden und den Link anklicken. Ich kann es immer noch nicht fassen, dass das Ganze funktioniert hat!

Als ich gerade fertig bin, kommt eine Nachricht von Mama: »**Danke für die Marmelade, Schatz.**«

Ich bin stolz auf mich. Sie wissen zwar jetzt, dass ich eingekauft habe, aber das ist immer noch besser, als die Speisekammer leer zu lassen. Und vielleicht könnte ich ja noch etwas anderes tun, um zu helfen, etwas mehr als abwaschen und einkaufen. *Vielleicht könnte ich ja ... Oh, das wäre perfekt ...*

»Ja!«, rufe ich zum zweiten Mal. Tanya schaut hoch. Ich lächle entschuldigend. »Mir gehts gut, versprochen. Möchtest du ein paar Chips?«

»Nein danke, Süße«, antwortet sie lächelnd und wendet sich wieder ihrem Buch zu.

Und es geht mir wirklich gut. Ich schicke meinen Müttern eine Nachricht und bitte sie, heute Abend pünktlich zum Essen zu Hause zu sein. Ich schreibe ihnen, dass ich Pasta mache. Aber ich koche keine Pasta. Ich werde Essen bei ihrem Lieblingsthai bestellen, und dann können sie sich zusammensetzen und miteinander reden und einander zuhören und sich daran erinnern, warum sie sich so ineinander verliebt haben. Oh! Und wie wäre es, wenn ich auch noch Prosecco besorge? Hm, allein schon das Thai-Essen wird mein Erspartes für Barbra an seine Grenzen bringen ... aber vielleicht könnte ich ...

»Hey, Tanya«, sage ich und unterbreche sie erneut. Diesmal legt sie ihr Buch auf den Tisch und sieht mich mit der Geduld einer Heiligen an. Ich zwirble eine Haarsträhne auf meinen Finger und lächle breit. »Könntest du mir einen Gefallen tun? Bitte?«

Tanya willigt ein, zwei Flaschen Prosecco zu besorgen, wenn ich dafür nächstes Jahr an drei Nachmittagen auf ihre Jungs aufpasse. Außerdem muss ich ihr versprechen ein Foto zu schicken, auf dem meine Mütter mit dem Alkohol zu sehen sind – weil sie sonst unser Haus stürmen und meinen Müttern erzählen wird, dass ihre minderjährige Tochter getrunken hat. Irgendwie lustig, wie leicht man an Alkohol kommt, wenn niemand dir zutraut, dass du ihn selbst trinkst. Dann bestelle ich beim Thailänder das Standard-Menü meiner Mütter zum Liefern: Shrimp Pad Thai, Thailändischer Reis mit Gemüse und Basilikum und Tom Kha Gai. Der Preis ist gar nicht so schlimm: 37,24 Dollar. Mit dem Tausch von Wein gegen Babysitting und dem Geld vom Bonus habe ich immer noch genug für Barbra. Gerade eben. Den Rest des Jahres muss ich dann vielleicht die Couchritzen nach Kleingeld absuchen, um den Sprit zu bezahlen.

Jetzt müssten meine Mütter mir nur noch zurückschreiben. Ich knabbere an einem Fingernagel, während ich ein letztes Mal mein Handy checke, bevor ich den Pausenraum verlasse. Keine Nachrichten.

Ich schlendere an den Jugendbüchern vorbei und bald hat mich der Strudel der Buchhandlung wieder eingesogen. Nachdem ich einem halben Dutzend Kunden geholfen und sie mit meinem QR-Code zur Kasse geschickt habe, entdecke ich Jake und eine Kundin in der Sachbuchabteilung. Die Frau schaut lächelnd auf das Tablet in ihrer Hand, während Jake mit ihr plaudert und zustimmend nickt. Was er wohl damit meinte, als er vorhin gesagt hat, ich würde den Bonus nicht gewinnen? Was ist der magische Trick hinter seinem Flanellhemd?

Ich gehe zu ihm und der Kundin hinüber und sage mit fröhlicher Stimme: »Hallo, ich bin Shoshanna! Kann ich ebenfalls behilflich sein?«

»Gern.« Die Frau lächelt mir zu und blickt dann wieder auf das Tablet. »Ich bin fast fertig mit eurem Quiz. Es ist super!«

»Unser Quiz?«, frage ich und lehne mich vor, um auf den Bildschirm sehen zu können. Das Quiz ist wie eins von diesen Buzzfeed-Teilen, die dir sagen, in welches Hogwarts-Haus du gehörst, und die nie stimmen, denn wie kann jemand wagen, von mir zu behaupten, ich wäre etwas anderes als eine Ravenclaw?

Bei den Fragen handelt es sich um einfache Ja-oder-Nein-Varianten.

Hast du dieses Buch gelesen? Ja.

Hast du dieses Buch gelesen? Nein.

Jede Antwort führt zu einem neuen, noch spezielleren Titel.

Die Frau ist völlig fasziniert. Ich schaue zu Jake. Er hat die Daumen in die Hosentaschen geschoben und scheint verdammt zufrieden mit sich zu sein. Wir treten beide einen Schritt zurück, während die Frau mit dem Quiz weitermacht. Jake lehnt sich zu mir und spricht leise genug, um meine Haut zum Kribbeln zu bringen. »Ziemlich cool, oder?«, fragt er.

»Öh, denke schon.« Ich zucke mit den Schultern. Ernsthaft? *Das* soll seine geniale Idee sein? Irgend so ein Buzzfeed-Quiz kann mir doch nicht den Sieg streitig machen. »Wo hast du es gefunden?«

»Oh, ich habe es nirgendwo gefunden.« Jake gähnt, streckt einen Arm hinter dem Rücken aus und zieht mit der anderen Hand daran, sodass ein Stück Bauch zum Vorschein kommt, wie bei unserer ersten Begegnung vor ein paar Tagen. Ich bin mir sicher, er macht es mit Absicht. Dieser Flanell tragende, Haut entblößende Strippenzieher. »Sorry.« Er grinst. »Bin müde. War eine lange Nacht gestern. Ich musst das Quiz entwickeln.«

»Du ...« Ich fühle einen Anflug von Panik in mir aufsteigen. »Du hast *was*?«

»Ich habe das Quiz entwickelt«, wiederholt er in einem

beiläufigen Tonfall. »Es basiert auf dem Bestand von ES WAR EINMAL und orientiert sich an den Bestsellern des Ladens und den Empfehlungen des Teams.«

»Oh!«, ruft in dem Moment die Frau und schaut erfreut vom Tablet auf. »Perfekt! Das hier stand letztes Jahr auf meiner Wunschliste und ich hatte es ganz vergessen.«

»Perfekt!« Jake lächelt zuerst ihr zu, dann mir. Ich hasse seine weißen Zähne. *Wie schön für dich, dass du eine gute Zahnhygiene hast. Mazel Tov, du benutzt Zahnseide. Angeber.* »Ich zeige Ihnen, wo es steht.«

Bevor sie davongehen, reicht Jake mir das Tablet. »Hier, wenn du willst, kannst du es dir anschauen. Warte kurz ...« Er loggt mich in sein *passwortgeschütztes* Quiz ein. Seine lächerlich geschickten, Popcorn auffädelnden, Lichterketten entwirrenden Finger bewegen sich so schnell, dass ich seinen Benutzernamen nicht lesen kann, geschweige denn sein Passwort.

Dann verschwindet er mit der Frau, während ich auf den Bildschirm starre. Das Design ist ansprechend und der Aufbau klar strukturiert. Der Titel des Quiz lautet: *Welches ist das nächste tolle Buch, das Sie lesen wollen?*

Ich rolle mit den Augen und verdränge einen Anflug von Panik. Komm schon. Als könnte Jake etwas entwickeln, das vorhersagt, was ich als Nächstes lesen möchte. Mit einem Seufzer beginne ich meine Antworten einzutippen. Ich lande in der Kategorie mit *Time Stands Still,* aber komm schon, das ist ja auch ein bekanntes Buch. Der halbe Planet besitzt ein Exemplar, also ist es hier natürlich dabei. Jake kann unmöglich vorhersagen, was ich als Nächstes lesen will. Ich weiß ja nicht mal selbst so richtig, was das …

»Verdammt!«, murmle ich.

Das Quiz führt mich direkt zu einer Fantasy-Serie, die die Autorin von *Time Stands Still* oft empfiehlt. Ich wollte sie schon lange lesen, verliere sie aber immer wieder aus den Augen. Trotzdem. Das ist ziemlich offensichtlich. Solche Empfehlungen drucken wir sogar auf unsere Kassenbons: *Liest du XY? Dann könnte dir auch XY gefallen.*

Ich bin sicher, dass es nicht funktionieren würde, wenn ich schwierigere Optionen auswählen würde … andererseits ist dieses Buch, das der Frau angezeigt wurde, schon vor Jahren erschienen. Und es ist der einzige Roman der Autorin, also war es keine simple »Andere Titel von diesem Autor/dieser Autorin«-Empfehlung.

Mein ganzer Körper verkrampft sich, als Jake zurückkommt. Er wirkt so sicher und hat ein so selbstgefälliges Grinsen im Gesicht, dass ich ihm am liebsten ein Bein stellen würde. Er nimmt mir das Tablet aus der Hand und fährt sich durchs Haar. »Ziemlich cool, oder?«, sagt er. »Oh, Moment. Warte kurz.« Er zieht ein Walkie-Talkie hervor.

Meine Augen weiten sich entsetzt, als ich sehe, wie er auf den Knopf drückt und aus dem Lautsprecher über mir zu hören ist: »Jake an Lager, wir brauchen mehr Weihnachtskatzenkalender. Jake an Lager, wir brauchen mehr Weihnachtskatzenkalender.«

Meine Stimme ist auch ohne Verstärker laut genug. »Du hast ein Walkie-Talkie von Myra bekommen? Jetzt schon? Du hast erst vor achtundvierzig Stunden hier angefangen!«

»Sechsundvierzig.« Jake zwinkert. »Um genau zu sein.«

Meine Augen verengen sich zu Schlitzen, als ich wieder auf das Tablet blicke. »Du liest doch keine Bücher. Wie hast du dann dieses Quiz gemacht?«

»Ich lese schon Bücher«, antwortet Jake kurz angebunden. Ein ungutes Gefühl durchströmt mich. Ich wollte das nicht schon wieder sagen. Es ist mir einfach rausgerutscht und klang total voreingenommen. »Ich lese Bücher für die Schule. Und Daniel hat mir ein paar Sachen gegeben, und außerdem ... ach, weißt du, was? Ich muss mich vor dir überhaupt nicht rechtfertigen.«

»Du hast recht«, sage ich steif. »Musst du nicht. Es tut mir leid.«

Es entsteht eine Pause und für einen Moment spürt man ein Knistern in der Luft, bevor Jake weiterspricht: »Mit Lesen hat das ohnehin nicht allzu viel zu tun. Es geht vor allem um Programmierung und Algorithmen.«

»Aber wenn du so gut mit Computern umgehen kannst, warum arbeitest du dann hier?«, frage ich ehrlich interessiert. »Warum arbeitest du nicht bei Genius Bar?«

Er tritt näher an mich heran, und ich mache den Fehler, ebenfalls näher zu treten, und dann einen zweiten, indem ich einatme, und er riecht nach Schokoladenkuchen und Buttercreme, und ich bin mir fast sicher, dass der Kerl nachts in einer Bäckerei schläft, von wegen, gibt es hier irgendwo eine Kuchenfabrik und Jake hat sein Bett da stehen? »Weil«, sagt er, und mein Puls rast, als seine dunklen Augen sich in meine bohren, »ich hier die Genugtuung bekomme, dich in diesem Wettbewerb zu schlagen. Du solltest vielleicht mal auf die Punktetafel gucken, Shoshanna. Dein Vorsprung schwindet.«

Mein Herz klopft erst, dann rast es. Er lügt. Es muss eine Lüge sein. Er kann mich unmöglich besiegen.

Aber Jake sieht nicht so aus, als würde er lügen.

»Du ... du betrügst!«

Er verdreht die Augen. »Was soll daran bitte Betrug sein?«

»Es ... Ich ...« Ich drehe mich um. »Ich gehe zu Myra. Myra!«

Und dann stürme ich im Laufschritt zu ihrem Büro, und Jake folgt mir ebenfalls im Laufschritt und brummt: »Das ist doch lächerlich! Warum laufe ich dir überhaupt nach?«

Und ich sage: »Recht hast du. Vielleicht solltest du es bleiben lassen!«

Aber er lässt es nicht bleiben, und dann stehen wir beide nach Atem ringend in Myras Tür, was mir sagt, dass ich öfter mal im Laufschritt durch die Mall gehen sollte. Myra blickt von einem riesigen Stapel Unterlagen auf und wirft mir einen vielsagenden Blick zu. Dann wirft sie Jake denselben Blick zu. Sie schaltet das Geträller von Frank Sinatra aus, das aus ihren Boxen tönt, und sagt: »Diese Unterhaltung wird mich aufregen, stimmts?«

»Das sollte sie jedenfalls!«, antworte ich. »Jake ist ein Betrüger.«

»Ich betrüge nicht! Ich bin ...« Er hält verlegen inne, als ihm klar wird, dass er geschrien hat. Wer ist hier jetzt kindisch, hm, Jake? Ich muss mich wirklich überwinden, ihm nicht die Zunge herauszustrecken. »Ich betrüge nicht«, wiederholt er ruhiger, aber seine Faust ist geballt. »Ich schwöre es.«

Myra nickt. »Ich glaube dir. Aber kannst du mir bitte erklären, warum Shoshanna *denkt,* dass du ein Betrüger bist?«

»Ich kann es dir zeigen.« Jake tritt an ihren Schreibtisch heran. Mein Magen spielt verrückt, als er ihr das Quiz zeigt. Jetzt bereue ich die zweite Tasse überzuckerten Kaffee, die ich vorhin getrunken habe.

Myra sagt die gute Art von »Hmmm«, nicht die schlechte. »Das ist wirklich toll, Jake. Hast du das ganz allein gemacht?«

»Ich habe einen Freund, der programmieren kann«, antwortet er. »Und Daniel hat mir geholfen.«

»Daniel hat *was*?« Ich schnappe nach Luft. »Dieser Verräter!«

»Wie sagen die Kunden dazu?«, fragt Myra und ignoriert mich.

»Nicht alle wollen das Quiz machen, aber die, die es versuchen, kaufen meistens das empfohlene Buch.«

»Super, das ist fantastisch! Mach weiter so.« Myra wendet sich wieder mir zu. »Das ist definitiv kein Betrug, Shoshanna. Jetzt komm schon. Der Laden ist voll. Geh lieber zurück, um Bücher zu verkaufen, anstatt Jake davon abzuhalten, genau das zu tun.«

Ich spüre einen Kloß im Hals und mein Gesicht wird ganz heiß, so als könnte ich jeden Moment losheulen, was eine ziemlich unangebrachte Reaktion wäre, wo meine Chefin mich doch nur bittet, meine Arbeit zu tun. Myra ist großartig, sie ist die Beste, und es fühlt sich nicht gerade gut an, sie zu enttäuschen. Ich atme kurz durch. Die letzten zwölf Stunden waren einfach zu viel. Ich brauche einen Moment für mich, um mich zu sammeln. In der Hoffnung, dass meine Stimme nicht zittert, sage ich: »Es tut mir leid. Du hast recht.«

»Gut, danke.«

Ich trete hastig aus dem Büro, und jetzt, da mich niemand mehr sieht, laufen mir ein paar Tränen über die Wangen. Ich wische sie weg, während ich durch den Pausenraum ins Lager gehe, wo ich die Tür hinter mir schließe und mich auf den Boden gleiten lasse. Ich schlinge die Arme um meine Knie und versuche, ruhig zu atmen und nicht ernsthaft loszuheulen.

Alles in Ordnung. Alles wird gut. Ich gewinne den Bonus. Meine Mütter genießen ihr thailändisches Essen. Und alles wird sein wie immer.

»Warum sitzt du auf dem Boden?«, fragt eine Stimme.

Erschrocken schaue ich auf und sehe Arjun und Sophie-Anne, die auf der anderen Seite des Raums die Kartons auspacken. Schnell wische ich mir über das Gesicht. »Nichts, kein Grund. Ich bin einfach nur müde. Todmüde.«

»Zombie oder Vampir?«, fragt Sophie-Anne. Sie schlägt eins der Bücher auf und schaut sich den Klappentext an.

»Was?«, frage ich.

»Zombie oder Vampir?«, wiederholt Sophie-Anne und schlägt das Buch wieder zu.

Arjuns Silberketten klirren, als er zu einem Karton geht und ihn aufschneidet. Er erklärt: »Du hast gesagt, du bist todmüde. Ich schätze mal, sie will wissen, was für eine Art Tote du bist – ein Zombie oder ein Vampir.«

»Ach so«, sage ich, als würde das irgendeinen Sinn ergeben.

Sophie-Anne kommt zu mir. Sie beugt sich runter, und ich sehe ihre großen blauen Augen und ihre blonden Locken, die ihr ums Gesicht fallen. Ich muss blinzeln und habe kurz das Gefühl, zu Mama hochzustarren. Dann sagt sie: »Zombies haben mehr Muskelkraft, aber Vampire haben mehr Kontrolle. Was willst du, wenn du Menschen frisst?« Ihre Augen weiten sich. »Chaos oder Kontrolle?«

Ich lehne mich wieder an die Tür, hauptsächlich amüsiert, aber auch mit einer gesunden Portion Angst. »Ähm, weder noch. Aber danke für die Erklärung.«

»Kein Problem«, antwortet Sophie-Anne.

»Autsch«, sagt Arjun in unbewegtem Ton. Ich schaue zu ihm hinüber. Er hat sich mit dem Papier am Zeigefinger geschnitten und starrt auf den Tropfen Blut.

»Aua.« Ich zucke zusammen.

»Ooh!« Sophie-Anne geht zu ihm.

»Bitte nicht ...«, sage ich, aber es ist schon zu spät, »... das Blut ablecken.«

Sophie-Anne fährt mit ihrer Zunge über Arjuns Finger.

»Oh mein Gott«, stöhne ich.

»Danke.« Arjun schenkt ihr ein benommenes Lächeln und küsst sie dann direkt auf die Lippen.

»Ihr seid so ekelhaft.«

»Och«, quietscht Sophie-Anne fröhlich. »Danke!«

Mein Handy surrt. Es ist eine Nachricht von Myra, die mich bittet, noch mal in ihr Büro zu kommen. Meine Schultern versteifen sich. Stecke ich in Schwierigkeiten? Was ist, wenn sie mich vom Wettbewerb ausschließt? Wenigstens haben mich Arjun und Sophie-Anne mit ihrem durchgeknallten Benehmen davon abgehalten, loszuheulen. Ich atme tief durch und zwinge mich aufzustehen. »Bis später …« Sophie-Anne hockt jetzt rittlings auf Arjuns Schoß, der wiederum auf einer Kiste mit Büchern sitzt, sie hat die Hände in seinen Haaren vergraben. »Und ihr knutscht rum. Alles klar. Bis dann.«

Ich wünschte wirklich, ich könnte behaupten, dass so was zum ersten Mal vorkommt.

KAPITEL 8

Myras Tür ist noch geöffnet. Sorge durchströmt mich, und ich versuche, meine Gedanken zu beruhigen. Sie wird mich nicht vom Wettbewerb ausschließen. Alles ist in Ordnung. Alles ist gut, wie im Himmel von *The Good Place*. Nein, stopp. Das ist ein fürchterliches Beispiel.

Ich schüttle den Kopf, dann gehe ich hinein. Myra schaut mich an und nimmt die Lesebrille ab. Ein rosa Häkelband, das an den Bügeln befestigt ist, hängt wie eine Kette um ihren Hals. »Hallo, Shoshanna«, sagt sie in beunruhigend neutralem Ton.

»Hi.« Nervös will ich an einem Fingernagel herumknabbern, nehme meine Hand dann aber beschämt wieder herunter und stecke sie in die Hosentasche. »Es tut mir leid wegen vorhin.«

»Entschuldigung angenommen«, antwortet Myra. »Wenn«, sie lässt das *Wenn* extra lange in der Luft hängen, »du es mir beweist. Indem du mit Jake zusammenarbeitest.«

Genau in dem Moment taucht Jake auf. Meine Schultern

versteifen sich bei seinem Anblick, und seltsamerweise ärgert es mich, dass er mich ignoriert. »Du wolltest mich sprechen?«, sagt er zu Myra.

»Ja.« Myra lässt den Blick zwischen uns hin- und herwandern. »Morgen findet die Veranstaltung mit Liv Childers statt.«

Oh, stimmt! Bei allem, was gerade los ist, hätte ich die Lesung fast vergessen, obwohl sie schon seit Monaten geplant ist. Liv hat die *Christmas Killings*-Krimis geschrieben. Es ist immer super, wenn wir tolle Autorinnen und Autoren im Laden haben, aber ganz besonders, wenn es so eine Wahnsinns-Frau ist.

»Dank der mich hassenden Planungsgötter«, sagt Myra, »könnt ihr beide als Einzige die Frühschicht übernehmen. Ich brauche euch hier vorab für den Aufbau. Die anderen kommen dann, wenn die Veranstaltung beginnt.«

Frühmorgendlicher Aufbau. Alleine mit Jake. Nicht einmal mit Daniel als Puffer. Meine Handflächen fühlen sich plötzlich feucht an.

»*Aber*«, fährt Myra fort und lehnt sich vor, »weil es den ganzen Vormittag in Anspruch nehmen wird, könnt ihr beiden den Kunden eure QR-Codes geben, wenn sie Bücher zum Signieren kaufen, und die Punkte zählen beim Wettbewerb, okay?«

Meine Stimmung hellt sich auf. Das ist doch mal ein silberner Streifen am Horizont. »Wirklich?«, frage ich. »Es werden bestimmt jede Menge Leute kommen.«

»Wirklich.« Myra nickt.

»Danke!«, sage ich.

»Super, danke!«, stimmt Jake zu.

»Gern geschehen.« Ihr Ton wird wieder ernst, als ihr Blick von Jake zu mir wechselt. »Aber teilt die Punkte gleichmäßig auf. Kein Gekabbel und Gezanke. Ich schließe euch beide vom Wettbewerb aus, wenn das noch einmal vorkommt. Ich meine es ernst. Habt ihr verstanden?«

»Ja«, sagt Jake. Jetzt sieht er mich doch an, und ich schwöre, sein Gesichtsausdruck schreit förmlich: *Wenn sie sich dran hält, tue ich es auch.*

»Alles klar«, antworte ich. »Versprochen.«

»Gut. Und jetzt nehmt diese zusätzlichen Codes.«

Jake schnappt sich seine und geht, aber ich bleibe stehen, meine Finger ineinander verhakend. Diese Verkäufe morgen werden meinen Vorsprung vor den meisten aus dem Team sichern, aber wenn sein Quiz funktioniert, könnte Jake zusammen mit mir in Führung gehen. Sosehr ich auch versuche, es zu leugnen, es besteht tatsächlich die Chance, dass er diesen Wettbewerb gewinnt und dass ich das Geld für Barbras Reparatur dann nächstes Jahr verdienen muss.

»Was gibts?«, fragt Myra und setzt ihr Brille auf, um sich

wieder dem Computer zuzuwenden. Vielleicht arbeitet sie an ihrem nächsten Buch. Sie schreibt Krimis und letztes Jahr wurde sie von einer Literaturagentur unter Vertrag genommen. Sie ist einfach der Wahnsinn.

»Ähm«, sage ich. »Ich habe mich gefragt, ob ich nach Neujahr vielleicht mehr Stunden bekommen könnte. Im letzten Halbjahr habe ich nur zwei Tage die Woche gearbeitet, und drei oder vier Tage wären besser. Ich versuche gerade –«

»Tut mir leid, das ist geht leider nicht«, unterbricht mich Myra.

»Oh«, sage ich. »Na ja, vielleicht –«

»Wir haben ohnehin schon zu viel Personal. Das ist super für die Adventszeit, aber danach werden wieder alle wegen mehr Stunden hier anklopfen.« Myra sieht zu mir hoch. »Tatsächlich könnte es sogar sein, dass wir Stunden kürzen müssen. Die meiste Zeit des Jahres ist wenig los und wir brauchen nicht so viele Leute auf einmal. Wenn du mehr Stunden willst, solltest du dich woanders umhören.«

Woanders. Sie meint, ich soll mich woanders umhören, wenn ich Extra-Stunden arbeiten will. Oder ... meint sie etwa, dass ich mir gleich einen anderen Job suchen soll?

»War sonst noch was?«, fragt Myra.

»Äh, nein. Danke.«

»Alles klar.« Sie wendet sich wieder ihrem Computer zu.

Ich verlasse das Büro und spiele an meiner Halskette, indem ich sie immer fester um meinen Finger wickele.

Tanya hat den Prosecco in einer Kühlbox vor unserer Haustür abgestellt und in einer Stunde wird das thailändische Essen geliefert, aber meine Mütter haben noch immer nicht auf meine Textnachricht reagiert, was bedeutet, dass sie nicht zu Hause sein werden, um den Prosecco zu trinken und die Lieferung in Empfang zu nehmen, geschweige denn, um ein heilendes Abendessen voller Liebe und Erinnerungen zu teilen. In meinen Schläfen beginnt es schmerzhaft zu pochen, als ich noch einmal nachgucke, ob ich eine Nachricht übersehen habe, obwohl ich ganz genau weiß, dass das nicht sein kann.

Komisch.

Mein ganzes Leben lang haben mir meine Mütter immer zurückgeschrieben. Es scheint nicht besonders bedeutsam zu sein, doch zu wissen, dass ich immer mit einer Antwort rechnen kann, war bisher eine Konstante. Aber jetzt bleibt mein Telefon still. Und mein Magen scheint sich zu einer Brezel verknotet zu haben.

»Na los, komm schon«, murmle ich und starre auf mein Handy, als könnte ich es mit einem Zauber zum Summen bringen. Dieser Antisemit Roald Dahl hat mir eingeredet, wir könnten alle magische Kräfte wie seine Buchheldin Matilda haben. Er ist eben aus vielen Gründen ein Idiot.

Warum antworten meine Mütter nicht? Sind sie so beschäftigt? Ist ein Nudelessen mit ihrer Tochter nicht verlockend genug? Ist es ihnen einfach egal? *Los, komm schon. Lass was hören!* »Mist!« Mit einem wütenden Schrei schleudere ich mein Telefon auf den Tisch. Es landet mit einem lauten *Krack*. Ich kreische panisch auf und nehme es sofort wieder hoch. Hoffentlich habe ich es nicht kaputt gemacht.

Das Display ist in Ordnung, aber neue Nachrichten habe ich noch immer nicht. »Scheiß drauf«, murmle ich und tippe dann eine Nachricht an beide: **Hey Moms, hatte einen wirklich schlimmen Tag auf der Arbeit. Es geht mir schlecht und ich muss dringend mit euch sprechen. Bitte kommt zum Abendessen nach Hause. Es ist ein Notfall!**

Ich schicke sie ab, stecke das Handy in meine Tasche und hoffe das Beste, während ich meine Schicht beende.

»Shoshanna.« Arjun ruft meinen Namen über den Lautsprecher aus, gerade als ich für heute Schluss machen will. »Deine Mutter ist auf Leitung eins.«

Im ersten Moment lache ich, weil es wie ein schlechter »Deine Mudda«-Witz klingt. Aber dann werde ich plötzlich nervös. Warum ruft Mom auf der Arbeit an? Ich laufe zur Kasse, nehme Arjun den Hörer aus der Hand und bedanke mich leise, was er mit einem kurzen Blinzeln kommentiert. Ich mache mir wirklich Sorgen um diesen Jungen.

»Hey, Mom«, keuche ich ins Telefon. »Alles in Ordnung?«

»Da bist du also«, sagt sie.

Ich wickle das Telefonkabel um meinen Finger. Es ist wirklich ein großer Verlust, dass meine Generation kaum noch Gelegenheit hat, mit einem Telefonkabel herumzuspielen. »Ja. Ist alles –«

»Und du bist nicht verletzt?«, unterbricht sie mich mit schroffer Stimme. »Und dir gehts gut?«

»Ja, mir gehts gut. Hast du –«

»Shoshanna.« Ich werde ganz steif, als sie meinen Namen so ausspricht. »Lass mich eins klarstellen: Du hast uns von einem *Notfall* geschrieben, aber du bist auf der Arbeit und dir geht es gut? Es ist nichts passiert?« Ihre Stimme klingt so streng, dass der Boden unter mir ins Wanken gerät.

Schließlich schaffe ich es, mit einem leisen Flüstern zu antworten: »Es ist nichts passiert.«

Zumindest nicht so, wie sie es meint.

»Ich möchte, dass du sofort nach der Arbeit nach Hause kommst«, befiehlt sie. »Wir unterhalten uns dort.«

Die Leitung bricht ab, und ich schließe die Augen. Der Boden schwankt weiter. *Atme, Shoshanna. Atme.*

»Alles in Ordnung?«, fragt jemand.

Ich reiße die Augen auf und sehe, dass es Arjun ist. *Arjun* fragt, ob bei mir alles in Ordnung ist. Das kann kein gutes Zeichen sein. Ich nicke. »Ja, alles gut. Danke.«

»Okay.« Er zuckt mit den Schultern und geht zurück an die Arbeit.

Ich hole meine Sachen aus dem Pausenraum und stürme aus dem Laden, raus ins Einkaufszentrum, wo ich mich durch das Gewusel an Leuten kämpfe und gegen Schultern und Taschen und viele, viele Kinderwagen stoße. Mir schlägt das Herz bis zum Hals, während ich Richtung GAP gehe. Ich weiß, dass Cheyenne auch gleich Schluss hat. Im Laden schiebe ich mich an noch mehr Kunden und an Pullover-Ständern vorbei, durchkreuze eine Zickzackschlange vor der Kasse und frage benommen, ob jemand weiß, wo Cheyenne ist. Als sie auf den Pausenraum deuten, der fast genauso aussieht wie unser Pausenraum, und ich Cheyenne mit Geraldine an einem Tisch sitzen sehe, durchströmt mich Erleichterung. Gott sei Dank sind sie beide hier. »Leute«, sage ich, und meine Stimme bricht: »Ich glaube, meine Mütter … sie, es ist so, ich weiß nicht …«

Während ich versuche, die richtigen Worte zu finden, fällt mir plötzlich auf, dass meine Freundinnen mich nicht besorgt oder interessiert ansehen – sie sehen verärgert aus, sogar richtig wütend.

Die Angst windet sich wie ein Schraubstock um meine Wirbelsäule.

»Ähm«, sage ich. »Was ist passiert?«

Geraldine hat Tränen in den Augen. Sie öffnet den Mund, um etwas zu sagen, schließt ihn dann aber gleich wieder, also spricht Cheyenne an ihrer Stelle. Sie schiebt die Ärmel ihres waldgrünen Pullovers hoch und blickt mir direkt ins Gesicht. »Shoshanna, du hast ohne Erlaubnis Geraldines Video gepostet. Ernsthaft? Wer macht so was?«

Oh. Die Anspannung schnürt mir die Kehle zu. »Es tut mir leid«, sage ich und trete näher. »Das hätte ich wahrscheinlich nicht machen sollen. Es tut mir leid, Geraldine, aber ich wollte dir nur zeigen, wie talentiert du bist! Und du hast so viele Views bekommen – fast tausend! Ich wette, sogar mehr als tausend. Lass mich schnell –«

»Es sind viel mehr als tausend.« Endlich spricht auch Geraldine, aber ihre Stimme klingt schauderhaft ruhig, während ihre Finger mit einem Todesgriff ihr Handy umklammern. »Versuchs mal mit vierzehntausend.«

Moment mal. Was? Mir schwirrt der Kopf, und ich versuche mir einen Reim auf diese Zahl zu machen. Aber so eine große Zahl ergibt überhaupt keinen Sinn.

Cheyenne übernimmt wieder. Sie legt beruhigend einen Arm um Geraldines Schulter, während sie mich anschaut. »Es war ein Übungsvideo, Shoshanna. Es war nicht für die

Öffentlichkeit gedacht. Geraldine wollte sich nur daran gewöhnen, gefilmt zu werden, also war es nicht nötig, sich eigenen Content auszudenken. Sie hat die Ideen einer anderen Beauty-Influencerin benutzt. Und zwar von *Lucille Tifton.*«

»Lucille Tifton«, sage ich und die zwei Worte klingen hohl in meinem trockenen Mund.

»Jep«, antwortet Cheyenne. »Und dann hat *irgendjemand* Lucille in dem Video getaggt, und ihre Fans haben den gestohlenen Content entdeckt, sie alarmiert, und jetzt machen Lucille und ihre Gefolgschaft Geraldine online fertig.«

Mir schwirrt der Kopf vor Panik, und mein Puls rast so schnell, dass ich überlege, ob ich wohl im GAP ohnmächtig werde und welche Art von Versicherung sie haben. »Es tut mir leid«, sage ich. »Es tut mir so leid. Aber wie hätte ich wissen können, dass –«

»Du konntest es nicht wissen«, unterbricht mich Geraldine. Tränen laufen ihr über die Wangen, aber ihr Eyeliner und ihre Wimperntusche sind erstaunlicherweise in makellosem Zustand. »Du musstest es auch nicht wissen. Denn es war mein Video – ich allein hatte das Recht, es zu veröffentlichen. Nicht du. Benutz dein Gehirn, Shoshanna.«

»Es tut mir leid«, flüstere ich.

»Das ist mir egal«, schleudert sie mir ins Gesicht.

»Bitte, lass es mich wieder in Ordnung –«

»Geh jetzt einfach, Shoshanna«, sagt Cheyenne. Ihr abweisender Blick bohrt sich wie ein Dolch in meinen Magen. »Lass uns in Ruhe.«

Zuerst klingen die Nachrichten meiner Moms besorgt, dann werden sie wütend. Ich sehe sie erst, als ich mich auf Barbras Sitz fallen lasse. Mir zittern die Hände, vor Kälte und weil ich mit den Nerven am Ende bin. Als ich durch die Nachrichten scrolle, wird mir so schlecht, dass ich fast die Galle in meinem Hals schmecken kann.

Schatz, wo bist du?

Geht es dir gut?

Was ist passiert? Du sagst, ein Notfall.

Wir machen uns Sorgen. Du gehst nicht ans Telefon.

Geh ans Telefon.

Wir rufen jetzt im Laden an.

Du bist auf der Arbeit? Und dir gehts gut?

Komm sofort nach Hause.

Wag es nie wieder, »Notfall« zu schreiben, obwohl es dir gut geht.

Ich lege mein Handy auf den Beifahrersitz.

»Gut« ist ein relativer Begriff.

Als ich nach Hause komme, fühlt es sich an, als hätte man mich ins Büro der Rektorin gerufen. Mom und Mama sitzen einvernehmlich im Wohnzimmer, sogar zusammen auf der gleichen Couch, jede mit einem Glas Prosecco in der Hand, aber ihre Gesichter sind ernst.

Proseccobläschen haben noch nie so deprimierend ausgesehen.

»Oh, gut«, sagt Mom und ihre Stimme schwappt fast über vor Sarkasmus. »An dir ist noch alles dran.«

Mama legt eine Hand auf ihr Knie, nimmt sie dann aber schnell wieder weg. »Alana, du musst nicht immer alles so übertreiben«, murmelt sie.

»Sie hat gesagt, es sei ein *Notfall*«, giftet Mom zurück. »Sie ist sechzehn und verhält sich, als wäre sie sechs, mit ihrem falschen Alarm.«

»Es reicht«, sagt Mama zu ihr. Dann schaut sie mich mit einem schwachen Lächeln an. »Komm her, Liebling. Setz dich.«

Ich räuspere mich und setze mich auf den Stuhl, der ihr am nächsten ist. Mamas blondes Haar fällt ihr locker um die Schultern. Es ist weich und glänzend, wie in einem Modemagazin. Mom hat mich zur Welt gebracht, daher ist das glatte Haar von Mama das blonde Schaf der Familie. Ich liebe meine Locken, aber manchmal bin ich neidisch auf Mamas lockeres, geschmeidiges Haar. Manchmal fühlt sich alles an mir zu kompliziert an.

Mein Kleid ist zerknittert von meinem Tag auf der Arbeit. Ich versuche es zu glätten und entdecke dann einen losen Faden am Saum. Sein Anblick stört mich, aber wenn ich daran ziehe, könnte das ganze Kleid aufribbeln.

»Shoshanna«, sagt Mom. Mit einem Ruck ziehe ich den Faden heraus, dann richte ich die Aufmerksamkeit wieder auf meine Eltern. Es macht mich ganz hilflos, Moms volle Aufmerksamkeit zu spüren, die hatte ich schon lange nicht mehr. Sie durchbohrt mich mit ihrem Blick und ich fühle mich unwohl in meiner Haut. Ich drehe meinen Zeigefinger in meine Leggings. »Warum hast du gesagt, es wäre ein Notfall?«, fragt Mom.

»Und warum hast du uns Essen bestellt?«, fügt Mama hinzu. »Du sollest doch für Ms Streisands Reparatur sparen.«

»Ich, na ja …« Ich schlucke schwer und hasse es, wie meine Stimme zittert. »Ihr habt euch so oft gestritten. Und ihr habt sogar die Latke-Party verpasst. Ich wollte dabei helfen, dass alles wieder gut wird, darum habe ich das Geschirr abgewaschen und bin einkaufen gegangen, aber das hat nichts genützt … Also dachte ich mir, vielleicht hilft es, wenn ihr ein bisschen Zeit miteinander verbringt. Und weil ihr doch euren Jahrestag immer beim Thailänder feiert, habe ich das Essen besorgt und versucht, es so zu arrangieren, dass ihr beide zusammen zu Hause seid.«

Mama lacht amüsiert auf. »Schatz, hast du etwa versucht, uns zu verkuppeln?«

Meine Wangen brennen. »Ein bisschen vielleicht.«

»Tja, das funktioniert aber nicht«, sagt Mom. »Wir sind keine Figuren in einem Film oder in einem Buch. Wir sind echte Menschen, und die kann man nun mal nicht zwingen –«

»Alana«, weist Mama sie ein zweites Mal zurecht.

Mom hält inne und fährt dann mit sanfterer Stimme fort. »Shoshanna, wir lieben dich.« Unsere Blicke treffen sich und ich kann diese Liebe in ihren Augen erkennen. Ich schlucke schwer und schaue weg. »Wir haben dich so lieb. Aber so zu tun, als gäbe es einen Notfall, wenn es keinen gibt, ist inakzeptabel. Wir haben uns Sorgen um dich gemacht. Ich …«, ihre Stimme bricht, »ich habe mir große Sorgen um dich gemacht.«

Mama ergreift Moms Hand und drückt sie.

»Es tut mir leid«, flüstere ich mit trockenem Mund.

Mom seufzt, aber ihre Stimme bleibt sanft. »Ich weiß, dass es dir leidtut, aber du bist alt genug, um dich besser zu benehmen, Shoshanna. Es wird Zeit, dass du erwachsen wirst.«

»Es ist spät«, sagt Mama. »Wir sind alle müde. Lasst uns morgen weiterreden. Einverstanden?«

»Einverstanden«, stimmt Mom zu.

Ich nicke und verhake die Finger ineinander. »Einverstanden.«

Ich gehe hoch in mein Zimmer, meine Gedanken sind vernebelt. Ich weiß, dass es falsch ist, so zu tun, als gäbe es einen Notfall, wenn es keinen gibt. Ich hätte das nicht tun sollen. Aber habe ich wirklich falschen Alarm geschlagen? Wollen meine Eltern mir ernsthaft erzählen, dass alles in Ordnung ist, wenn ich absolut sicher weiß, dass das nicht stimmt?

KAPITEL 9

»Nein, nein, nein!«, flüstere ich, mein Puls rast, während ich den Schlüssel erneut im Zündschloss drehe. »Tu mir das nicht an, Barbra. Tu mir das nicht an. Nicht heute.« Der Motor kreischt und kreischt, aber er weigert sich zu starten. »Verdammt noch mal.« Meine Stimme versagt.

Ich zwinge mich, nicht zu weinen, denn es wäre total lächerlich zu weinen, und außerdem kann ich das Wasser nicht entbehren, weil ich nicht genug trinke, obwohl Cheyenne mich ständig daran erinnert … *Cheyenne. Geraldine.* Meine Freundinnen sind so wütend auf mich. Sie haben mit keinem Wort auf meine Lawine von Entschuldigungsnachrichten geantwortet.

Mit einem riesigen Seufzer lasse ich mich gegen die kalte Rückenlehne fallen. Draußen ist es eiskalt, der Wind rüttelt an den kahlen Ästen, die Sonne wird von einer dichten grauen Wolkendecke gedämpft. Mit klammen Fingern greife ich nach meinem Handy. Es ist sieben Uhr morgens. Meine Mütter schlafen noch, und ich verkrampfe mich total bei dem Gedanken, sie wecken zu müssen. Vor allem Mom.

Früher habe ich immer sie bei allem um Hilfe gebeten, aber in letzter Zeit habe ich das Gefühl, dass Mom auf jede meiner Bitten mit einem eisigen Blick, mit Verärgerung oder Enttäuschung reagiert.

Wie konnte der gestrige Abend nur so ins Auge gehen?

Und wie konnte ich nur glauben, dass er nicht so ins Augen gehen würde?

Benutz dein Gehirn, hat Geraldine mir gesagt.

Wird Zeit, dass du erwachsen wirst, hat Mom mir gesagt.

Ich muss jemanden finden, der mich zur Arbeit bringt.

Wenn ich nicht bald losfahre, komme ich zu spät, was das Gegenteil von erwachsenem Verhalten wäre, besonders wenn es um eine so wichtige Lesung geht. Und außerdem könnte Myra mich deswegen vom Wettbewerb ausschließen, und dann hätte ich kein Geld, um Barbra zu reparieren, und dann hätte ich jeden Morgen ein Problem, und ...

Ich kann meinen gefrorenen Atem sehen, meine kurzen, heftigen Atemzüge. Mein Herz klopft wild, während mir die Tränen über die Wangen laufen. *Hör auf damit, Shoshanna.* Ich übertreibe. Ich bin zu empfindlich. Ich weine wie ein kleines Kind. Könnte ich mich doch nur zehn Sekunden lang wie ein normaler Mensch aufführen, dann könnte ich mich beruhigen und eine Lösung finden. Es muss eine Lösung geben. Irgendjemand muss mich mitnehmen können. Aber kein normaler Mensch ist um diese Zeit wach, wenn Ferien sind. Nicht einmal …

Oh.

Doch. Es gibt jemanden, der definitiv wach ist.

»Oh Mann«, murmle ich, entsperre aber mein Handy, bevor ich meine Meinung ändern kann. Meine tauben Finger suchen im Posteingang nach einer Mail mit den Namen und Kontaktdaten des ES WAR EINMAL-Teams. Als ich die richtige Nummer habe, wähle ich und drücke das Handy ans Ohr. Es klingelt einmal, zweimal. *Nimm nicht ab. Nimm einfach nicht …*

»Hallo?«

Mein Herz macht einen Sprung.

»Hallo?«, fragt die Stimme erneut. Sie klingt tief, rau, als hätte er sich gerade aus seinem warmen Bett gerollt.

»Hey, Jake.« Ich räuspere mich. »Ich bin's, Shoshanna.«

Ein alter Toyota Camry hält vor unserer Einfahrt. Das Beifahrerfenster wird heruntergekurbelt, und ich sehe Jake, die Haare zerzaust, als wäre er wirklich gerade erst aufgestanden. Ein warmes Gefühl macht sich in meinem Magen breit, als er mir kurz zunickt, bevor er sich dem Spiralblock in seinem Schoß widmet und etwas hineinkritzelt. Mit deutlich mehr Enthusiasmus beugt sich eine Frau über Jake hinweg zu mir, wobei sich ihr Sicherheitsgurt strafft.

»Hi, Shoshanna«, sagt sie. »Ich bin Jakes Mutter. Es ist so schön, eine seiner Kolleginnen kennenzulernen. Spring rein!«

Jakes Mutter. Ich lerne Jake Kaplans Mom kennen.

Oh mein Gott.

Ich schnappe mir meinen Stoffbeutel und schlüpfe auf den Rücksitz. Es ist warm, und ich unterdrücke einen Seufzer der Erleichterung, als mein Körper auftaut.

Mrs Kaplan dreht sich mit einem strahlenden Lächeln zu mir um. »Guten Morgen«, zwitschert sie.

»Guten Morgen«, antworte ich.

Mrs Kaplan hat kurzes lockiges Haar und trägt einen Lippenstift in der Farbe von frischen Erdbeeren. Mein eigenes Lächeln verblasst, als ich daran denke, dass Geraldine sofort nach dem Namen dieser Farbe fragen würde. Ich schnalle mich an, während Mrs Kaplan sich mit einem »Tss« wieder an Jake wendet. »Du hast da etwas Schmutz, Jakey«, sagt sie, gibt etwas Spucke auf ihren Finger und wischt über seine Wange.

Schmutz. Jakey. Spucke auf den Finger. Wange abwischen. Unglaublich.

»Danke, Mom«, sagt Jake. Es ist ihm anscheinend kein bisschen peinlich, was eigentlich ziemlich liebenswert ist. *Oy vey. Ich finde Jake Kaplan also liebenswert?*

»Und vielen Dank fürs Mitnehmen, Mrs Kaplan.« Ich

versuche mich wieder auf sie zu konzentrieren. »Freut mich, Sie kennenzulernen!«

»Nur Ms Kaplan«, antwortet sie und wirft einen Blick in den Spiegel, bevor sie losfährt. Ihr Auto ist alt, kein Relikt wie Barbra, aber die Sitze sehen schön abgewetzt aus und es gibt ein Radio anstelle einer Siri-Bluetooth-Wireless-Roboter-übernehmen-die-Welt-Vorrichtung. Zu Jake sagt sie: »Gibst du mir ein paar Mandeln, Tatala?«

Bei dem Wort »Tatala« wird mir ganz warm ums Herz. Es ist schön, jemand anderen außer meinen Müttern – und Myra – Jiddisch sprechen zu hören. Es ist schön, sich mit anderen verbunden zu fühlen, selbst wenn es sich dabei um Jake Kaplan handelt.

»Klar«, antwortet Jake. Als er sich vorbeugt, um eine Tüte aus dem Handschuhfach zu holen, fällt mein Blick auf seinen Nacken und den kleinen Streifen Haut zwischen seinem Haar und dem Hemdkragen. Ich beiße mir auf die Innenseite meiner Wange und beschäftige mich damit, den Inhalt meines Beutels zu ordnen: ein Buch, Tampons, ein zerdrückter Müsliriegel, Kamillentee für Tanya, ein Schal, noch ein Buch ...

»Möchtest du ein paar Mandeln, Shoshanna?«, fragt Ms Kaplan. »Jake hat sie selbst gewürzt. Oh, sie sind so lecker! Meine Lieblingssucht.«

»*Mom*«, sagt Jake.

»Was? Darf ich nicht stolz auf dein Talent sein?«

»Es sind nur Mandeln«, antwortet er, aber ich kann das Lächeln in seiner Stimme hören.

Ms Kaplans offenkundiger Stolz versetzt mir einen Stich. Als ich in der achten Klasse war, mussten wir jede Woche einen kurzen Aufsatz für den Englischunterricht schreiben. Meine Mütter fanden meine Aufsätze so gut, dass ich sie immer im Wohnzimmer laut vorlesen musste. Danach haben sie tatsächlich applaudiert. Manchmal sogar gepfiffen. Es war total peinlich. Aber irgendwie auch süß, und ich vermisse es irgendwie. In letzter Zeit habe ich ihnen nichts mehr von meinen Sachen vorgelesen. Allerdings habe ich in letzter Zeit auch nicht besonders viel geschrieben.

»Hier, probier mal«, sagt Ms Kaplan und reicht mir die Tüte.

»Du musst nicht«, sagt Jake.

»Ich weiß.« Ich nehme die Tüte. »Ich möchte aber.«

Ich stecke mir eine Mandel in den Mund, und *wow*.

Total. Wow.

Die Mandel schmeckt geräuchert und pfeffrig und salzig und einfach irrsinnig lecker.

»Die sind ja unglaublich lecker. Ist das Zauberei?«, frage ich.

»Sag ich doch!« Ms Kaplan lacht.

Ich nehme mir eine Handvoll, bevor ich die Tüte wieder nach vorne reiche.

»Ist doch nichts Besonderes«, sagt Jake.

»Er ist ein Genie«, verkündet Ms Kaplan.

Ich knabbere die Mandeln und lasse mich tiefer auf den Rücksitz sinken. Die warme Luft, die aus dem Gebläse strömt, verwandelt das Auto in einen kuscheligen Kokon, im Radio laufen die Temptations und Ms Kaplan redet und redet, während Jake und ich ab und zu etwas erwidern. Es ist schön, den Tag so zu beginnen, mit Fröhlichkeit und Geplauder, und ehe ich michs versehe, sind wir auch schon auf dem Parkplatz des Einkaufszentrums angekommen.

»Danke noch mal, dass Sie mich mitgenommen haben«, sage ich zu Ms Kaplan. »Das ist wirklich nett von Ihnen.«

»Was für gute Manieren!« Sie strahlt. »Jake, hat sie nicht wirklich gute Manieren?«

Jake hustet. Ich widerstehe dem Drang, gegen seine Sitzlehne zu treten.

Ms Kaplan fährt fort: »Jakey hat mir von der Veranstaltung heute erzählt. Ich liebe Liv Childers. Ich wünschte, ich könnte dabei sein!«

»Bestimmt kann Jake Ihnen ein signiertes Exemplar besorgen«, schlage ich vor.

»Würdest du das machen, Tatala?«, fragt sie.

»Das neue Buch gibt es nur als Hardcover, Mom.«

»Oh, na dann, ist schon gut«, antwortet sie.

»Verstehe ich total.« Ich nicke. »Ich bin auch eine Taschenbuch-Leserin. Ich liebe es, den Buchrücken zu brechen.«

Nachdem ich das gesagt habe, herrscht unangenehmes Schweigen. Meine Schultern verspannen sich. Normalerweise merke ich es sofort, wenn ich ins Fettnäpfchen getreten bin, aber dieses Mal weiß ich nicht, was ich Falsches gesagt habe. *Blöder Mist. Kann ich auch mal irgendetwas richtig machen?*

Aber als ein Lied beginnt, wendet sich Ms Kaplan wieder mit fröhlichen Augen nach hinten zu mir. »Weißt du schon, wie du nach Hause kommst, Shoshanna? Ich kann dich gerne wieder mitnehmen!«

»Oh, danke! Aber bestimmt kann eine meiner Freundinnen …« Ich breche mitten im Satz ab, schlucke schwer und ändere den Kurs. »Es wäre tatsächlich super, wenn Sie mich mitnehmen könnten, sofern es Ihnen nichts ausmacht.«

Im Spiegel erhasche ich einen Blick auf Jake. Er macht ein komisches Gesicht, fast könnte man sagen … *besorgt*? Aber dann blickt er schnell wieder auf seine Kladde.

»Kein Problem«, antwortet Ms Kaplan sanft. »Es macht mir gar nichts aus.«

Jake und ich gehen schweigend zum Eingang. Nach der Wärme im Auto fühlt es sich draußen noch kälter an, und wir müssen um das komplette Einkaufszentrum herumlaufen, weil ich vergessen habe, dass so früh morgens nur der Südeingang geöffnet ist. Unsere Schritte hallen auf dem Gehsteig wider, Jakes lange Schritte und meine kurzen. Nach ein paar Minuten blickt Jake mich neugierig an. »Was ist heute los mit dir?«

»Was meinst du?«, frage ich und schiebe die Hände in meine Manteltaschen. Seine Frage verunsichert mich.

»Na ja, du sagst gar nichts«, stellt Jake fest. »Was seltsam ist.«

Seine Worte müssen kurz sacken, und dann überrasche ich mich selbst, indem ich anfange zu lachen. Lauthals. Er lacht auch, und mein Hals wird eng, als unsere Blicke sich treffen, als mein Blick von seinem Lächeln über seine Wangenknochen zu seinem gelb-schwarzen Flanellhemd wandert. Nur ein Flanellhemd. Keine Jacke. »Du weißt aber schon, dass Winter ist, oder?«, frage ich, gerade als ein eisiger Windstoß über uns hinwegfegt.

Jake hebt eine Augenbraue. »Ja, ich weiß, dass Winter ist.«

»Na, dann solltest du vielleicht eine Jacke anziehen.«

»Mir reicht das hier.« Er wirft mir ein Lächeln zu, das so unverfroren charmant ist, dass es Noah Centineo in den Schatten stellen könnte. »Ich laufe heiß.«

Also, mir ist definitiv wärmer geworden. Ich blicke zu Boden, um mein rotes Gesicht zu verstecken.

»Echt seltsam, die Mall so leer zu sehen«, sagt Jake, als wir um eine Ecke biegen. Endlich ist der Südeingang in Sicht.

»Warte, bis wir erst drinnen sind«, antworte ich. »So früh ist es voll unheimlich.«

Wir verfallen wieder in Schweigen, der Hall unserer Schritte ist das einzige Geräusch. Ich reibe meine gefrorene Nase, und er reibt seine Hände aneinander, bevor er sie in die Taschen steckt und ihm dieses winzige Schulterzittern passiert, das er vor mir verstecken will. *Echt jetzt. Jungs.* Ich rolle mit den Augen und krame dann in meinem Beutel. Ich reiche ihm den lila Schal. »Hier.«

Er schüttelt den Kopf. »Brauche ich nicht.«

»Dir ist kalt.«

»Nein, alles gut.«

»Du hast schon ganz rote Wangen.«

»Du auch.«

»Aaah!« Ich stoppe abrupt und mache mir mit einem Schrei Luft. »Mein Gott, Jake Kaplan! Jetzt sei nicht so stur und nimm einfach den verdammten Schal!«

Er bleibt ebenfalls stehen und blinzelt mich schockiert an. Dann prusten wir beide wieder los, seine Augen leuchten und blicken amüsiert, und seine Wangen sind noch röter als vorher, und mein Herz klopft vielleicht noch heftiger als damals, als Geraldine mich gezwungen hat, einen dieser *Saw*-Filme zu gucken, und überhaupt, wer hat Jake Kaplan das Recht gegeben, so verdammt attraktiv zu sein? Das ist einfach nicht fair.

»Okay«, lenkt er ein, sein Lächeln ist jetzt weicher. Man könnte es sogar ein liebevolles Lächeln nennen. Als hätte er mich gern. Er nimmt meinen Schal und wickelt ihn sich zweimal um den Hals. »Zufrieden?«

Ich wippe auf die Fersen und nehme ihn in Augenschein. Ohne meinen Schal sieht er süß aus, aber *mit* meinem Schal sieht er noch viel süßer aus. Was eine absolute Frechheit ist, denn es gehört echt verboten, vor acht Uhr morgens süß auszusehen, während Normalsterbliche wie ich so aussehen wie ein Stofftier, das von einem Lastwagen überfahren und dann auf höchster Stufe gewaschen und geschleudert wurde.

»Jep«, sage ich schließlich und atme kurz durch. »Absolut zufrieden.« Mein Telefon surrt. Alarm Nummer drei. Wir müssten genau jetzt bei ES WAR EINMAL sein, um alles vorzubereiten. »Los, wir sind spät dran.«

Wir beeilen uns und passieren den Südeingang. Wie zu erwarten, ist das Einkaufszentrum fast menschenleer. Ein paar andere Angestellte wandern wie wir durch die Gänge, aber da die meisten Lichter noch aus sind, wird das Ganze dadurch sogar noch unheimlicher. »Ich komm mir vor wie in einer dieser Zombie-Serien«, sagt Jake.

»*The Shopping Dead*«, antworte ich.

Er prustet laut los.

Ich reagiere gereizt. »Du sollst mich nicht ständig auslachen.«

»Ich lache dich gar nicht aus«, sagt Jake. »Das war *witzig*.«

»Oh.« Ich ziehe an einer Haarsträhne und wickle die Locke um meinen Finger. »Danke. Ich *bin* witzig. Wird auch Zeit, dass du das merkst.« Ich mache eine Pause. »Es kommt mir nämlich so vor, als würdest du mich normalerweise auslachen.«

»Ja, kann sein«, gibt er zu. »Aber fairerweise muss man dazusagen, dass du mich normalerweise anschreist, also …«

»Ich schreie nicht!«

»Shoshanna … ernsthaft?«

Ich atme schnell ein. Ich hasse, wie sehr es mir gefällt, wenn er meinen Namen ausspricht. »Ich will gar nicht schreien«, sage ich. »Ich bin nur furchtbar aufgeregt.«

Er grinst verschmitzt. »Danke für die Mitteilung.«

Ich werde rot wie eine Tomate und bleibe es für den ganzen restlichen Weg.

Echt jetzt. Jungs.

Jake und ich teilen uns die Arbeit, ich stelle die Stühle auf, er die Bücher. Als ich gucke, wie er vorankommt, sehe ich, dass er die Bücher, statt sie zu stapeln, zu einer Pyramide auftürmt. »Die fällt um«, sage ich.

»Die fällt nicht um«, antwortet er.

Myra saust an uns vorbei und ruft, ohne anzuhalten: »Die fällt um. Mach's noch mal!«

»Hab ich dir doch gesagt.« Ich muss grinsen. »Es braucht nur einen potenziellen Käufer, der denkt, dass das beste Exemplar ganz unten liegt, um das Ding zum Einstürzen zu bringen. Und ja, das ist schon passiert. Im Einzelhandel gilt die Regel, dass der Kunde immer recht hat, es sei denn, der Kunde liegt sehr, sehr falsch.«

»Ja, ja, okay.« Jake fährt sich durchs Haar. Dieses weiche, lockige Haar, das ich immer noch gerne anfassen würde. Ich bin eben ein Freak. Fühlt sich an, als könnten wir heute Morgen einen Durchbruch erzielen – Jake und ich, nicht Jakes Haare und ich. Aber durch die transitive Relation vielleicht am Ende auch Jakes Haare und ich. Wir sind keine Freunde per se, aber wir haben ein angenehmeres Level an Feindseligkeit erreicht.

»Hier.« Ich reiche ihm einen Klappstuhl. »Du machst die Stühle fertig. Ich kümmere mich um die Bücher.«

»Ich weiß, wie man einen Stapel Bücher wieder abbaut«, antwortet er mit einem Augenrollen.

Ich lege den Kopf schief. »Ach ja?«

»Klar.« Er tritt an die Pyramide heran und greift nach dem obersten Buch. Ich trete ebenfalls vor und balanciere auf den Zehenspitzen, um an dasselbe oberste Buch zu gelangen.

»Ich habe es«, sagt er.

»Ich habe es –«

»Oh …«

»Nein!«, beende ich seinen Ausruf.

Ich hatte schon immer diese Vorahnung, dass ich auf eine richtig dumme Art sterben würde, und jetzt ist es so weit, der Moment ist gekommen, noch bevor ich alt genug bin, um ein Rubbellos zu kaufen.

Die Bücherpyramide stürzt ein. Ich halte die Arme über den Kopf und bereite mich auf meinen Tod vor, aber dann beugt sich Jake irgendwie über mich, sodass der Bücherstapel hauptsächlich auf ihn herabregnet, während ich mich unter ihm klein mache. Und es ist warm bei ihm. Statt nach etwas Süßem riecht er heute herzhaft, nach Gewürzen und Kräutern, die ich nicht kenne, und ich frage mich, ob mein Schal wohl nach ihm riechen wird, wenn er ihn mir zurückgibt, und er atmet schwer, und meine Haut prickelt, und seine Brust presst sich gegen meinen Rücken und ich würde mich am liebsten gegen ihn lehnen, so richtig nah an ihn drücken und …

Das letzte Buch fällt zu Boden. Jake richtet sich auf und die Wärme verflüchtigt sich. »Autsch«, sagt er, während er sich den Kopf reibt.

»Danke.« Ich muss husten, und mein Gesicht ist ganz rot, richtig rot, unfassbar rot. »Danke dir.«

Dann blicke ich auf das Durcheinander, auf die Bücher, die überall verstreut liegen, einige in für ihren Schutzumschlag sehr ungesunden Positionen. Scham überkommt mich. Myra hat uns um *eine* Sache gebeten und wir vermasseln es. *Ich* vermassle es. Und das ist ganz und gar nicht in Ordnung. Ich muss mein Gehirn benutzen. Ich muss erwachsen werden. Ich habe Geraldines Video gepostet, ohne zu fragen, habe zu Hause falschen Alarm geschlagen, und jetzt das.

»Jake«, sage ich mit einem Kloß im Hals, während ich ein paar Bücher aufhebe und darum bete, dass sie nicht beschädigt sind. »Diese Lesung ist eine große Sache für den Laden, und es ist wichtig für Myra, dass wir unseren Job gut machen. Ich stapele jetzt die Bücher wieder auf, okay? Das geht schneller, und du kümmerst dich um die Stühle, und dann machen wir uns beide bereit, um die Leute zu empfangen.«

Ich rechne damit, dass er protestiert, aber Jake nickt nur. »Du hast recht. Einverstanden.«

Ich stoße einen Seufzer der Erleichterung aus und

halte ihm meine Hand hin. Jake mustert mich, als würde er sich fragen, ob das ein Trick ist. Verständlich. Aber es ist kein Trick. Ich will meinen Job gut machen, für Myra, für den Laden und für mich selbst. Jake tritt auf mich zu und ergreift meine Hand. Seine Haut ist schwielig, und ich frage mich, woher das kommt. Mir wird ganz heiß, weil ich sie einen Moment zu lange festhalte.

»Frieden?«, fragt Jake.

Ich werde von einem Blitz durchzuckt, als wir uns ansehen. »Frieden.«

Als wir mit dem Aufbau fertig sind, hat sich vor der verschlossenen Eingangstür eine Schlange von mindestens zwei Dutzend Leuten gebildet. Sie scharren unruhig mit den Füßen. Manche unterhalten sich, andere haben ihre Nase in ein Buch gesteckt. Ich kann eine Menge Stoffbeutel ausmachen. Ah, das sind meine Leute.

»Ziemlich viele«, sagt Jake.

Nur Liv Childers schafft es, schon am frühen Morgen so eine Menge anzulocken, und dann noch kurz vor Weihnachten. Aber gibt es eine bessere Zeit, um eine Serie namens *Christmas Killings* zu feiern? Liv ist bereits da und plaudert mit Myra in ihrem Büro, und der Rest des Teams ist auch eingetroffen, um die Lesung zu betreuen und den Laden nicht im Chaos versinken zu lassen.

»Bereit?«, frage ich. Jake nickt, also entriegele ich die Türen und ziehe sie auf. Die Leute rauschen in beängstigendem Tempo herein. »Wie beim Auszug aus Ägypten«, bemerke ich. Jake lacht, und ich sprudele über vor Zufriedenheit.

Wie sich herausstellt, bringe ich Jake Kaplan wirklich gerne zum Lachen.

Als immer mehr Kundschaft in den Laden strömt, trennen wir uns, um Bücher zu verkaufen, darauf zu achten, dass die Gänge frei bleiben, und einem Gast nach dem anderen zu bestätigen, dass die Signierstunde nach der Lesung stattfinden wird. Die Sitzplätze sind so schnell gefüllt, dass die Leute schon auf die besseren Stehplätze hinter der letzten Stuhlreihe ausweichen. Als ich gerade wieder dabei bin, jemandem die Regeln für die Signierschlange zu erklären, bemerke ich, dass es vorne einen Tumult gibt. Ich bahne mir einen Weg durch die Menge bis zu einem Mann, der vor der ersten Reihe steht. Sein blondes Haar ist kurz geschoren. Eine Sonnenbrille hängt um seinen Hals und er schiebt verärgert seine Lippe vor. »Was bedeutet dieses Schild?« Er zeigt auf einen Stuhl mit einem Reservierungsschild. »VIP oder was? Sondergast?«

»Nein«, sage ich. »Dieser Platz ist für Menschen mit Behinderung reserviert.«

»Na, ich bin zwar nicht behindert. Aber es gibt keine anderen Plätze mehr, also setze ich mich jetzt hierhin.«

Mein Puls schnellt in die Höhe. Trotz meiner Begabung, immer mit der Tür ins Haus zu fallen, mag ich Konfrontationen eigentlich nicht. Und erst recht nicht mit fremden Männern. Bei der Erinnerung an den Dieb in der Philosophieabteilung verkrampft sich mein Körper.

Ich kann nicht zulassen, dass der Kerl sich hierhinsetzt. Das wäre falsch. Aber ich muss ruhig bleiben. Nicht schreien, nicht impulsiv werden und auch nicht weglaufen. Ich muss diese Situation auf erwachsene Art regeln. »Es tut mir leid«, sage ich, »aber Sie können hier nicht sitzen. Wie ich schon gesagt habe, der Platz ist für Menschen mit Behinderung reserviert. Ich hoffe, Sie verstehen das.«

Seine weiße Haut läuft rot an. »Weil man behindert ist, bekommt man also einen reservierten Sitzplatz ganz vorne, und alle anderen müssen früher kommen oder stehen? Klingt für mich nicht gerade nach Gleichberechtigung.«

Er setzt sich auf den Platz und verschränkt die Arme, die Lippen zu einer festen Linie zusammengepresst. Ich räuspere mich. »Na ja, wissen Sie, eigentlich ist es schon gerecht, weil behinderte Menschen, na ja, sie ...« Ich kenne die Argumente. Normalerweise kenne ich sie genau. Myra hat uns alles über Barrierefreiheit beigebracht, von breiteren Gängen über Schilder mit großen Buchstaben bis hin zu reservierten Plätzen bei Veranstaltungen. Aber es ist, als ob dieses ganze Wissen und meine Denkfähigkeit sich aus dem Staub gemacht hätten, während ich diesen wütenden Mann anstarre.

»Entschuldigen Sie«, ertönt eine Stimme. Jake taucht hinter mir auf. Ich atme seinen würzigen Duft ein, nach frisch gebackenem Brot mit Rosmarin oder so. Das löst die Anspannung in meinen Schultern. »Wie meine Kollegin Ihnen bereits erklärt hat, ist dieser Platz für Menschen mit Behinderung reserviert. Da Sie klar gesagt haben, dass Sie nicht behindert sind, muss ich Sie bitten, einen anderen Platz zu suchen oder sich nach hinten zu stellen.«

»Ist das Ihr Ernst?«, fragt der Mann und wirft einen Blick in die Runde, als würde er allgemeine Zustimmung erwarten. Aber die Leute schauen demonstrativ in eine andere Richtung. »Ich sage Ihnen mal was.« Der Mann wendet sich wieder an uns. »Falls eine behinderte Person kommt und nach dem Platz fragt, gebe ich ihn frei.«

Jetzt kocht mein Ärger doch wieder hoch. »So läuft das aber nicht«, sage ich und tue alles in meiner Macht Stehende, um cool zu bleiben, obwohl ich ihn am liebsten anschreien würde. Im Ernst, scheiß auf diesen Typen, der glaubt, dass diese Welt nur für ihn gemacht ist. »Menschen mit Behinderung sollen nicht ständig nach einem Platz fragen müssen. Sie sollen sich nicht unwohl fühlen, weil sie auf jemanden zugehen müssen, um ihn zu bitten, aufzustehen. Das ist mein Job.« Meine Stimme ist ruhig, aber bestimmt, als ich ihn anblicke. »Also. Bewegung.«

Jake beugt sich näher zu dem Mann. »Sofort. Oder wir rufen den Sicherheitsdienst.«

»Lächerlich«, murmelt der Mann, erhebt sich aber von seinem Platz. »Dem Laden hier ist gerade ein Geschäft entgangen, ich hoffe, Sie sind zufrieden.« Er bahnt sich unwirsch einen Weg durch die Menge nach draußen.

»Wir sind begeistert«, murmle ich, sobald er außer Hörweite ist.

Jetzt merke ich erst, wie mein Herz rast, das Adrenalin mir durch die Adern rauscht und meine Hände zittern. Als ich mich zu Jake umdrehe, kann ich an seinem verkrampften Kiefer erkennen, dass er genauso wütend ist wie ich. Ich schwöre, auf seiner Stirn tritt sogar eine Ader hervor. »Der Typ war ein Idiot«, sagt er schließlich.

»Ein echter Vollidiot«, antworte ich und atme zittrig aus. »Übrigens, danke für die Hilfe.«

»Kein Problem.« Jakes Haltung entspannt sich, meine auch, und ich möchte gern noch etwas zu ihm sagen, irgendetwas, aber da geht auch schon die Tür von Myras Büro auf und sie kommt mit Liv Childers an ihrer Seite auf uns zu. Ich bin froh, dass sie diesen Kerl nicht miterleben musste. Und ich bin überrascht und froh, dass wir ihn losgeworden sind, ohne dass ich geschrien oder jemandem das Walkie-Talkie geklaut habe, um etwas über die Lautsprecher durchzusagen. Und gerade als Myra und Liv sich vorne am Tisch eingerichtet haben und mit der Lesung beginnen, kommt eine Frau mit einem Stoffbeutel in den Laden, die leicht hinkt. Als sie das Schild mit der Reservierung sieht, setzt sie sich erleichtert hin.

KAPITEL 10

»Ich bin erledigt«, sagt Jake.

»Ich bin Shoshanna«, antworte ich automatisch.

Er prustet. »Netter Dad-Joke.«

»Danke.« Wir gehen in den Pausenraum und lassen uns beide auf einen Stuhl fallen. Mein Kopf fühlt sich zwei Kilo schwerer an als gestern und ich gebe ein riesiges Gähnen von mir. »Uff, ich bin auch total k.o. Aber die Lesung war super. Wir haben so viele Bücher verkauft!«

Die Lesung war wirklich super, jedenfalls nach dem Zwischenfall mit diesem größten aller Idioten. Liv Childers war charmant und keck – sie hat die Zuhörer mit blutigen Begebenheiten aus dem wahren Leben unterhalten. Die Stimmung war gut, und niemanden störte es, dass man zwei Stunden – ja, richtig, zwei Stunden – anstehen musste, um ein Autogramm zu bekommen. Jake und ich haben so viele QR-Codes ausgegeben, dass wir beim Gewinnspiel definitiv in Führung liegen, was hoffentlich bedeutet, dass *ich* beim Gewinnspiel in Führung liege.

Zum Glück sind Arjun und Sophie-Anne für den Abbau

der Stühle und zum Aufräumen eingeteilt, denn Jake und ich brauchen eine Pause nach diesem Marathon. Myra hat sogar gesagt, dass wir eine volle Stunde Mittagspause machen können. Ich werfe Jake einen Blick zu, der sich am Kiefer kratzt und mich schläfrig anblinzelt, wie ein Kind, das gerade von einem Nickerchen aufgewacht ist. *Süß*. Ich lächle und beschließe, ihm ein Friedensangebot zu machen. »Hey«, sage ich. »Willst du mit mir zum Food-Court gehen? Ich esse wahrscheinlich was mit meinen …«

Oh, Moment.

Ich kann nicht mit meinen Freundinnen essen. Bei der großen Erschöpfung nach dieser überbordenden Veranstaltung hätte ich fast vergessen, dass meine zwei besten Freundinnen mich zurzeit hassen. Ich verstumme und schaue auf den Tisch.

Ich kann Jakes neugierigen Blick spüren. »Was war das?«

»Hm?«, frage ich.

»Vorhin im Auto hast du das Gleiche gemacht. Hast du dich mit deinen Freunden gestritten?«

Ich zwinge mich, zu lachen und mit fröhlicher Stimme zu sagen: »Alles klar, Sherlock, steck deine Nase in deine eigenen Angelegenheiten.« Er schweigt. Ich inspiziere den Tisch. In das Holz sind Bilder eingeritzt. Den satanischen Symbolen nach zu urteilen, könnten sie das Werk von Sophie-Anne und Arjun sein.

Jake rutscht geräuschvoll mit seinem Stuhl nach hinten und steht auf. Ich schätze, er lässt mich jetzt allein im Pausenraum sitzen, aber dann fragt er: »Willst du ein Sandwich?«

Ähm. Was?

Ich schaue zu ihm auf. »Jake Kaplan, hast du mir gerade angeboten, *mir ein Sandwich zu machen*?«

Seine Augen blicken amüsiert. »Klar. Warum nicht? Ich mache mir selbst ja auch eins.«

»Okay, was denn für ein Sandwich?« Ich richte mich ein wenig auf. »Aber ohne Schinken, oder?«

»Keine Sorge. Ohne Schinken, Shoshanna Greenberg.« Ich werde ein wenig rot bei seiner Antwort. »Es ist eine Art Erdnussbutter-Marmeladen-Sandwich, nur besser.«

Ich denke an die Mandeln und vertraue darauf, dass Jake auch einem Erdnussbutter-Marmeladen-Sandwich gerecht werden kann. »Okay, Erdnussbutter mit Marmelade ist super. Ooh! Weißt du, was gut zu so einem Sandwich passt? Kakao. Ich frage mich, ob ...«

Jake lacht. Ich bin mir ziemlich sicher, dass er dieses Mal *über* mich lacht, aber das ist okay. Ich glaube nicht, dass er es böse meint. Kakao ist köstlich. Kleine Kinder haben einen guten Geschmack.

»Ich habe keinen Kakao«, antwortet er, »aber das Sandwich wird auch so gut schmecken. Versprochen.« Er geht im Pausenraum umher, holt Zutaten aus seinem Spind, wäscht sich die Hände und bereitet dann die zwei Sandwiches zu.

Um ihn nicht die ganze Zeit anzustarren wie ein Freak, schaue ich mir die Flyer am Schwarzen Brett an. Einer wirbt für einen Kuchenverkauf, ein anderer für ein Motel/Hotel-Konzert, irgendeine EDM-Band aus Athens, die Tanya mag. Aber dann höre ich, wie es knistert, darum drehe ich mich zu Jake um und sehe, wie er eine kleine Tüte Ruffles öffnet und die Chips mit der Präzision eines Chirurgen behutsam über dem Aufstrich verteilt. Dann legt er die zweite Scheibe Brot obendrauf, und *kracks*.

»Interessante Zutat«, sage ich.

Er bringt zwei Teller an den Tisch. »Es wird dir schmecken. Versprochen.«

Ich hebe eine Augenbraue und beäuge mein Sandwich. »Und was ist hier jetzt drauf?«

»Eine Schicht Haselnussaufstrich, eine Schicht Mandelbutter, eine Schicht Granatapfelmarmelade und natürlich Ruffles.«

»Natürlich.« Ich nicke, dann nehme ich das Sandwich in die Hände. Jake tut so, als würde er auf seinen Teller schauen, aber ich spüre, wie er mich aus den Augenwinkeln heraus beobachtet. Spannung liegt in der Luft, so wie wenn ich jemandem meine Texte zu lesen gebe und so tue, als würde ich nicht auf jede winzige Regung im Gesichtsausdruck der Person achten.

Okay… Kein Druck. Es ist nur ein Sandwich. Ich beuge mich vor und nehme einen großen Bissen, meine Zähne knuspern krachend durch die Chips und drei Schichten Aufstrich, und dann … *wow.* Einfach wow. Salzig und süß. Weich und knusprig. Ich kaue und kaue und schlucke, dann schaue ich auf und sage – okay, ich rufe: »Nicht dein Ernst, Jake!«

Seine Maske der Zuversicht schwindet, seine Brauen verziehen sich sorgenvoll. »Was ist?«

»Warum ist das so gut? Was bist du, der Sandwich-Nobelpreisträger?«

Jakes Lippen zucken, und dann lacht er und kratzt sich auf diese liebenswert verlegene Art im Nacken. »Danke, Shoshanna.«

»Aber jetzt mal im Ernst«, fahre ich fort und nehme einen Mini-Bissen, weil ich jedes kleine Stückchen genießen will. »Das Sandwich ist köstlich, und die Mandeln waren köstlich, und du riechst immer köst…« Mein Gesicht glüht, ich höre auf zu reden.

Aber es war zu spät.

Jake legt den Kopf schief, sein Lächeln wird von Sekunde zu Sekunde breiter. »Du findest, ich rieche köstlich?«

»Ähm.« Ich räuspere mich und blicke überall anders hin,

bloß nicht zu ihm, was bedeutet, dass ich auf einen Wasserfleck an der Decke starre und auf noch einen weiteren Fleck, der verdächtig nach Schimmel aussieht. Irgendjemand müsste wohl Myra davon berichten. »Wie auch immer ... kochst du öfter was oder so?«

»Ja, mache ich.« Jake bewahrt mich vor Tod durch Demütigung und lässt das Thema »Du riechst so köstlich« ruhen. »Ich koche recht gerne – Backen mag ich auch.« Er achtet sorgfältig auf seine Wortwahl, als ob er versuchen würde, seine Begeisterung zu verbergen, aber mal ehrlich, wer muss sich in meiner Gegenwart schon Gedanken darüber machen, etwas Dummes zu sagen, oder gar seine Wörter sorgfältig auswählen?

»Wann hast du damit angefangen?«, frage ich und nehme noch einen weiteren Bissen von Gottes Geschenk an die Geschmacksnerven.

»Als Kind.« Jake nimmt sich sein eigenes Sandwich und schafft es, zu essen, während er spricht, ohne dabei eklig auszusehen – beeindruckende Leistung. »Mom musste immer lange arbeiten. Und wir hatten keinen dieser bis oben hin vollgestopften Kühlschränke wie die superreichen Kids aus Teenie-Filmen. Also habe ich mit dem experimentiert, was da war. Also so was wie Käse-Makkaroni, aber dann mit Parmesan und Chiliflocken. Oder Cheerios mit Zimtmilch und Bananen. Einfach alles, was mir einfiel. Es war lustig. Und dann habe ich angefangen, bei Gary's zu arbeiten.«

»Gary's?«, frage ich. Verdammt, mein Sandwich ist fast weg. Ob Jake wohl genug Zutaten für einen Nachschlag hat?

»Das ist ein Diner in der Nähe des Canton Highway. Ich habe vor ein paar Jahren als Hilfskellner dort angefangen, aber ich habe Gary immer angebettelt, mich in der Küche mithelfen zu lassen. Ich habe die ganze Zeit Fragen gestellt und Zutaten vorgeschlagen ... und wenn niemand geguckt hat, habe ich nachgewürzt.« Jake schweigt. »Ich muss ziemlich nervig gewesen sein.«

»Andere nerven? Könnte mir nie passieren«, antworte ich. »Nein, völlig unmöglich.«

Jake grinst mich an, und mein Magen flattert. *Konzentrier dich auf das Sandwich, Shoshanna.* »Irgendwann«, fährt er fort, »habe ich Gary so sehr genervt, dass er mir eine Chance gegeben hat, und jetzt koche ich und tüftle an der Speisekarte herum. Und ich backe eine Menge. In dem Block, den ich mit mir herumschleppe, notiere ich meine Rezeptideen. Als Kellner arbeite ich natürlich auch noch.«

Ich runzele die Stirn. »Aber du arbeitest doch hier.«

»Ja. Gary kann mir nicht mehr Stunden geben und zu Hause ist das Geld knapp, also ...«

»Schon kapiert«, sage ich schnell. »Also, ich meine, vielleicht habe ich's nicht so richtig kapiert. Aber schon irgendwie. So wie ich meinen Job brauche, um Barbra Streisand zu reparieren – nicht die Sängerin«, stelle ich klar, als Jake mir einen echt verwirrten Blick zuwirft. »Mein Auto, Barbra Streisand, sie muss zur Reparatur. Und ich habe Myra um zusätzliche Stunden im nächsten Jahr gebeten, aber sie kann mir keine geben, und ich weiß wirklich nicht, was ich machen soll …« Ich verstumme, meine Gedanken klicken ineinander. »Oh.«

»Oh *was?*«, fragt Jake und steckt sich das letzte Stück Sandwich in den Mund.

Schuldgefühle und Scham steigen in mir hoch. Ich bin ja so was von dumm. Wenn Jake gleich zwei Jobs hat, braucht er das Bonusgeld wahrscheinlich genauso sehr, wenn nicht sogar dringender als ich. Und ich dachte, er wollte vor allem deshalb gewinnen, um mich zu ärgern. Wow. Und der Preis für die egozentrischste, anmaßendste Idiotin geht an …

»Was?«, fragt Jake noch einmal.

Ich spiele an meiner Halskette herum und blicke auf meine Füße hinab, die einen halben Zentimeter über dem abgewetzten Boden schweben, weil ich ein sehr kleiner Mensch bin. »Na ja«, sage ich. »Ich brauche das Preisgeld, um Barbra reparieren zu lassen, aber du brauchst es für, keine Ahnung, vielleicht für die Stromrechnung oder so – also, ich meine, nicht wirklich für die Stromrechnung!« *Fettnäpfchen, Shoshanna. FETTNÄPFCHEN.* »Ich gehe von gar nichts aus, was genau das ist, worauf ich hinauswill. Ähm. Also.« *War mein Gesicht schon das ganze Gespräch über so rot?* »Sorry. Ähm. Worauf ich hinauswill, ist, dass ich mich wie eine totale Idiotin benommen habe. Und es tut mir leid.«

Ich riskiere einen Blick zu Jake. Seine Augen schauen so sanft, dass ich fast auf meinem wackeligen Pausenraumstuhl dahinschmelze. Als ich seine Stimme höre, spüre ich, wie mein Herz rast. »Du hast dich nicht wie eine Idiotin benommen«, sagt er. »Also, zumindest nicht mehr als ich selbst.« Jake zögert. Lange. Mit Einatmen und allem, als ob er Mut sammeln müsste für das, was jetzt kommt. »Ich war an meinem ersten Tag nicht gerade der netteste Mensch auf Erden.«

»Nicht?«, frage ich. »Na ja, eigentlich weiß ich es ja. Du warst tatsächlich nicht der Netteste.«

Jake lacht. Kurz und laut, und als er aufhört, sieht er mich an. Er sieht mich wirklich an. Ich zappele unter seinem Blick und bete, dass er das Schweigen bricht, obwohl ich eigentlich keine Jüdin bin, die ständig betet, sondern eher eine von denen, die einen guten Kugel und einen leicht gerösteten Sesambagel mit Weißfisch lieben. Schließlich lehnt er sich in seinem Stuhl zurück und sagt: »Ich wollte meine Sache gut machen, damit Myra mir mehr Stunden gibt. Ich war nur auf den Job fixiert und nicht darauf aus ...«

»Freunde zu finden?«, frage ich und setze dann meine beste Reality-TV-Star-Stimme ein. »Ich bin nicht hier, um Freunde zu finden.«

»Ja.« Jake grinst. »So in etwa. Also, mir tut es auch leid.« Er fährt sich durch die Locken. »Erzählst du mir, was mit deinen Freundinnen los ist? Man hat mir gesagt, ich sei ein guter Zuhörer.«

»Hat man das?«, kontere ich mit einem leichten Lächeln.

»Ja«, sagt er in aller Aufrichtigkeit, und ich spüre, wie mein ganzer Körper anfängt zu kribbeln.

Unsicher und nervös spiele ich mit einer Haarsträhne. Aber dann, vielleicht weil ich so erschöpft bin oder wegen Jakes Augen oder diesem köstlichen Michelin-Stern-Sandwich, sprudelt plötzlich irgendwie alles aus mir heraus – von den Streitereien meiner Mütter, über den Grund, weshalb Cheyenne und Geraldine so wütend auf mich sind, einfach alles, was ich durch meine impulsive Art verbockt habe. Nachdem alles raus ist, bin ich völlig von der Rolle und ganz außer Atem, aber gleichzeitig auch erleichtert, als hätte das Eingeständnis schon etwas von dem Druck genommen.

»Ganz schön happig«, sagt Jake. Er blickt mich so ernst

an, dass ich mich in meinem Stuhl zurücklehne und die Finger ineinander verknote. »Aber es klingt so, als wüsstest du, was du falsch gemacht hast, was super ist, denn dann kannst du dich entschuldigen und alles in Ordnung bringen.«

»Ja.« Ich nicke, aber meine Nerven liegen blank. »Aber was, wenn sie meine Entschuldigung nicht annehmen? Was, wenn sie mich nicht mehr mögen?«

»Oh.« Er blickt amüsiert. »Schwer vorstellbar, dass jemand dich nicht mehr mögen könnte, Shoshanna.«

Mein Herz macht solche Sprünge, als versuchte es, einen Slam Dunk in meiner Brust zu landen. Die neckische Frage entwischt mir, bevor ich es verhindern kann: »Heißt das, *du* magst mich?«

Er lächelt verschmitzt. »Na ja, hassen tue ich dich auf jeden Fall nicht.«

Aus irgendeinem Grund klingen diese Worte wie ein Liebesgeständnis. Ich knabbere am Fingernagel, um mein eigenes Lächeln zu verbergen, und sage dann: »Ich hasse dich auf jeden Fall auch nicht, Jake Kaplan.«

Mein Handy summt, und ich schaue aufs Display, in der Hoffnung, dass die Nachricht von meinen Freundinnen oder meinen Moms ist. Aber weder noch.

Mit einem flauen Gefühl im Magen schaue ich Jake an und sage: »Myra will uns in ihrem Büro sehen.«

Meine Gedanken rasen, als wir uns schweigend auf den Weg machen. Ich dachte, die heutige Lesung wäre gut gelaufen, aber was, wenn ich mich geirrt habe? Will Myra uns vom Wettbewerb ausschließen? Ist die Buchpyramide schuld daran? Hat sie mitbekommen, dass sie eingestürzt ist?

Obwohl die Tür offen ist, klopft Jake an den Türrahmen, und wir warten, bis Myra uns hineinruft.

»Du wolltest uns sehen?«, fragt Jake. Seine Haltung ist steif, unsicher, als würde er einen dreiteiligen Anzug statt seines Flanellhemdes tragen. Er muss ebenfalls nervös sein. Immerhin hat er mir gerade erzählt, wie wichtig ihm dieser Job ist. Was, wenn keiner von uns den Bonus gewinnen kann?

Ich rücke näher an Jake heran, nah genug, um die Wärme seines Körpers zu spüren, nah genug, um den leichten Duft von Rosmarin zu riechen, der vom Backen kommt, wie ich jetzt weiß. Es tut gut, so nah bei ihm zu stehen, und hilft auch gegen meine Anspannung.

»Ganz genau«, sagt Myra. Ich halte den Atem an, als sie etwas auf ihrem Computer anklickt und dann ihre Lesebrille abnimmt. »Ich habe Neuigkeiten. Wie ihr wisst, sind es noch zwei Tage, bis der Wettbewerb endet, deshalb wollte ich euch mitteilen, dass ihr beide mit Gleichstand in Führung liegt.«

Mich durchfährt ein Schock. Damit hatte ich nicht gerechnet. »Es steht … unentschieden?«

Jake ist anscheinend genauso überrascht wie ich, aber er reagiert völlig anders. Ein kleines Lächeln huscht über seine Lippen. Er versucht, es zu verstecken, indem er tut, als müsste er husten, und fragt dann etwas weniger gelassen: »Wir haben exakt dieselbe Punktzahl?«

»Exakt dieselbe Punktzahl«, bestätigt Myra. Sie tippt mit den Fingern gegen die Armlehne ihres Rollis. »Ich bin beeindruckt. Ich hätte nicht gedacht, dass ihr so eine hohe Punktzahl erreichen würdet, auch nicht mit der Childers-Veranstaltung. Aber ihr habt beide viele Stunden investiert und hart gearbeitet. Ihr habt gute Arbeit geleistet.«

»Wow«, sage ich schwach. Eigentlich müsste ich jetzt völlig erleichtert sein. Ich wollte beweisen, dass ich in meinem Job gut und eine verantwortungsvolle Mitarbeiterin bin, und das habe ich auch geschafft. Aber stattdessen fühlt es sich an, als wäre meine fast todsichere Chance, das Geld für die Reparatur von Barbra zu gewinnen, auf 50 Prozent gesunken.

Wir haben das Geld nicht, Shoshanna, hat Mom gesagt. *Darum musst du dich selbst kümmern.* Aber was ist, wenn ich nicht kann? Barbra liegt tot in der Einfahrt. Was ist, wenn ich nicht nur in den nächsten Tagen um Mitfahrgelegenheiten betteln muss, sondern in den nächsten Monaten, und mit jeder Bitte wächst die Anspannung zu Hause? Ich möchte, dass die Dinge in meiner Familie wieder besser laufen, glücklicher, so wie früher. Ich möchte Probleme lösen und nicht verschlimmern.

Ich zupfe an einer Haarsträhne, als Myra uns noch einmal gratuliert, und dann verlassen Jake und ich schweigend ihr Büro. Wir gehen Seite an Seite in den hinteren Teil des Ladens. Als wir zu einem Regal mit Bücherschubern kommen, greift Jake nach meiner Hand und bringt uns so zum Halten. Er lässt sofort wieder los, aber meine Haut kribbelt von der kurzen Berührung.

»Schau«, sagt er.

Also schaue ich.

Ich schaue auf seine Lippen und auf seine Augen und bemerke, dass er eine schiefe Augenbraue hat. Die linke Braue wölbt sich am Ende irgendwie nach oben. Und seit wann können Augenbrauen überhaupt attraktiv sein? Na ja, vermutlich können sie das. Ich finde Jake Kaplans Augenbraue attraktiv, und damit muss ich wohl für den Rest meines Lebens klarkommen. »Ich weiß, dass uns beiden dieses Geld wichtig ist«, fährt Jake fort, »aber ich habe das Gefühl, dass wir uns eigentlich gut verstehen. Ich mag dich ...«

Mein Puls rast. Er mag mich? Heißt das, er mag mich so richtig?

»... du bist witzig und anders, und ich glaube, wir könnten gute Freunde sein.«

Oh. Alles klar.

Er mag mich als Freundin. Denn mehr will man von einem witzigen, anderen Mädchen nicht. Von einem Mädchen, das immer laut ist, das ständig in Fettnäpfchen tritt und dann trotzdem noch weiterredet, dieses schräge, überempfindliche Mädchen, das fast anfängt zu heulen, weil die Mutter Milch kaufen geht, obwohl doch Milch im Haus ist. Ich räuspere mich und versuche, meine Stimme fröhlich klingen zu lassen, als ich antworte: »Klar. Lass uns Freunde sein.«

»Cool.« Jake lächelt. Wie immer ist es ein großartiges Lächeln. Ich denke, er hätte gute Chancen, für eine gewisse Sorte von Fachzeitschriften im Bereich Mundhygiene Modell zu stehen. Aber mein Bauch ist gerade zu angespannt für Schmetterlinge, die durch ein großartiges Lächeln hervorgerufen werden. »Dann lass uns dieses Unentschieden nicht in etwas Schlechtes verwandeln. Wir treten gegeneinander an, und am Ende gewinnt, wer besser verkauft. Meinst du, wir kriegen das hin?«

Ich wünschte, er hätte etwas anderes gesagt. Aber es ist besser, mit Jake befreundet zu sein, als mit ihm zu streiten, und ich weiß, dass die nächsten Tage unendlich viel angenehmer sein werden, wenn dies ein freundschaftlicher Wettbewerb ist. »Wir kriegen das hin«, stimme ich zu.

Er reicht mir seine Hand. »Freunde?«

Als ich wieder seine schwielige Haut berühre, schießt mir ein Bild durch den Kopf: Jake, wie er Brot backt mit allem, was dazugehört, wie er mit äußerster Konzentration den Teig knetet. Mir wird ganz heiß, als wir uns in die Augen blicken, und ich antworte: »Freunde.«

Lola Roman, Daniels Freundin, hat rosa Haare, trägt eine Brille mit dicken Gläsern und ist genau einen Meter und einundfünfzigeinhalb Zentimeter groß, was sie einen halben Zentimeter kleiner macht als mich, was bedeutet, dass ich es liebe, neben ihr zu stehen. Ich liebe es außerdem, weil sie immer ein Extra-Kaugummi in ihrer Tasche hat und nicht jedes Mal diesen großen, dramatischen Seufzer von sich gibt, wenn man sie um eins bittet. Außerdem hat sie immer ein paar triviale Belanglosigkeiten auf Lager, die sehr unterhaltsam sind.

»Wusstest du, dass Pfauen eine Flügelspannweite von bis zu einem Meter achtzig haben?«, fragt Lola, als wir durch die Hörbuchabteilung streifen.

»Also sind sie größer als wir?«, frage ich.

»Es gibt vieles, was größer ist als *wir* beide, Shoshanna. Ooh! Ich liebe dieses Buch.« Lola greift nach einem Thriller im Hörbuchregal. »Ich hab mich herrlich gegruselt. Eine Woche Albträume. Es war der Wahnsinn!«

Lola reicht ihn mir, während sie weiter die Regale durchstöbert. Da sie schlecht sieht, ist sie Hörbuch-Fan. Ich habe sie um ein paar Tipps gebeten, die ich dann an unsere Kundschaft weitergeben kann, denn ich muss mein Wissen über jede Art von Lektüre vervollständigen, wenn ich Jake und sein Tablet-Quiz schlagen will. Ich würde Hörbücher gerne mögen, aber nach genau dreizehn Komma acht Sekunden schweife ich immer ab. Im Unterricht habe ich auch Probleme damit, zuzuhören. Wenn ich nicht mit meinen Augen sehen und lesen kann, was auf einer Seite steht, kommt es mir so vor, als würde die entsprechende Information in das eine Ohr rein- und zum anderen wieder rausgehen. Oder vielleicht geht sie auch gar nicht erst rein.

»Oh! Das ist ein toller Liebesschmöker. Ziemlich heiß.« Lola wackelt mit den Augenbrauen. In ihrer rechten Braue steckt ein winziger silberner Ring.

Sie gibt mir das Hörbuch, als Daniel hinter uns auftaucht. »Was ist ziemlich heiß?«, fragt er und nimmt mir die CDs mit *Eine außergewöhnliche Verführung* aus der Hand. »Uuh, ja, das hier war heiß. Wir fanden es gut.«

»Wir?« Ich lache auf. »Ihr hört euch zusammen Erotik-Hörbücher an?«

Daniel legt einen Arm um Lola. Sie lehnt sich an seine

Schulter, ihr rosa gefärbtes Haar fällt zwischen sie. »Das ist eine super Pärchenaktivität«, erklärt Lola. »Kino ist heutzutage ja so teuer.« Sie sagt »heutzutage«, als wäre sie neunzig und nicht neunzehn.

»Wie läufts denn so mit dem Familienbesuch?«, frage ich Daniel. Er arbeitet fast noch weniger Stunden als während des Semesters, und ich vermisse es, ihn im Laden zu sehen.

»Super«, antwortet er. »Meine Eltern sind allerdings total gestresst. Sie treiben sich selbst in den Wahnsinn beim Versuch, die perfekten Gastgeber zu sein.«

Ich grinse. »Ich liebe deine Eltern.« Seine Eltern sind Stammkunden bei ES WAR EINMAL, vor allem seine Mutter, die zum Comic-Fan mutiert ist, genau wie ihr Sohn. Ich mag es, wenn sie in den Laden kommen. Sie sind witzig und nett und einfach super. Genau wie der Sohn.

Es ist, als hätten alle meine Freunde diese perfekten Sitcom-Eltern, die immer da sind, wenn man von der Schule nach Hause kommt, und bei denen jeden Abend beim gemeinsamen Essen gefragt wird, wie der Tag war, und die dann auch wirklich an der Antwort interessiert sind. Cheyennes Vater will immer Zeit mit ihr verbringen, und ihre Mutter genauso. Sie unterstützt jedes von Cheyennes Hobbys, egal was es ist, sogar die Bienenzucht, obwohl sie Angst vor Bienen hat. Hauptsache, sie kann mit ihrer Tochter zusammen sein.

Und Geraldines Mutter übt mit ihr neue Schminktechniken, und einmal im Monat kochen sie gemeinsam für ihre Kirchengemeinde. Und ich sehe andauernd, wie Geraldines Handy mit Nachrichten von ihrem Vater aufleuchtet. Es sind Bilder von Igeln, denn sie sind beide besessen von Igeln, sie finden sie süßer als jedes andere Tier auf der Welt, sogar – man mag es kaum glauben – süßer als Hunde.

Und ich weiß natürlich auch, dass ihre Eltern in Wirklichkeit nicht diese perfekten Sitcom-Eltern sind, denn niemand ist perfekt, aber sie sind da und engagieren sich und kümmern sich, und bisher waren meine Mütter auch immer so. Sie kamen zu jedem meiner Debattierwettbewerbe, bis ich in der siebten Klasse wegen eines plötzlichen Anfalls von pubertärem Lampenfieber damit aufgehört habe. Jeden zweiten Monat sind wir in die Synagoge gegangen, um nicht schlecht vor dem Rabbi dazustehen. Und von Zeit zu Zeit sagte Mama: »Scheiß drauf, lasst uns zum Abendbrot Kuchen essen«, und dann sind wir in den Delights Diner gegangen, wo Mama einen Möhrenkuchen bestellte, Mom Schokokuchen und ich den besten Apfelkuchen der Welt.

Aber in letzter Zeit machen wir nichts mehr zusammen, nicht einmal unsere Latke-Party haben wir gefeiert. Und *wenn* wir zusammen sind, liegt so viel Spannung in der Luft, dass es knistert und ich eine fiese Gänsehaut bekomme. Und das gefällt mir nicht. Es gefällt mir ganz und gar nicht. Ich will meine Sitcom-Familie zurück.

»Hey«, sagt Daniel, nachdem die Ladenglocke gebimmelt hat. »Ist das nicht deine Mom?«

»Nein«, sage ich, schaue aber trotzdem zur Tür. »Es ist erst vier. Sie arbeitet noch und sie würde auch nicht …«

Aber dort steht sie, im Eingang, als hätte ich sie mit meinen Gedanken herbeigerufen. Sie trägt ihre enge, marineblaue Lieblingshose und die weiße Vintage-Bluse, die ich so schön finde. Sie sieht cool, erwachsen und hip aus, und ich fühle mich plötzlich unwohl in meinem Osterglocken-Kleid, obwohl es total süß ist und ein Mega-Schnäppchen war.

»Das ist sie doch, oder?«, fragt Daniel.

Ich nicke. »Ja.«

»Wow!«, sagt Lola. »Ihr seht euch aber ähnlich!«

Ich schätze mal, ich sollte mich über das Kompliment freuen, aber ich bin einfach nur angespannt. Es steht außer Frage, dass Mom und ich uns ähnlich sehen. Am Wochenende, wenn sie ihre alte Lieblingsjeans und eins von ihren Band-T-Shirts trägt, werden wir manchmal gefragt, ob wir Schwestern sind – und zwar so, als würden die Leute das tatsächlich glauben, nicht auf diese ekelige Art, wenn irgendwelche alten Säcke einer Frau ein Kompliment über ihr Alter machen wollen. Aber ich freue mich nicht. Ich verhake nur meine Finger ineinander. Was macht sie hier bei ES WAR EINMAL? Habe ich etwas ausgefressen? Sie würde mich doch hier nicht ausschimpfen, oder?

Wie angewurzelt stehe ich da, aber ich kann die verwunderten Blicke spüren, die Daniel und Lola mir zuwerfen. Okay, ein normaler Mensch würde hingehen, um seine Mutter zu begrüßen. Also gut. »Ähm, wir sehen uns nachher, Leute«, sage ich und zwinge mich dann zu einem bleischweren Schritt nach dem anderen, bis ich bei meiner Mom angekommen bin.

Sie bemerkt mich erst, als ich sie fast erreicht habe, und dann tut sie etwas Seltsames. Sie lächelt. Vielleicht ein wenig bemüht, aber immerhin. Der gute Wille zählt, oder wie war das noch mal?

»Hey, Mom«, sage ich. »Was, ähm, warum bist du hier?«

Es kommt mir vor, als würde sie ihren Blick an mir vorbeischicken, während sie sich die Haare hinters Ohr schiebt, fast so, als könne sie mir nicht in die Augen schauen. »Ich habe Barbra in der Einfahrt gesehen«, antwortet sie. »Da dachte ich mir, ich hole dich ab. Du hast doch gleich Schluss, oder?«

»Stimmt.« Ein bisschen Anspannung löst sich aus meinen Schultern. »Ja, in zehn Minuten.«

»Super!« Mom verschränkt die Hände ineinander. Ihr Ehering funkelt im Schein der Lampen, er ist ein Erbstück von Mamas Großmutter. »Wir treffen uns hier, wenn du fertig bist.«

»Super.« Ich weiß nicht genau, was ich noch sagen soll, also schicke ich einfach ein »Danke« hinterher und verschwinde mit einem kurzen Winken. *Einem Winken?*

Neun Minuten später bin ich im Pausenraum und packe meine Sachen zusammen. Jake kommt rein und ich zwitschere: »Oh, gut!«

Er neigt seinen Kopf mit einem neugierigen Lächeln. »Shoshanna Greenberg, freust du dich etwa, mich zu sehen?«

»Nun werd nicht gleich größenwahnsinnig.« Ich lache. »Meine Mom holt mich ab, also muss deine Mutter mich nicht nach Hause bringen. Sag ihr aber trotzdem vielen Dank von mir!«

»Hey, das ist doch ein gutes Zeichen?«, sagt er. »Dass deine Mom hier ist, meine ich?«

Ich zupfe an meinem Stoffbeutel. »Schätze schon.«

»Ich hoffe es für dich. Sag Bescheid, wenn du wieder eine Mitfahrgelegenheit brauchst. Jederzeit.«

»Danke, Jake.« Ich schaue ihn an. »Schon komisch, dass wir jetzt Freunde sind.«

Er lacht. »Stimmt.«

»Aber ich finde es gut«, gebe ich nervös zu.

Sein Blick wird ganz sanft bei meinen Worten, was meinen Magen Purzelbäume schlagen lässt.

Ich schenke ihm ein kleines Lächeln und husche mit glühenden Wangen an ihm vorbei aus dem Pausenraum.

Die Stimmung während der Heimfahrt ist seltsam. Das Level unserer Unterhaltung ist oberstes Oberflächenniveau – einmal reden wir fünf Minuten lang über das Wetter, ich schwöre. Ich knibbele an meinen Nägeln und starre aus dem Fenster, als wir uns dem Haus nähern. Die Straßen sind weihnachtlich geschmückt, die Häuser mit funkelnden Lichtern bedeckt und die Vorgärten mit Weihnachtsmännern, Rentieren und Kunstschnee dekoriert. Es sieht aus wie in einem Märchenbuch, gemütlich und warm. Ich ziehe meinen Mantel fester um mich.

Zu Hause werden wir vom Duft nach geröstetem Knoblauch empfangen. »Ich habe Suppe gemacht!«, ruft Mama aus der Küche. »Ich dachte, wir könnten alle zusammen zu Abend essen.«

»Danke, Alex«, ruft Mom zurück.

Wir schlüpfen aus den Schuhen und Mänteln, bevor wir in die Küche gehen. Mama schmeckt die Suppe ab, während Mom das Geschirr aus dem Schrank holt. Ich nehme Löffel und Servietten und helfe, den Tisch zu decken, und bald sitzen wir da mit Tomatensuppe und Knoblauchbrot. Die Szene ist so heimelig, so *normal*, dass ich völlig verwirrt bin.

»Schmeckt super«, lüge ich, nachdem ich einen Löffel gegessen habe. Nicht, weil es nicht schmeckt, sondern weil ich zu besorgt bin, als dass meine Geschmacksknospen funktionieren könnten. Um ehrlich zu sein, die Suppe schmeckt nach Angst.

Mama lächelt mich an. Die Ärmel ihres Thermoshirts sind bis zu den Ellbogen hochgekrempelt und sie trägt immer noch ihre karierte Schürze. »Danke, mein Schatz.«

»Also.« Mom räuspert sich und versucht ebenfalls zu lächeln. Sie rafft ihr Haar zu ihrem Feierabend-Dutt zusammen, eine unordentliche Angelegenheit mit ernsthaften Albert-Einstein-Vibes. »Shoshanna, deine Mama und ich wollten mit dir reden. Wir ...« Sie kratzt sich am Ohr, lässt die Hand sinken und nimmt sie dann wieder hoch, um an ihrem Suppenlöffel herumzufummeln. »Wir möchten uns bei dir entschuldigen.«

Ich wollte gerade einen Bissen vom Knoblauchbrot nehmen, aber jetzt ist mein Mund plötzlich viel zu trocken. Eine Entschuldigung? Ich hatte mit allem Möglichen gerechnet, aber nicht *damit.* »Ähm. Ach ja?«

»Ja.« Mama holt kurz Luft, bevor sie mich ansieht. »Schätzchen, wir haben uns auch nicht besonders vernünftig verhalten. Wir hätten nicht so streiten dürfen. Und ganz sicher hätten wir *dir* nicht das Gefühl geben dürfen, dass du etwas in Ordnung bringen musst. Du bist unsere Tochter. Wir lieben dich. Wir sorgen für dich. Du kannst für uns sorgen, wenn wir alt und faltig sind. Also …« Sie lacht. »Noch faltiger als jetzt.«

»Oh.« Meine Augen werden feucht, als die Worte einsinken. »Also … ist jetzt alles wieder in Ordnung? Hört ihr jetzt auf, euch zu streiten?«

Sie tauschen einen Blick und meine rasche Erleichterung schwindet. Mama nickt kurz, bevor Mom antwortet: »Es tut uns leid, dass wir laut geworden sind und dass wir die Latke-Party verpasst haben. Das war unfair von uns. Aber wir wissen nicht, ob …« Ihre Stimme versagt. Sie räuspert sich und rührt in ihrer Suppe. »Deine Mama und ich haben ein paar Probleme, über die wir reden müssen. Wir haben eine Therapeutin gefunden, zu der wir nach Silvester gehen werden. Wir müssen gucken, ob das mit uns … ob das noch funktioniert.«

Das mit uns, das bedeutet, unsere Ehe.

Es herrscht ein langes Schweigen. Ich habe das Gefühl, dass wir alle versuchen, nicht zu weinen.

Oder vielleicht bin das auch nur ich.

Mama beugt sich über den Tisch und drückt meine Hand. »Shoshanna, wir lieben dich. Ganz egal, was zwischen Mom und mir passiert, dich lieben wir trotzdem noch genauso wie vorher. Und wir werden uns in Zukunft besser benehmen, was das Streiten angeht, und die Sache mit der Latke-Party tut uns wirklich leid. Wir verstehen, warum du getan hast, was du getan hast, aber du musst versprechen, dass es kein zweites Mal passiert. Wir haben uns wirklich Sorgen gemacht.«

»Wir wissen, dass du nur helfen wolltest«, sagt Mom. »Aber es ist ein Unterschied, ob man Hilfe anbietet oder ob man sich einmischt. Bitte sprich mit uns, wenn wir dir mit unserem Verhalten wehgetan haben. Behalte es nicht für dich, um es dann hinter unserem Rücken in Ordnung bringen zu wollen. Denn das wird wahrscheinlich nicht gut enden. Okay?«

»Okay«, sage ich und schaue dann auf meine Suppe. Dieses Gespräch war so kurz, dass sie noch immer dampft – und doch hat sich alles geändert.

»Wir lieben dich«, sagt Mom.

»Wir werden dich immer lieben«, stimmt Mama zu.

Es kommt mir fast vor, als würden sie mit mir Schluss machen, so oft wie sie das sagen. Und ich kann gar nichts dagegen tun. Ich kann nur dasitzen und abwarten, ob mein ganzes Leben auf den Kopf gestellt wird. Ich rühre in meiner Suppe und sage: »Ich liebe euch auch.«

KAPITEL 11

Wenn mein Leben ein Film wäre, würde ich an dieser Stelle irgendwas unglaublich Romantisches machen. Durch den Flughafen rennen. Meine Liebe bei einem Baseballspiel auf einem Großbildschirm gestehen. Hundert Rosenblätter auf dem Bett verstreuen.

Aber mein Leben ist kein Film. Und gerade ist nicht Baseball-Saison, und Geraldine und Cheyenne fänden es wahrscheinlich komisch, wenn ich Rosenblätter auf ihre Betten streuen würde. Also bitte ich sie stattdessen, mich eine halbe Stunde vor Arbeitsbeginn im Einkaufszentrum zu treffen, und zu meiner Überraschung und meinem Glück stimmen sie zu. Mit meinem Bußwerk in der Hand gehe ich zu ihnen: Schoko-Bananenbrot-Muffins, die ich gestern Abend gebacken habe, nachdem sich meine Mütter in ihr Schlafzimmer zurückgezogen hatten.

Mir wird ganz flau im Magen, als ich mich ihnen gegenüber an den Tisch setze und die Papiertüte abstelle. Der Food-Court ist leer und mir schlägt das Herz bis zum Hals.

»Hi«, sage ich leise.

Cheyennes Pulli ist kaugummirosa. Geraldines Nägel sind moosgrün lackiert. Meine Handflächen schwitzen wie ein Eisblock in der Sauna.

Ich schiebe die Tüte in ihre Richtung. Cheyenne greift danach und untersucht den Inhalt mit einem kleinen Lächeln. Geraldine zupft an ihrem Hemdsärmel. Ich presse meine Hände so fest zusammen, dass meine Knöchel weiß werden. Ich will meine Freundinnen zurück. Und ich muss mich fast übergeben.

In der neunten Klasse waren wir alle zusammen auf einer Halloween-Party. Cheyenne hatte eine Einladung von einem Freund aus dem Jahrbuch-Team bekommen. Sie war die einzige Neuntklässlerin im Team, weil sie, wie so viele andere Sachen, auch Photoshop aus dem Effeff beherrschte. Geraldine hatte eine Einladung von den Mädchen aus ihrem Softball-Team. Und ich hatte eine Einladung als Begleitung meiner zwei besten Freundinnen.

Es war eine *richtige* Halloween-Party. Voller Oberstufenschüler, mit laut dröhnender Musik, einem schummrigen Keller und Flavored Wodka in Bechern mit Billig-Cola. Kein Gruselfilm-Marathon. Und definitiv kein »Süßes oder Saures«. Ich war als Hermine verkleidet, als normale Hermine, keine eklige sexy Hermine-Version. Cheyenne hatte sich als Tahani aus *The Good Place* verkleidet und steckte in einem eleganten Ballkleid, das ihre Mutter vor Jahren auf einer

Gala getragen hatte. Und Geraldine ging als Rosa Díaz aus *Brooklyn Nine-Nine* und sah einfach super aus. Die Lederjacke passte wie angegossen, während meine Hogwarts-Robe ganz offensichtlich für jemanden gedacht war, der zehn Zentimeter größer war als ich.

Von der Sekunde an, als wir die Party betraten, fühlte ich mich unwohl – zu jung, zu klein, das Haar zu kraus, sogar für Hermine Granger. Ich fühlte mich völlig fehl am Platz. Ich passte nicht dorthin. Das Einzige, womit ich punkten konnte, war ein guter Witz, aber es ist ziemlich schwierig, die Leute mit Sprachkomik zu beeindrucken, wenn die Musik so laut ist, dass man es bedauert, Ohren zu haben. Aber Cheyenne nahm meine eine Hand und Geraldine die andere, und dann führten sie mich durch die Menge. Wir zogen von einer Gruppe zur nächsten und am Ende des Abends konnte ich diverse Party-Erfahrung aufweisen: Ich hatte meine erste Partie Bier-Pong gespielt und eine ausgelassenen Runde »Wahrheit oder Pflicht«, und ich hatte ungefähr fünfzig neue Freunde gefunden.

Allerdings brauchte ich diese fünfzig neuen Freunde gar nicht. Nicht wirklich. Denn an dem Abend wurde mir klar, dass ich bereits die beiden besten Freundinnen der Welt hatte.

Aber was, wenn mein Fehler zu schlimm gewesen ist? Was, wenn ich sie verliere?

»Ähm.« Ich schaue auf meinen Schoß und presse meine Fäuste fester zusammen, die Nägel graben sich in meine Handflächen. Leider bin ich nicht Hermine Granger. Ich habe keinen Zeitumkehrer, um zurückzugehen und den Schlamassel, den ich angerichtet habe, zu korrigieren. Ich muss mich entschuldigen und hoffen, dass wir uns zusammenraufen. Mein Puls schlägt wie wild, als ich mit meiner Entschuldigung beginne. »Es tut mir leid. Was ich getan habe, war nicht richtig. Es kommt nie wieder vor. Ich mische mich nie wieder ein. Und ich habe Lucille Tifton geschrieben, um ihr alles zu erklären. Sie hat noch nicht geantwortet, aber ich hoffe, das tut sie noch. Und außerdem ...« Ich schlucke schwer, das Blut pulsiert in meinen Adern. »Ich vermisse euch total, und ich hoffe, ihr könnt mir verzeihen. Ich habe es vermasselt und es tut mir leid. Bitte hasst mich nicht. Bitte.«

Eine schmerzhaft lange Weile warte ich. Ich rechne mit Wut oder kühler Ablehnung.

Aber als ich aufschaue, sehe ich, dass Cheyennes Blick weich ist. Sie beugt sich über den Tisch und drückt meine Hand. »Shosh, wir hassen dich nicht.«

Meine Stimme zittert. »Nicht?«

»Natürlich nicht«, sagt Geraldine. »Du hast Mist gebaut. Aber jeder baut mal Mist. Und du hast dich entschuldigt. Und außerdem haben wir dich lieb.«

Besorgt und mitfühlend sehen mich die beiden an, und prompt fange ich an zu weinen. War ja klar. Wütend wische ich die Tränen weg, meine Wangen brennen. »Es tut mir leid«, sage ich und weine nur noch mehr. »Ich weiß, das ist keine Entschuldigung, aber meine Mütter haben sich in letzter Zeit ständig gestritten, und das hat mich so fertiggemacht, ich wollte einfach alles in Ordnung bringen. Für sie und für dich. Denn du bist toll, und das wollte ich dir zeigen, aber ich habe es ganz falsch angepackt. Das weiß ich jetzt. Und ich hatte solche Angst, euch zu verlieren. Ich hab euch beide so lieb. Und ich dachte, ihr hasst mich jetzt.«

Und dann passiert etwas Seltsames: Cheyennes Augen werden feucht und Tränen laufen ihr übers Gesicht, und dann fängt Geraldine auch an zu weinen, und Cheyenne sagt: »Wovon redest du überhaupt? Wir haben dich total lieb«, und Geraldine sagt: »Oh mein Gott, der Eyeliner ist nicht wasserfest. Wir haben dich lieb, Shoshanna. Für immer.«

Und sie beteuern, dass sie für mich da sind, egal was passiert, und ich erzähle ihnen alles über meine Mütter und dass ich Angst habe, sie werden sich scheiden lassen, dass ich nichts deswegen tun kann, und wir weinen alle noch mehr, und dann müssen wir plötzlich heftig lachen – in einem Wort, wir machen uns total zum Affen. Als die

Angestellten langsam im Einkaufszentrum eintrudeln, werden sie von drei Teenagern empfangen, die mitten in einem leeren Food-Court einen kollektiven Nervenzusammenbruch erleiden.

»Shosh.« Geraldine schafft es als Erste, wieder normal zu sprechen. »Du bist unglaublich witzig und klug und nett. Was du getan hast, war falsch, aber ich weiß, dass es gut gemeint war. Ich kann mich wirklich glücklich schätzen, dich als Freundin zu haben, ich weiß das.« Sie reibt sich die Nase. »Oje, hat jemand ein Taschentuch?«

Cheyenne reicht ihr eine Serviette und sagt dann: »Ich hoffe, diese Muffins schmecken gut mit Rotze.«

»Das gibt ihnen diesen unvergleichlichen Umami-Geschmack«, sage ich und wir brechen wieder in Lachen aus. Am Ende liegen wir alle erschöpft in unseren Stühlen. Ich spüre eine immense Erleichterung. »Ich verspreche, ab sofort meine Hilfe anzubieten, anstatt mich ungefragt einzumischen. Einverstanden?«

»Einverstanden«, stimmt Geraldine zu.

»Und wir könnten dir auch helfen«, fügt Cheyenne hinzu. »Zum Beispiel, indem wir dich mitnehmen – Ruhe in Frieden, Barbra. Oder bei deinem Buchwettbewerb.«

»Danke«, sage ich.

Und dann ... kommt mir eine Idee.

Cheyenne könnte mir tatsächlich beim Wettbewerb helfen. Ein Lächeln verzieht meine Lippen. »Cheyenne, du beste aller Freundinnen.«

»Ja?«

»Tochter des Weihnachtsmanns …«

»Oh. Oh nein. Auf gar keinen Fall.« Sie hat verstanden, worauf ich hinauswill, und schüttelt den Kopf. »Niemals.«

»Du hast gesagt, egal was es ist!«

»Worum geht es?«, fragt Geraldine.

»Bitte, alles, nur nicht das«, sagt Cheyenne.

»Ganz genau das.« Ich lege eine Hand auf ihre Schulter und blicke in ihre wunderschönen braunen Augen. »Ich könnte ein Weihnachtswunder gebrauchen.«

Cheyenne seufzt: »Oy vey.«

Der Kopierer im Lager ist einen Schritt vom Tod entfernt. Ich bin mir ziemlich sicher, dass es ihn schon länger gibt als ES WAR EINMAL, er muss ein Überbleibsel aus der Videothek sein, die vor uns hier beheimatet war. Friss das, Technologie. Bücher haben dich wieder einmal überlebt! Juchhu!

Auf diesem Dinosaurier von einem Gerät hundert Flyer zu kopieren, ist eine langwierige und schmerzhafte Angelegenheit, und der Lagerraum ist kalt wie ein Gefrierschrank. Ich hüpfe von einem Fuß auf den anderen, während ich warte, durch einen *Time Stands Still*-Fanfic scrolle und mir mit Cheyenne und Geraldine schreibe, um Pläne für Silvester zu schmieden, was neben Weihnachten unser erster gemeinsamer freier Tag seit Wochen sein wird. Ich lächle die ganze Zeit. Wer hätte gedacht, dass ein Nervenzusammenbruch im Food-Court so gut für den Serotoninspiegel sein kann? Wahrscheinlich war es ziemlich dumm von mir, zu denken, dass sie einfach aufhören würden, meine Freundinnen zu sein, aber so ist das mit den Gefühlen, ganz egal ob sie nun dumm sind oder nicht, sie sind total verdammt real.

Der letzte Flyer kommt aus dem Kopierer und ich drücke den warmen Stapel an meine Brust. *Schön warm.* Dann öffne ich die Tür und laufe prompt in etwas Festes. Etwas Festes, das in Flanell gehüllt ist.

»Hey«, sagt Jake. »Guten Morgen.«

Ich wippe auf die Fersen und schaue auf sein schiefes Grinsen. Ich werde rot. Verdammt. Ist er über Nacht etwa noch attraktiver geworden? Haben manche Menschen Attraktivitätsschübe, so wie andere Wachstumsschübe? »Hi«, quetsche ich hervor.

»Was ist das?« Er blickt auf die Flyer.

Ich verkneife mir ein Lächeln und lasse die Papiere abwärtsgleiten, sodass sie auf meinem Oberschenkel landen. »Nichts von Bedeutung. Hey, kann ich morgen wieder bei euch mitfahren? Nur wenn's geht.«

»Klar«, sagt er. »Wenn du mir verrätst, was das für Blätter sind.«

»Jake, erpresst du mich gerade? Mit einer Mitfahrgelegenheit? Von deiner Mutter?«

Er tut so, als würde er zusammenzucken »Kein guter Move?«

»Kein bisschen!«

Er lacht, beugt sich dann vor und nickt. »Natürlich kannst du morgen mitfahren, Shoshanna.«

»Danke.« Ich ziehe an meinem Davidstern-Anhänger. »Übrigens, im Pausenraum gibt es Muffins. Aber meine Backkünste werden nicht kommentiert, verstanden? Es kann ja nicht jeder ein Profi sein.«

»Ich bin mir sicher, sie schmecken köstlich.«

Sag das Wort »köstlich« noch einmal. Ich verdränge den Gedanken und stürme ohne ein weiteres Wort an ihm vorbei in den Laden. Und der Preis für den peinlichsten Abgang geht an …

Die Buchhandlung wimmelt vor zufriedenen Kunden. Sie stöbern in den Regalen, blättern in Büchern und unterhalten sich mit ihrer Begleitung. Ein Mädchen sitzt sogar, in ein Buch vertieft, auf dem Boden, neben ihr ein Stapel mit fünf weiteren Titeln. Gott, ich liebe Menschen, die Bücher lieben.

»Da hat aber jemand was Wichtiges vor«, sagt Daniel, als

ich Richtung Eingang marschiere. Er ordnet gerade unsere kleine Auslage mit Funko Pops. Das ist eine Sache, für die ich mein hart verdientes Geld eher nicht ausgebe, mit einer Ausnahme: Bei der Niedlichkeit von Baby Groot konnte ich einfach nicht widerstehen.

Ich habe tatsächlich etwas Wichtiges vor, und zwar mit den Flyern, darum bin ich versucht, ihm nur kurz eine Antwort zuzurufen und aus dem Laden zu stürmen. Aber ich stoppe, weil ich Daniel vermisse. Den größeren Teil des Jahres besteht mein Arbeitsalltag darin, mit ihm im Laden herumzustöbern, neue Lieblingscover auszuwählen, über unser Schreiben zu sprechen und sorgfältig überlegte Büchertische zu immer neuen Nischenthemen zu arrangieren. Mein Lieblingstisch in diesem Sommer hatte das Thema: »Bücher, die mit Mord beginnen und mit einer Hochzeit enden«. Der Tisch kam auch sehr gut an! Aber der diesjährige Advent war übelst hektisch. Nonstop Buchverkauf und Kundengedrängel und keine Zeit für Krimi-Tische. Aber für meinen Arbeitsehemann sollte immer Zeit sein.

Ich stelle mich zu Daniel und helfe ihm mit den Funko Pops, indem ich eine Reihe von Captain Marvels ausrichte. »Ich habe was Wichtiges vor«, sage ich. »Ich versuche, den Bonus zu gewinnen.«

»Seid ihr also noch dabei, du und Jake?« Er stellt Shuri

und Nakia nebeneinander. Die Dominanz von Marvel im Funko-Pop-Universum ist nicht zu leugnen. »Gib ihm eine Chance, Shosh. Er ist ein cooler Typ. Sogar Arjun mag ihn. Gestern habe ich gesehen, wie sie im Pausenraum Dame gespielt haben.«

Vor meinem geistigen Auge lasse ich den Dame spielenden Arjun an mir vorbeiziehen, bevor ich antworte: »Hiermit gebe ich offiziell bekannt, dass wir inzwischen Freunde sind. Wir haben das Kriegsbeil begraben und sind jetzt ein Herz und eine Seele.«

»Okay, klar. Warum denn dann die Eile? Und was sind das für Zettel?«

Ich mustere Daniel mit zusammengekniffenen Augen. Ob ich ihm trauen kann? Er und Jake waren verdammt schnell Kumpel. »Ach, nur ein paar Flyer«, sage ich vage, nur für alle Fälle. »Ich versuche, ein paar mehr Kunden an Land zu ziehen.«

Mein Handy surrt. Cheyenne hat gesagt, dass sie mich zwar über alles liebt, aber höchstens fünf Minuten in Santas Weihnachtswerkstatt verbringen würde und keine Sekunde länger. »Oh, ich muss los! Bist du gleich noch da?«

»Jep.« Daniel lächelt und hält einen Thaddäus-Tentakel-Funko-Pop hoch. »Ich fand schon immer, dass dieser Kerl hier verkannt wird.«

Ich grinse. »Bis gleich, du Spinner.«

Dann stürme ich aus dem Laden. Die Weihnachtsmusik läuft in voller Lautstärke und die Gänge platzen aus allen Nähten. Durch diese Menschenmassen zu kurven, sollte eine olympische Disziplin sein. Ich schaffe es in Rekordzeit – es reicht mindestens für die Silbermedaille – zu Santas Werkstatt und recke den Hals, um nach Cheyenne Ausschau zu halten. Bald wird mir klar, warum ich sie nicht gleich gesehen habe: Sie hat sich verkleidet, ihr Schal ist bis zum Mund hochgezogen und ihre Augen sind hinter einer Sonnenbrille versteckt.

»Cooler Look«, sage ich, als ich zu ihr trete. »Solltest du auf dem Abschlussball tragen.«

»Ha, ha, ha.«

»Du meinst wohl: Ho, ho, ho?«

Cheyenne schafft es, gleichzeitig zu stöhnen und zu lachen. »Du bist echt ein schräger Vogel, Shoshanna.«

»Ich weiß.« Ich grinse. »Los, gehen wir zum Weihnachtsmann!«

Cheyenne schüttelt den Kopf. »Ich kann nicht glauben, dass ich Ja gesagt habe.«

Ich verstehe nicht ganz, was daran jetzt so schlimm sein soll. Sind wir nicht ein bisschen zu alt, um uns für unsere Eltern zu schämen? Aber wie schon gesagt, Gefühle sind Gefühle, also versuche ich, das hier so kurz wie möglich zu halten. Wir suchen uns einen Weg durch die Menschentraube, die sich um Santas Werkstatt gebildet hat. Eine riesige Warteschlange schiebt sich langsam durch ein Labyrinth aus Seilen, wie man es vom Flughafen kennt, Kinder zerren an den Armen ihrer Eltern, und Eltern beschwichtigen die Kinder mit Süßigkeiten, denn Zucker hat ihnen in diesem Moment gerade noch gefehlt.

Als wir näher kommen, kann ich Cheyennes Vater sehen. Zwei Kinder stehen vor ihm, und Mr Herman lacht herzlich, als das Foto geschossen wird. Ich wette, er trinkt eine Menge heiße Zitrone nach so einem langen Tag. Oder vielleicht ja auch warmen Kakao. Wir schaffen es am Rand entlang bis zum Anfang der Schlange und ein paar Leute werfen uns paranoide Blicke zu. Ja, sorry, Leute, es ist genau das, was ihr denkt. Wir sind dabei, uns vorzudrängeln.

Ich umklammere das Bündel Flyer. Ich habe kein so schickes Quiz wie Jake, also brauche ich etwas anderes, um meine Gewinnchancen zu erhöhen. Ich hoffe, Santa hilft mir dabei. Ein Weihnachtself beäugt uns kritisch, als wir uns der Bühne nähern. Ich bedenke ihn mit meinem freundlichsten Shoshanna-Lächeln und sage: »Hallo!«

»Es gibt eine Schlange«, antwortet der Elf, und mit »Elf« meine ich »Mann um die fünfzig, der Elfenohren trägt und nach Zigarette stinkt, weil er vermutlich gerade draußen geraucht hat«. Super kinderfreundlich. Richtig gut.

Ich lächle weiter. »Ja, wir wissen, dass es eine Schlange gibt, aber wir wollen zu ihrem Vater.«

»Shoshanna!«, keucht Cheyenne. »Nicht so laut!«

Ich trete näher an den Elf heran. Gott, dieser Geruch ist unerträglich. Ich werde nie verstehen, was so toll daran sein soll, an einem Teerstängel zu lutschen.

»Zu ihrem Vater?«, fragt der Elf mit ausdrucksloser Stimme. »Wie in Väterchen Frost, oder was? Ha, ha. Der war gut. Was ist? Wollt ihr ihm einen Streich spielen? Verzieht euch, ihr zwei.«

Ich drehe mich zu Cheyenne und blicke sie auffordernd an. Sie seufzt, aber dann tritt sie mit dem Selbstvertrauen eines bedrängten Mitglieds der königlichen Familie vor. »Das ist kein Streich.« Sie schiebt ihre Sonnenbrille auf die Nasenspitze. »Der Weihnachtsmann ist wirklich mein Vater.«

Ich pruste. Laut.

»Bist du sicher, dass du noch ganz richtig im Kopf bist, Kleine?«, fragt der Elf.

»Ich hasse die ganze Welt«, murmelt Cheyenne. Aber dann lächelt sie. Und zwar ein strahlendes Lächeln, so wie das ihres Vaters. Ihre Stimme wird hell, als sie mit dem Elf spricht. »Der Mann, der den Weihnachtsmann spielt, ist mein Vater, und wir müssen kurz mit ihm reden. Es dauert nur ein paar Minuten. Versprochen.«

»Es gibt eine Schlange«, wiederholt der Elf.

»Das erwähnten Sie bereits«, sage ich. Diese Unterhaltung dreht sich im Kreis. Zeit für rohe Gewalt. Ich greife nach Cheyennes Hand und ziehe sie am Elfen-Mann vorbei in Richtung Bühne. »Wir brauchen nur eine Minute. Versprochen!« Und dann drücken wir uns auch noch an der Elfen-Großmutter vorbei, die Fotos schießt, und an der Elfen-Frau, die gerade zwei Kinder von der Bühne geleitet, und einen Augenblick später stehen wir auch schon direkt vor Cheyennes Vater.

»Ho, ho – Shoshanna?« Er stutzt und blickt mich überrascht an.

»Hey, Santa!« Ich winke. »Wie läufts? Ich hoffe, die ganzen Geschenke werden pünktlich ausgeliefert, sonst sind wohl ziemlich viele Nichtjuden ziemlich sauer. Also, ich weiß, ich bin Jüdin, aber könnten Sie mir vielleicht trotzdem einen Gefallen tun?«

Mr Herman blickt verwirrt drein, also habe ich vermutlich wieder mal zu schnell gesprochen, so wie ein Auktionator auf einer Versteigerung – was ich vielleicht als mögliche Karriere in Betracht ziehen sollte. In der Neunten habe ich einen dieser Berufswahltests gemacht und das Ergebnis lautete: uneindeutig. Ich schwöre bei HaSchem! Meine Lehrerin meinte, dass sei doch eine gute Sache, denn es würde bedeuten, dass ich für viele Berufe geeignet sei. Aber ich glaube, sie hat sich das in ihrer Verzweiflung ausgedacht, denn in meinen Ohren klang das ziemlich weit hergeholt. Für mich war das uneindeutige Ergebnis ohnehin völlig in Ordnung. Ich verstehe nicht, warum man schon in der Highschool wissen muss, was man für den Rest seines Lebens machen soll.

»Einen Gefallen …«, wiederholt Mr Herman, der sich wieder gefangen hat. »Um was handelt es sich denn? Oh, und hallo, Tochter. Gibts keine Umarmung für deinen Vater?«

Cheyenne schlurft pflichtbewusst nach vorne und drückt ihn. »Ich kann nicht glauben, dass du das hier machst«, murmelt sie dabei.

»Was, ehrenamtlich für einen guten Zweck arbeiten?«, fragt er.

»Komm schon, es gibt ungefähr acht Millionen Möglichkeiten, sich in der Weihnachtszeit ehrenamtlich zu engagieren. Aber du musstest dir unbedingt den Ort rauspicken, an dem du mir nachspionieren kannst.«

»Ach, Liebes, ich spioniere dir doch nicht nach.« Mr Herman beugt sich mit einem verschwörerischen Grinsen vor. »Dafür habe ich meine Elfen.«

»Oh Mann«, sagt Cheyenne.

»Super Dad-Joke.« Ich gebe ihm ein High-Five.

»Danke. Wobei soll ich dir denn nun helfen?«

»Würden Sie diese Flyer an die Eltern verteilen? Bei uns in der Buchhandlung gibt es einen Weihnachtsbonus zu gewinnen und hiermit könnte ich mehr Leute zu ES WAR EINMAL locken.«

Ich zeige ihm einen der Flyer, auf dem steht:

Fröhliche Weihnachten, liebe Kundinnen und Kunden der Shoppingmall!
Santa hat dieses Jahr vielleicht keine Zeit, in der Buchhandlung vorbeizuschauen. aber Sie schon! Kommen Sie zu ES WAR EINMAL, denn dort gibt es wunderbare Bücher für die Feiertage. Fragen Sie nach Shoshanna, der hilfsbereiten Elfe. Mit ihrer Unterstützung finden Sie das perfekte Buch!

Cheyenne liest den Flyer ebenfalls. »Du bist aber keine Elfe, Shoshanna. Okay, die Größe passt ganz gut, aber …«

»Frechheit!«, sage ich und wende mich wieder an Mr Herman. »Aber das bringt mich zu meiner zweiten Bitte: Hätten Sie ein Paar Elfenohren für mich übrig?«

»Klar doch. Einen Moment …« Mr Herman kramt in dem zum Kostüm passenden Sack mit den Geschenken, der neben ihm steht, holt ein Paar heraus und reicht es mir.

»Super!«, sagt Cheyenne und schaut sich erneut um, als wolle sie abchecken, ob uns jemand beobachtet. »Dann können wir ja gehen, oder? Hab dich lieb und tschüs.«

»Tschüs, Santa!«, sage ich. »Danke!«

Cheyenne und ich machen den Platz frei, damit die nächsten Kinder zum Weihnachtsmann auf die Bühne können.

Auf dem Weg zu GAP lege ich ihr kurz die Hand auf den Arm. »Vielen Dank. Wirklich.«

»Kein Problem«, antwortet sie. »Und ich glaube nicht, dass Anna uns gesehen hat, von daher alles gut.«

»Bist du immer noch scharf auf sie?«, frage ich.

Sie seufzt. »Mehr als das, würde ich sagen. Ich vermisse sie wirklich. Nicht nur das Küssen, sondern alles. Ich hätte nicht mit ihr Schluss machen sollen. Ich war einfach …« Sie bricht ab und schaut auf ihre schwarzen Stiefel hinunter, während wir uns durch die Menge kämpfen.

»Du warst einfach was?«, hake ich sanft nach. Ich weiß immer noch nicht genau, warum sie sich überhaupt getrennt haben. Ich dachte mir, dass es wohl etwas sein muss, das ich als Single einfach nicht verstehen kann.

Schließlich antwortet sie: »Ich hatte Angst, sie würde mit *mir* Schluss machen.«

Moment mal. Was?

»Ich mochte Anna, ich mochte sie wirklich sehr.« Cheyennes Stimme gerät leicht ins Stocken, und ich lehne mich für einen Moment an sie, bevor die Menge uns weiterschiebt. »Ich hatte Angst davor, mich weiter zu öffnen. Ich dachte, je mehr sie über mich weiß, desto weniger mag sie mich. Weil sie merken würde, dass ich in Wirklichkeit gar nicht so toll bin. Ich hatte Angst, dass sie mit mir Schluss machen würde, und dachte, wenn ich die Beziehung beende, wäre ich wenigstens nicht die Abgewiesene.« Sie holt kurz Luft. »Ein bisschen so, als könnte ich nicht scheitern, wenn ich die Sache früh genug beende.«

Wie leid mir das tut. Ich dachte immer, Cheyenne hat tausend Hobbys, weil sie es genießt, von einer Sache zur nächsten zu hüpfen, aber vielleicht stimmt das gar nicht. Vielleicht hat sie einfach Angst, zu viel in eine Sache zu investieren und dann nichts zurückzubekommen.

»Cheyenne«, sage ich behutsam. Ich nehme ihre Hand und bleibe stehen, sodass die Leute um uns herumgehen müssen. »Ich kenne Anna nicht gut genug, um das sicher sagen zu können, aber ich wette, es besteht eine mindestens achtzigprozentige Chance, dass das Mädchen nicht vorhatte, mit dir Schluss zu machen. Denn du, meine liebe Freundin, bist fantastisch. Klug und wunderschön. Wirklich wunderschön. So schön, dass es schon fast kriminell ist.«

Sie lacht, ihre Augen leuchten. »Ich weiß. Und gleichzeitig weiß ich es auch wieder nicht. Selbstvertrauen ist ein ewiger Kampf, oder?«

»Ein totaler Kampf«, stimme ich zu.

Wir lächeln uns an, aber Cheyennes Lächeln verblasst schnell wieder. Sie knibbelt an einem Fingernagel. »Ich weiß einfach nicht, was ich machen soll.«

»Na ja, wenn du wieder mit Anna zusammenkommen willst und du diejenige warst, die sich getrennt hat, dann solltest du auch den ersten Schritt zur Versöhnung machen, denke ich. Mit einer großen Geste.«

»Hmm.« Cheyenne nickt. »Eine Geste. Irgendwelche Ideen?«

»Etwas, das sie gerne mag? Oder eine schöne Erinnerung?«, frage ich. »Oder ...«

Cheyenne klatscht in die Hände. »Ich hab's! Sie ist ganz versessen auf die Scones von Mel's Bakery, du weißt schon, in der Ladenzeile neben dem Einkaufszentrum. Die haben da welche mit Cheddar und Schnittlauch, die sind genial. Ich kann jetzt sofort anrufen und sie liefern lassen. Denkst du, das ist eine gute Idee?«

»Gebäck ist immer eine super Idee.«

»Meinst du?« Ihr nervöses Lächeln bricht mir das Herz und flickt es auch gleich wieder zusammen.

»Klar.« Ich zwinkere. »Hat bei euch ja auch funktioniert.«

Sie nickt überzeugt. »Okay, dann mach ich es. Einen Versuch ist es wert. Danke, Shosh.«

Ich umarme sie fest. »Ist doch klar, Chey.«

Jake kommt genau in dem Moment in den Pausenraum, als ich mir meine Elfenohren aufsetze. Sein Mund zuckt verdächtig.

»Wehe«, warne ich ihn.

Aber sein Mund zuckt wieder, und dann bricht er in Gelächter aus. »Sorry.« Er hebt die Hände. »Ich habe es wirklich versucht.«

»Ach ja?« Ich lege den Kopf schief und stemme die Hand in die Hüfte. »Komm schon. So schlimm kann es nicht sein.«

»Shoshanna, das sind Elfenohren.«

Ich schnaube und drehe mich zu dem trüben, abgestoßenen Spiegel überm Waschbecken. Aber er hängt viel zu hoch, sodass ich mich auf die Zehenspitzen stellen muss, um einen Blick zu erhaschen, und auch dann kriege ich nur die Elfenohren zu sehen, die auf meinen braunen Locken thronen.

»Soll ich dich hochheben?«, bietet Jake an.

Bei dieser Vorstellung bekomme ich ganz heiße Wangen: Jakes Arme, die sich um meine Taille schlingen und mich hochheben, sodass sein Gesicht gegen meinen Rücken drückt. Bryant in *Time Stands Still* hebt Gracie immer hoch, wenn er von etwas begeistert ist, er wirft sie in die Luft und wirbelt sie vor Freude herum. Einmal hat er sie anschließend ganz langsam an seiner Brust hinabgleiten lassen, und dann küssten sie sich beide schwer atmend und ...

»Shoshanna?«

»Hmm?« Die Spitzen meiner Elfenohren sind wahrscheinlich knallrot. »Nein danke. Ich bin sicher, sie sehen gut aus. Ich muss jetzt zurück in den Laden. Kommst du mit?«

»Klar, wollte mir nur einen kleinen Snack holen.« Jake schnappt sich eine Handvoll Mandeln und gibt mir ebenfalls welche, nachdem er meinen Blick gesehen hat, und dann gehen wir zusammen raus. »Also«, sagt er und steckt sich eine Mandel in den Mund. »Was soll das mit den Elfenohren? Müssen wir uns jetzt etwa alle verkleiden? Davon stand nichts in der Jobbeschreibung.«

»Ach, ich mache das nur so zum Spaß!«, antworte ich so ausweichend wie möglich. Ein freundschaftlicher Wettbewerb ist immer noch ein Wettbewerb, und ich muss Jake ja nicht gleich in meine Taktiken einweihen.

Ein kleines Mädchen kommt auf mich zu. Sie hat ihre Mutter im Schlepptau, die meinen Flyer in der Hand hält. »Bist du Shoshanna, die Elfe?«, fragt das Mädchen und spielt an einem ihrer Zöpfe.

Himmel! Es klappt! So fühlt sich also Weihnachtsfreude an? Endlich verstehe ich, weshalb die ganzen Nichtjuden so ein Gewäsch darum machen. Ich hoffe, es stört sie nicht, dass ich mir ihre Kultur aneigne, um Bücher zu verkaufen.

Bevor ich antworten kann, mischt Jake sich ein. Seine

Stimme klingt fasziniert und amüsiert, als er leise hinter mir murmelt: »Woher kennt sie deinen Namen?«

Ich ignoriere sowohl die Frage als auch den angenehmen Schauer, der mir über den Rücken läuft. Dann knie ich mich hin, um dem Mädchen in die Augen zu schauen. »Ja, genau, ich bin Shoshanna, die Elfe«, antworte ich. »Danke für deinen Besuch! Wollen wir uns ein bisschen umsehen? Willst du meine Hand halten?«

Ich werfe ihrer Mama ein kurzes »Keine Sorge, ich bin kein Freak«-Lächeln zu und strecke meine Hand aus, damit das Mädchen sie greifen kann. Dann machen wir uns alle auf in Richtung Kinderbuchabteilung.

»Dürfte ich mir den Flyer mal ansehen?«, fragt Jake die Mutter.

»Äh, ja, klar.« Sie reicht ihm den Zettel.

Ich habe keine Zeit, um Jakes Reaktion abzuwarten, aber im Gehen kann ich einen Blick auf sein beeindrucktes Gesicht erhaschen.

»Gute Idee!«, ruft er.

Ich fühle Stolz in mir aufglühen und zwitschere: »Danke!« *Wie schmeckt dir das, schickes Quiz?!* Nichts, was eine persönliche Note und ein bisschen Weihnachtsstimmung nicht übertreffen könnten.

Ich helfe dem Mädchen und ihrer Mutter dabei, ein paar schöne Erstlesebüchern zu finden. Ein Klassiker und zwei

Neuerscheinungen. Mit meinem QR-Code in der Hand machen sie sich auf den Weg zur Kasse, und bevor ich die Regale vor mir wieder ordnen kann, kommt schon ein weiteres Eltern-Kind-Duo auf mich zu und fragt, ob ich Shoshanna, die Elfe, bin.

So geht das eine Stunde lang, und ich habe kaum Zeit, zur Toilette zu rennen, aber Shoshanna, die Elfe, muss ihren Tampon wechseln, okay? Ich empfehle meisterhaft illustrierte Bilderbücher, Kinderbuch-Weltraumabenteuer und Fantasy-Erstlesebücher. Ein Vater bittet mich auch um eine Empfehlung für sich selbst, da er in letzter Zeit zu wenig gelesen hat. Es ist erstaunlich, wie gut meine Idee funktioniert, und ehe ich michs versehe, klopfe ich an Myras Tür, um nach weiteren Codes zu fragen.

»Herein!«, ruft sie.

Als ich eintrete, starrt sie auf ihren Computer und massiert sich dabei mit einer Hand die Schläfe. Ihre Stirn ist eine einzige Sorgenfalte. Ich überlege, ob ich später wiederkommen soll, aber dann muss ich heftig niesen, weil ich anscheinend allergisch gegen Elfenohren bin.

Myra sieht erschrocken auf. »Oh. Hi, Shoshanna.«

»Hi!« Ich reibe mir mit dem Ärmel meiner Strickjacke die Nase. »Kann ich bitte noch ein paar Codes haben?«

Sie sieht verwirrt aus und braucht einen langen Moment, um meine Bitte zu verarbeiten. »Natürlich. Gut gemacht.«

Sie kramt in ihrer Schublade und reicht mir dann einen neuen Stapel.

»Danke! Also …« Aber Myra starrt schon wieder auf den Bildschirm und reibt sich die Schläfe. »Ich lass dich dann mal weiterarbeiten …«

Mit den Codes in der Hand gehe ich zurück in den Laden. Ich kann es kaum erwarten, weiteren Kindern zu helfen. Doch in der Jugendbuchabteilung sehe ich etwas Merkwürdiges über die Regale ragen. Ich gehe um die Ecke und …

»Ernsthaft?«, frage ich.

»Was?«, Jake zupft grinsend an einem seiner Elfenohren. »Ich finde, die stehen mir gar nicht schlecht.«

»Von wegen«, antworte ich.

Aber ehrlich gesagt stehen sie ihm wirklich gar nicht so schlecht.

Ich verschränke die Arme. »Ich werde diesen Wettbewerb gewinnen.«

Sein Grinsen wird breiter. »Das werden wir ja sehen.«

Ein Mann mit einem roten Flyer in der Hand betritt den Laden, und Jake, der Elf, zwinkert mir unfassbar charmant zu, bevor er losgeht, um ihn zu bedienen.

»Verflixt noch mal, Jake Kaplan«, schimpfe ich vor mich hin.

Sieht aus, als bräuchte ich einen neuen Plan.

KAPITEL 12

Mit einem »Guten Morgen!« lasse ich mich auf den Rücksitz des Autos gleiten. Wohlige Wärme begrüßt mich und macht sich sofort daran, meine Finger aufzutauen. Ich frage mich ernsthaft, wie Leute oben im kalten Norden überleben. »Danke, dass Sie mich wieder mitnehmen.«

»Gern geschehen, Mamaleh.« Ms Kaplan dreht sich lächelnd zu mir. Ihre Locken sind heute besonders schwungvoll. Richtig federnd. »Oh, du weißt doch, was ›Mamaleh‹ bedeutet, oder?«

»Klar. Meine Mom spricht auch ein bisschen Jiddisch.«

Mom hatte angeboten, mich zur Arbeit zu bringen, aber sie war gestresst, weil sie spät dran war. Und Mama war schon im Seniorenheim, wo sie heute Morgen ehrenamtlich einen Malkurs gab. Sie streiten nicht mehr, oder zumindest höre ich sie nicht mehr dabei, aber jetzt ist unser Haus einfach nur still. Als ob unsere Familie sich eine Auszeit genommen hätte. Ich hoffe wirklich, dass diese Therapie ihnen hilft. Und ich hoffe, ich kann akzeptieren, dass *ich* ihnen nicht helfen kann.

Mir dreht sich der Magen um, als ich den Anschnallgurt einklicke. Ich liebe meine Eltern eben sehr, und ich möchte, dass alles gut ist.

Ms Kaplan fährt los und sagt: »Ich finde es schön, dass du eine jüdische Freundin gefunden hast, Jakey. Das wurde auch Zeit. Viel zu viele Nichtjuden an deiner Schule.«

»Äh, Mom«, antwortet Jake. »*Du* wolltest doch unbedingt von Südflorida hierherziehen.«

Ich muss lachen. Südflorida gilt als jüdische Hochburg – also, direkt nach New York.

»Ich bin mit der Hitze dort einfach nicht klargekommen.« Sie winkt mit der Hand ab. »Und, oy, diese Luftfeuchtigkeit! Unerträglich.«

Die Fahrt zum Einkaufszentrum vergeht mit Ms Kaplans Geplapper wie im Flug. Sie sucht ein neues Hobby und findet Aquarellmalerei spannend. Also erzähle ich ihr natürlich von Mamas Kunst. Jake hat wieder einen Frühstückssnack dabei, Zimtgranola mit getrockneter Banane und Chili-Schokoladen-Chips (sooo gut, ich würde alles tun, um noch eine Handvoll davon zu bekommen). Und ich tausche mich mit Ms Kaplan über meine Lieblings-Fan-Theorien zu *Time Stands Still* aus, nachdem sich herausgestellt hat, dass sie die Bücher ebenfalls mag. Als wir beim Einkaufszentrum ankommen, aussteigen und ihr zum Abschied winken, hat sich mein Magen wieder beruhigt und ich lächle sogar.

»Ich mag deine Mom total«, sage ich zu Jake, während wir zum Eingang gehen. Jetzt, wo wir nicht mehr im Auto sitzen, fällt mir auf, dass er zum allerersten Mal kein Flanellhemd trägt. Stattdessen hat er eins aus ganz weich aussehendem Jeansstoff an. Am liebsten würde ich es berühren, um zu fühlen, ob es wirklich so weich ist, denn wie immer benehme ich mich wie ein völlig normaler Mensch. Und als ich sehe, dass er meinen lila Schal trägt, steigt wieder dieses albern wohlige Gefühl in mir hoch, sodass ich schnell auf meine Stiefel schaue, um mein rotes Gesicht zu verbergen.

»Meine Mom mag dich auch«, antwortet Jake.

»Selbstverständlich tut sie das.«

Er lacht. »Selbstverständlich?«

»Ich bin ein nettes jüdisches Mädchen. Was gibt es da nicht zu mögen?«

»Mmhmm, nett.« Jake schubst mich mit der Schulter an, dann legt er mir sofort seine Hand auf den Rücken, damit ich nicht stolpere. Einen Moment später nimmt er sie wieder herunter. »Spaß. Du bist ein sehr nettes jüdisches Mädchen, Shoshanna. Das ist unbestreitbar.«

Ich glühe bei seinen Worten. »Danke.« Ich versuche tatsächlich, ein netter Mensch zu sein, auch wenn ich das in letzter Zeit ein paarmal vermasselt habe. Ich werde versuchen, in Zukunft etwas öfter nette Dinge zu tun und etwas seltener impulsiv und fettnäpfchenanfällig zu sein.

»Wie läufts, äh ...« Jake kratzt sich am Nacken, unter dem lila Schal. »Wie läufts mit deinen Müttern?«

Ich stecke die Hände in die Taschen meines Mantels. Noch vor einem Jahr habe ich jeden Abend mit meinen Müttern gegessen. Das Einzige, worüber wir gestritten haben, war die Filmauswahl. Einmal im Jahr machten wir zusammen blau, schwänzten Schule und Arbeit, um Minigolf zu spielen oder zu bowlen oder um bei einem Last-Minute-Wochenendausflug Kunstmessen und Flohmärkte außerhalb der Stadt zu besuchen.

Aber in letzter Zeit ist von diesem »wir« nicht mehr viel übrig. Und ich weiß nicht, ob es zurückkommt. Und das Einzige, was ich tun kann, ist warten.

»Shoshanna?« Jake stupst mich an.

Wir betreten die Shoppingmall durch den Eingang von Macy's. Warme Luft bläst uns entgegen, aber ich lasse die Hände trotzdem in meinen Manteltaschen. »Sie werden eine Therapie machen«, sage ich. »Nach den Feiertagen. Mal sehen, was dann passiert.«

Es folgt eine lange Stille, in der nur unsere Schritte zu hören sind. Wir gehen durch die hell ausgeleuchtete Kosmetikabteilung. Eine Frau will uns mit Parfüm besprühen, aber wir entkommen ihr, indem wir scharf links abbiegen, Richtung Eingang zur Mall. Ich bin ein sehr gewiefte Parfüm-spritz-Vermeiderin.

»Therapie ist gut«, antwortet Jake schließlich. »Gut, dass sie es versuchen. Mein Vater ... war kein großer Verfechter des Versuchs.«

Jakes Vater.

Ich blicke zu Jake, sein Gesicht ist angespannt, seine Hände in den Taschen sind zu Fäusten geballt. Warum habe ich mir noch nie Gedanken über seinen Vater gemacht?

»Willst du über ihn reden?«, frage ich.

Jake räuspert sich und blickt so verloren auf seine Füße, dass ich am liebsten seine Hand nehmen würde. Ich kontrolliere meinen Impuls, aber es ist schwierig. Ich könnte mir vorstellen, dass sich meine Hand ganz gut in der von Jake Kaplan anfühlen würde.

Er atmet langsam aus. »Es ist schon lange her, dass meine Eltern verheiratet waren.« Wir betreten den Hauptteil des Einkaufszentrums. Einige Läden sind noch zu, aber es wimmelt bereits von frühmorgendlichen Shoppern. »Sie haben sich geliebt, aber mein Vater war ziemlich unreif, um es mal so zu sagen. Er hat nie etwas ernst genommen, nicht mal, als ich geboren wurde. Weil er andauernd zu spät zur Arbeit kam, wurde er gefeuert und gab dann seinem kleinkarierten Chef die Schuld. Vom Essensgeld hat er Pizza statt Obst und Gemüse gekauft. Nichts wirklich Schlimmes ... einfach nur anstrengend. Mama hat immer gehofft, dass er sich bessern würde, aber das ist nie passiert.«

»Tut mir leid, Jake«, sage ich. Meine Schulter drückt gegen seine, weil die Gänge überfüllt sind, und auch bestimmt nur deshalb, und nicht weil das, was Jake erzählt, mich besorgt und wütend macht, weil es mir wehtut und ich ihn irgendwie trösten möchte. Ich kann seine Wärme durch meinen Mantel nicht spüren, aber ich weiß, sie ist da.

»Danke.« Er haucht das eine Wort und zuckt dann mit den Schultern, als wäre es keine große Sache, als würde er über irgendeine unbedeutende Person sprechen und nicht über seinen Vater. Nach einem kurzen Moment redet er weiter, ein wenig gehetzt und besorgt. »Er ist kein schlimmer Mensch, weißt du? Er hat meiner Mom jeden Samstag Pfannkuchen gebacken und er hat sie zum Lachen gebracht, und er liebte sie. Aber das war nicht genug. Sie ließen sich scheiden, als ich vier war.«

»Ist er, äh, noch präsent?«, frage ich, unsicher, wie ich die Frage richtig stellen soll.

»Kommt drauf an, was du unter ›präsent sein‹ verstehst.« Jake fährt sich durch die Locken. »Er lebt in New Jersey, kümmert sich um meine Großeltern und schafft es anscheinend immer noch nicht, länger als ein paar Monate denselben Job zu behalten. Aber er ruft an und schickt mir Geburtstagskarten und meiner Mom etwas Geld und so. Er ist in Ordnung.«

»Ja, das ist doch gut«, sage ich und hoffe, dass meine Stimme fröhlich klingt, obwohl ich in Wahrheit einen dicken Kloß im Hals habe. Jake hat mehr verdient als Geburtstagskarten – und, nun ja, ich kann auch den egoistischen Gedanken nicht beiseiteschieben, ob mir das jetzt wohl auch bevorsteht. Ist es das, was Scheidung bedeutet? Telefonanrufe und Karten?

Wir gehen weiter Richtung ES WAR EINMAL. Es gibt jetzt zu viele Menschen, und die Musik ist zu laut, um sich zu unterhalten. Ich verschränke meine Finger ineinander. Ich möchte nicht Teil einer To-do-Liste werde: *Pflanzen gießen, Bad putzen und Shoshanna anrufen.* Falls meine Moms sich scheiden lassen, könnte es schnell so gehen. Eine von beiden würde wohl ausziehen. Und dann vielleicht einfach von der Bildfläche verschwinden.

»Nur noch ein kleines bisschen mehr Glitzer …«, murmelt Geraldine und pinselt ihn auf die Wange des Jungen. Er ist begeistert, wie jedes Kind, das mit grüner und goldener Glitzerschminke in ein fantastisches Waldgeschöpf verwandelt wird.

»Beeindruckend«, sage ich.

»Sehr cool.« Der Vater nickt zustimmend, nur zu 60 Prozent durch sein Telefon abgelenkt. Er blickt kurz zu mir. »Ich gebe den Zettel einfach an der Kasse ab, ja?« Er hält mit seiner freien Hand meinen QR-Code und mehrere Bücher hoch.

»Genau«, antworte ich. Nachdem Jake gestern meine Elfen-Idee geklaut hat, musste ich mir was Neues einfallen lassen. Glücklicherweise hatte Geraldine den Vormittag frei und bot an, Kunden, oder besser gesagt die Kinder der Kunden, zu schminken. Obwohl Mr Murillos Enkelin ihn dazu überredet hat, sich auch ein paar hervorragende Schnurrhaare aufmalen zu lassen.

Geraldine trägt noch ein letztes bisschen Schimmer auf und dann gehen Vater und Sohn zur Kasse. Zum ersten Mal seit einer Stunde wartet niemand in der Schminkschlange, darum dreht sich Geraldine zu mir um und sagt: »Rate mal, wer sich gestern Abend bei mir gemeldet hat.«

Die Antwort ist offensichtlich. »Lucille Tifton?«

»Genau die«, bestätigt Geraldine. Sie lächelt und ihre Stimme klingt fröhlich, aber man merkt ihr trotzdem an, dass die Sache sie verletzt hat.

Mir wird flau im Magen. Ich kann immer noch nicht glauben, dass ich meine beste Freundin durch diese Internet-Mobbing-Hölle geschickt habe. »Und … was hat Lucille Tifton gesagt?«

»Sie hat sich entschuldigt.« Geraldine beginnt, einen Schminkpinsel mit einem Tuch zu reinigen. »Sie hat sich *überschwänglich* entschuldigt. Sie meinte, dass sie manchmal in diesen Strudel aus Online-Hate hineingezogen wird und dabei vergisst, wie viele Fans sie hat und dass sie dadurch am längeren Hebel sitzt. Es tat ihr leid, dass sie mich so angegriffen hat, auch wenn ich ihren Content gestohlen habe.«

»Oh«, sage ich erleichtert. »Das ist doch gut.«

»Ja.« Geraldine ist mit dem Schminkpinsel fertig und macht mit einem anderen weiter. Überall ist Glitzer verteilt. Selbst ihr schwarzer, taillierter Pullover schimmert. »Sie nimmt das Video, in dem sie mich angreift, runter und will stattdessen eins mit einer Entschuldigung posten, und außerdem …« Ein Lächeln huscht über Geraldines Lippen. »Außerdem wird sie mich unter ihre Fittiche nehmen. Sie hatte wohl schon seit Längerem vor, YouTube-Newcomer zu unterstützen, die nicht die Ressourcen haben, die ihr selbst zur Verfügung standen. Darum hilft sie mir bei meinen Videos und schickt mir sogar einige kostenlose Produkte.«

»Wahnsinn«, sage ich. »Das ist doch genau das, was du brauchst, um loszulegen!«

»Ich weiß«, stimmt Geraldine zu. »Wahrscheinlich schickt sie mir in einer Kiste mehr Sachen, als ich mir in einem ganzen Jahr leisten könnte. Beauty-YouTuberin zu sein ist was für reiche Leute, aber ich werde mir meinen Platz schon erkämpfen.«

»Und wie du das wirst.« Ich strahle vor Stolz auf meine supertolle beste Freundin.

Geraldine grinst. »Ich glaube fast, ich muss mich bei dir dafür bedanken, dass du das Video ohne meine Erlaubnis gepostet hast.«

»Bitte nicht«, sage ich schnell. »Das würde mich nur ermutigen.«

Wir müssen beide lachen, als zwei kleine Mädchen mit ihrem Vater im Schlepptau auf uns zutraben. Sie machen große Augen beim Anblick von Geraldines Kosmetikkoffer.

»Ooh«, sagt das ältere Mädchen.

»Ooooh«, sagt das jüngere Mädchen.

»Ooooooh«, sagt Geraldine. »Das wird Spaß machen.«

Sie beginnt, die Mädchen zu schminken, während ich dem Vater der beiden dabei helfe, Bücher auszusuchen. Danach reißt der Strom der Interessierten nicht mehr ab. Mein Stapel mit QR-Codes schwindet so schnell, wie Geraldine Lidschatten auftragen kann. Und um elf taucht dann Elliot auf, das Frühstückssandwich in der Hand, und hilft Geraldine beim Schminken. Im Doppelpack ziehen die beiden die doppelte Menge Kunden an Land. Anscheinend ist das Schminken bei ES WAR EINMAL viel aufregender als das langweilig normale Schminken bei MAKE YOU UP. Das liegt vor allem an den Unmengen von Glitzer und der großen Auswahl an Farben, die die Kinder in Feen, Schmetterlinge und sogar in eine sehr beeindruckende Giraffe aus Elliots Hand verwandeln.

Irgendwann sind meine QR-Codes aufgebraucht, also mache ich mich auf zu Myras Büro. Als ich an mir herunterschaue, bemerke ich, dass mein Kleid schimmert und glitzert. Ich werde wohl eine ganze Weile Glitzer um mich herum verteilen. Ich bin echt froh und dankbar, dass sich für Geraldine alles zum Guten gewendet hat. Aber ich habe immer noch diesen Knoten im Hals, der nicht weggehen will. Weil die Sache zu Hause sich vielleicht nicht so einfach regeln wird.

Auf dem Weg zu Myras Büro sehe ich Jake. Er hat die Mission Make-up kein einziges Mal unterbrochen, weil er mit seinem eigenen Projekt beschäftigt ist. Das ES WAR EINMAL-Tablet ist wieder im Einsatz und um ihn herum hat sich eine kleine Menschentraube versammelt. Ich beobachte, wie er einen Kunden in die Geschichtsabteilung schickt und den nächsten zu den Liebesromanen. Er braucht kaum mehr als eine Minute pro Person, was viel schneller geht, als ein Kind in eine Giraffe zu verwandeln. *Verflucht seist du, Technologie.* Was ist, wenn Jake mich besiegt und die Roboter übernehmen? Absolut nicht cool.

Jake bringt eine weitere Käuferin auf den Weg und steuert dann Myras Büro an – und sieht mich. Er kommt lächelnd auf mich zu.

»Auch hier?«, sage ich knapp und studiere eine Biografie von George W. Bush, als wäre es das interessanteste Buch der Welt (Spoiler: Ist es nicht).

»Heute gut verkauft?«, fragt Jake. Seine Augen blicken heiter, als er auf mein Kleid schaut. »Sieht ... glitzerig aus.«

»Extrem glitzerig«, antworte ich. »Und du? Hast du gut verkauft?«

Er hebt seine schiefe Augenbraue. »Ich kann mich nicht beklagen.«

»Du machst mir das Gewinnen ja nicht gerade leicht, was?«

»Tja, genau genommen«, sagt Jake und nähert sich mir mit verschwörerischer Miene, »wird aus dem Gewinnen für dich sowieso nichts, weil ich nämlich gewinne.«

Ich verdrehe die Augen. »Oh mein Gott.«

»Oh mein HaSchem«, korrigiert er mich.

»Ein jüdischer Witz. Sehr gut. Zehn Punkte für Gryffindor.«

»Hmm.« Er legt den Kopf schief. »Du glaubst also, ich bin ein Gryffindor?«

»Na, ein Hufflepuff bist du jedenfalls nicht. Außerdem dachte ich, du hättest die Bücher nicht gelesen.«

»Nun, ich bin bekannt dafür, dass ich mir gelegentlich diese neumodischen Dinger ansehe, die man sprechende Bilder nennt.«

Ich pruste los. »Neumodisch?«

Jake lacht, und meine Haut wird ganz kribbelig, und wir grinsen uns an wie Trottel. Und wow, er ist so süß, dass es wirklich wehtut, so in den Wangen, vom vielen Lächeln. Tatsache ist, dass ich schon bis zum Hals in diesen Untiefen der Verliebtheit stecke, und weit und breit ist kein verdammtes Rettungsboot oder auch nur eine Holzplanke in Sicht.

Ich wippe auf meinen Fersen und frage: »QR-Nachschub?«

Jake nickt. »Genau. Myra wird stolz sein.«

»Die Stolzeste der Welt.«

»Hast du dir diese überragenden Grammatikkenntnisse beim Lesen angeeignet?«, neckt er mich.

»Ha, ha«, antworte ich, während wir zu Myras Büro gehen. Ihre Tür ist nur angelehnt, fast so, als hätte sie sie schließen wollen, aber nicht kräftig genug gezogen. Ich will klopfen, halte aber inne, als ich zwei Stimmen höre. Das angespannte Gespräch, das aus dem Büro dringt, erinnert mich zu sehr an die Streitereien meiner Mütter. Jake wirft mir einen fragenden Blick zu, aber dann werden die Stimmen lauter und jetzt kann er sie auch hören, Myras Stimme und die dunkle Stimme einer anderen Person. Myras Mann, denke ich. Streiten sie? Oder ...

»Wie viel?«, fragt er.

»Ein paar Tausend, und selbst dann ist es nur vorübergehend ...«

»Meinst du, es reicht mit dem Puffer aus dem Weihnachtsgeschäft?«

»Das müsste schon ein gewaltiger Puffer sein.« Jake und ich blicken uns verwirrt an, hören, wie Myra seufzt. »Wenn wir den Umsatz verdreifachen, bevor wir an Weihnachten schließen, und wenn wir im Sommer die Fördergelder bekommen, könnten wir es schaffen. Ansonsten schließt ES WAR EINMAL definitiv die Türen.«

Moment mal. Was?

ES WAR EINMAL ... soll schließen?

Mich durchfährt ein eisiger Schock. Der Kloß, der mir schon den ganzen Tag im Hals steckt, wird größer und ich unterdrücke einen leisen Schrei.

Das kann nicht stimmen. ES WAR EINMAL darf nicht schließen. Das ist unmöglich. Das ist nichts, was im Bereich des Möglichen liegt. ES WAR EINMAL ist nicht einfach nur ein Buchladen. Es ist eine Gemeinschaft. Es ist ein Zuhause. Es ist *mein* Zuhause, auf das ich mich verlassen kann, egal was passiert, selbst wenn ich einen schlechten Tag habe, selbst wenn Barbra zusammenbricht, selbst wenn ... selbst wenn meine Mütter sich scheiden lassen, ES WAR EINMAL wird immer für mich da sein.

Es war auch immer für mich da.

Aber jetzt könnte es sein, dass ...

Mir wird ganz schwindelig, als Myras Mann antwortet: »Der Laden ist voll. Wir könnten es schaffen, schwarze Zahlen zu schreiben, und alles Weitere überlegen wir uns dann im neuen Jahr. Vielleicht gibt es noch andere Zuschüsse. Es wird schon gut gehen, Schatz. Egal, wofür du dich entscheidest. Ich liebe dich.«

Es entsteht eine lange Pause, aber als Myras Stimme ertönt, klingt sie weich und entspannt. »Ich liebe dich auch, Michael.« Durch die angelehnte Tür stelle ich mir vor, wie er den Arm um sie legt und wie sie sich halten in dem Wissen, dass sie einander haben, egal was passiert.

»Ich muss gleich los«, sagt er. »Fluffy muss seinen Spaziergang machen.«

Bei diesen Worten setzen Jake und ich uns sofort in Bewegung und hetzen zum Pausenraum. Dort angekommen, lasse ich die Tür hinter uns zuknallen, und mein Herz rast, nicht vom Laufen, sondern wegen dem, was wir aufgeschnappt haben. Ich atme schwer, und da ist dieser intensive Druck in meiner Brust und mein Kopf tut weh. »Das war nicht für unsere Ohren bestimmt«, bringe ich hervor.

»Definitiv nicht. Geht es dir gut?«

Ich schaue auf und sehe Jakes besorgte Augen, und ich schüttle den Kopf und flüstere: »Nein«, und dieses kleine

Eingeständnis lässt etwas in mir aufbrechen und ich fange an zu weinen, nicht viel, nur ein paar frustrierte Tränen, und dann wird mein Körper ganz zittrig, als hätte ich vergessen zu frühstücken, und vielleicht habe ich ja wirklich vergessen zu frühstücken, aber was spielt Frühstück überhaupt für eine Rolle, wenn meine Mütter sich vielleicht scheiden lassen und ES WAR EINMAL vielleicht schließt?

»Es tut mir leid«, sage ich mit zittriger Stimme. »Es tut mir leid. Entschuldigung.«

»Hey, warum bist du … sei nicht …« Jake streckt seine Hand nach mir aus, legt sie zaghaft auf meine Schulter, und ich reagiere, ohne nachzudenken. Ich lehne mich an ihn und vergrabe meinen Kopf an seiner Brust, meine warmen Tränen verteilen sich über seinem Jeanshemd, das übrigens genauso weich ist, wie es aussieht. Er zögert einen kurzen Moment und legt dann seine Arme um mich und atmet tief aus, sodass mein ganzer Körper vibriert. Er riecht heute nach Ahornsirup, so süß, dass es wehtut, und wir stehen lange so da, bevor er wieder spricht, seinen Mund gegen mein Haar gepresst. »Dir muss gar nichts leidtun, Shoshanna. Bei dir zu Hause läuft es gerade nicht gut, und dann noch zu hören, dass ES WAR EINMAL vielleicht schließt, ist bestimmt ziemlich hart. Mir würde es genauso gehen.«

»Danke«, murmle ich.

Ich erlaube mir noch drei Sekunden in der Wärme seiner Umarmung, ich zähle sie ab, *eins, zwei, drei,* und dann löse ich mich, lehne mich an die Theke und schlinge die Arme fest um mich selbst. Jake bleibt, wo er ist, und steckt die Hände in die Hosentaschen, sein Gesichtsausdruck ist unergründlich, aber seine Haut ist leicht gerötet.

»Glaubst du …« Er räuspert sich. »Glaubst du, dass es darum ging bei dem Bonus?«

»Wie meinst du das?«, frage ich, aber dann greifen die einzelnen Teile ineinander. »Oh.« Bei dem Preis ging es nicht um uns oder einen lustigen Weihnachtswettbewerb. Es ging darum, den Umsatz zu steigern, damit der Laden nicht pleitegeht.

Ich bin nicht total naiv. Ich weiß, dass Buchläden nicht gerade viel Gewinn abwerfen, aber ich hatte angenommen, dass es bei uns ganz gut läuft. Wie könnte es nicht gut laufen? Das hier ist ES WAR EINMAL. Eine Institution.

Es kann nicht einfach vorbei sein. Wir können den Laden nicht einfach aufgeben.

Ich straffe entschlossen die Schultern. »Wir müssen etwas unternehmen«, sage ich zu Jake. »Wir müssen den Laden retten. Er darf nicht schließen. Wir könnten …« Ich beginne im Raum auf und ab zu gehen. »Wir erzählen allen aus dem Team, was wir gehört haben, und bringen sie dazu, uns zu helfen. Voller Einsatz beim Buchverkauf.

Wir machen einen taktischen Plan, als ob es ein verdammter Krieg wäre, aber ein Krieg für die Literatur und für niedliche Notizbücher mit Katzen auf dem Cover, und wir ...«

»Shoshanna«, Jake unterbricht mich.

»Was denn?« Ich schaue ihn an. Seine schiefe Augenbraue ist hochgezogen, und meine Aufregung ebbt ab. »Okay«, sage ich. »Klar. Vielleicht sollte ich den anderen besser nicht von einem Gespräch erzählen, das nicht für unsere Ohren bestimmt war. Wäre wohl eher kein so vernünftiger Schritt.«

Ich kann sehen, wie er sich bemüht, mir ein Lächeln zu schenken. »Wahrscheinlich nicht.«

»Aber ich kann hier nicht einfach still rumsitzen!«, sage ich und beginne wieder, auf und ab zu gehen. »Ich muss etwas tun! Also gut, wie wär's, wenn ... Also, ich weiß, dass das ziemlich ungewöhnlich ist ... Wie wäre es, wenn wir mit Myra reden würden? Ihr sagen, dass wir ihr Gespräch mit angehört haben und ihr helfen wollen?«

»Ja.« Jake kratzt sich gedankenverloren am Kiefer. »Das könnte funktionieren.«

»Auf jeden Fall. Es könnte auf jeden Fall funktionieren.« Ich presse meine Hände aufeinander. »Es *muss* funktionieren. Wir können nicht zulassen, dass aus ES WAR EINMAL ein ›Und wenn sie nicht gestorben sind‹ wird.«

»Beeindruckendes Ad-hoc-Wortspiel«, sagt Jake.

»Ich weiß.« Ich nicke, meine Stimme klingt feierlich. »Aber Lob verteilen können wir später. Zuerst haben wir einen Laden zu retten.«

KAPITEL 13

In Myras Büro steht eine Uhr, ein Gimmick aus den *Time Stands Still*-Filmen. In den Filmen hängt sie bei Sheriff Jacob an der Wand, die Zeiger stehen auf 2:47 Uhr und bewegen sich nicht. Bis zum letzten Teil, als die Stadt gerettet ist und die Zeit sich wieder in Bewegung setzt, sodass der Film mit einer Einstellung endet, in der der Minutenzeiger auf 2:48 Uhr vorrückt.

Diese Uhr tickt jetzt, während ich auf Myras Antwort warte. Ein Ticken pro Sekunde. Vorher ist es mir nie aufgefallen, aber jetzt löst das *Tick, tick, tick* das Verlangen in mir aus, einen Baseballschläger zur Hand zu nehmen.

Ich habe Jake gesagt, dass ich alleine mit Myra sprechen möchte, also ist er in den Laden gegangen und ich in Myras Büro. Ich habe ihr erzählt, was wir gehört haben, und gesagt, dass wir helfen wollen. Jetzt sitzt Myra schweigend an ihrem Schreibtisch, während das Ticken der Uhr den Raum erfüllt. Schließlich beugt sie sich in ihrem Stuhl nach vorne und seufzt. »Diese Unterhaltung war nicht für dich bestimmt.«

»Ich weiß«, sage ich. »Und es tut mir leid. Aber wir haben sie nun mal gehört und wir wollen helfen. Lässt du uns helfen? Wir könnten den Umsatz machen, den du brauchst. Ich weiß es.«

»Es ist nicht nur das Geld.« Myra nimmt ihre Brille ab, sodass sie an der rosa Kette um ihren Hals baumelt. »Dieser Laden erfordert eine Menge Arbeit, Shoshanna. Selbst wenn es gut läuft, ist es ein Marathon, und ich bin mir nicht sicher, ob ich weiterrennen will.«

»Bitte«, sage ich. »Gib uns eine Chance! Wir können etwas bewegen. Ich kann die anderen aus dem Team dazu bringen, uns zu helfen.«

»Du darfst es niemandem erzählen. Ich will ihnen nicht die Feiertage verderben. Es ist noch nichts entschieden, aber falls wir schließen, möchte ich es nach Neujahr bekannt geben. Wir werden danach noch ein paar Monate offen bleiben, damit alle Zeit haben, sich eine neue Arbeit zu suchen.«

»Ich werde es keinem erzählen«, verspreche ich. »Ich könnte einfach sagen, dass wir ... eine Party schmeißen! Wir können unsere Stammkunden und die übrigen Besucher der Shoppingmall dazu einladen. Es wird eine riesige, fröhliche Feier und wir werden eine Menge Umsatz machen. Und falls du den Laden dann immer noch schließen willst, bleibt wenigstens die Party als wunderschöne Erinnerung.«

Myra wirft mir einen langen, strengen Blick zu. Ich schwöre, das Ticken der Uhr ist jetzt noch lauter. Aber am Ende nickt sie und sagt: »Als Budget bekommst du hundert Dollar. Keinen Penny mehr. Verstanden?«

»Ja! Absolut!«

»Und ich mache keine Versprechungen. Ist das klar?«

»Ja!« Innerlich recke ich eine Faust in die Luft und tanze durchs Zimmer. »Ich habe vollkommen verstanden.«

Von: Myra@EsWarEinmal.com

An: Team@EsWarEinmal.com

12:34 Uhr

Ich habe Shoshanna die Erlaubnis gegeben, für morgen eine **Party** zu organisieren, bevor wir an Heiligabend schließen. Die Teilnahme ist absolut – **absolut** – freiwillig. Alle, die mitmachen möchten, treffen sich um 13:00 Uhr im Lager.

Myra

Von: Shoshanna@EsWarEinmal.com

An: Team@EsWarEinmal.com

Wer von euch Nerds hat ein Whiteboard?

Shoshanna

Von: SophieAnne@EsWarEinmal.com

An: Team@EsWarEinmal.com

Ich habe eins in meinem Auto.

Von: Shoshanna@EsWarEinmal.com

An: Team@EsWarEinmal.com

Wirklich???

Von: Arjun@EsWarEinmal.com

An: Team@EsWarEinmal.com

NIMM MICH AUS DEM VERTEILER

Von: Myra@EsWarEinmal.com

An: Team@EsWarEinmal.com

Nimm uns alle aus dem Verteiler. Sofort.

Von: Shoshanna@EsWarEinmal.com

An: SophieAnne@EsWarEinmal.com

Bring bitte dein Whiteboard mit zum Meeting!

Von: SophieAnne@EsWarEinmal.com

An: Shoshanna@EsWarEinmal.com

Okay.

Ich staple fünf Kisten mit Hardcovern übereinander, drei unten und zwei oben, dann klettere ich hinauf. Aha. So ist das also, wenn man auf die Leute hinunterschaut, anstatt zu ihnen hoch. Eine ganz neue Welt. Da heute der geschäftigste Einkaufstag des ganzen Jahres ist, arbeitet fast die gesamte Belegschaft. Ein paar Leute stehen noch an den Kassen, um den Laden am Laufen zu halten und weil sie kein Interesse an unserer Party haben, aber die Mehrzahl des ES WAR EINMAL-Teams hat sich vor mir im Lagerraum versammelt, sogar Arjun, der mir per Mail das »NIMM MICH AUS DEM VERTEILER« zugebrüllt hat.

Sie alle stehen jetzt vor mir wie ein Superhelden-Team, nur dass sie keine Superhelden sind. Sie scrollen auf ihren Handys herum, wippen mit den Füßen, zupfen Fusseln von ihren Pullovern und blicken ratlos in die Runde. Das Personal von der Arbeit abzuhalten hilft nicht dabei, den Laden zu retten, also muss ich das hier schnell durchziehen. Ich spiele an meiner Halskette und werfe einen Blick zu Jake, der links neben mir steht, allerdings nicht auf einem Thron aus Kisten. Er nickt mir beruhigend zu und ich straffe bestärkt meine Schultern.

»Also.« Ich klatsche in die Hände. »Danke, dass ihr alle hier seid.«

»Kein Problem«, sagt Geraldine.

»Sie ist gar nicht von uns!«, sagt Arjun.

Moment mal. Hat Arjun etwa gerade ein *Mean Girls*-Zitat gebracht?

»Warum sind wir eigentlich hier?«, fragt Tanya mit ihrer ewigen Tasse Tee in der Hand.

»Genau, warum sind wir hier?« Daniel rückt seine Brille zurecht und tritt vor. Daniel, mein Arbeitsehemann, der diesen Laden genauso liebt wie ich. Mein Herz zieht sich zusammen. Oh Mann, es schmerzt wie Hölle, dass ich ihm das mit der drohenden Schließung nicht sagen kann.

Mein Hals schnürt sich zusammen, und ich habe Angst, ich könnte auf meinem Thron aus Kartons in Tränen ausbrechen. Ich bin kurz versucht, die Moderation an Jake abzugeben, aber ich muss das durchziehen, das schulde ich mir selbst, Myra und dem Laden. Ich atme tief ein und zwinge meine Stimme, fröhlich zu klingen. »Wir sind hier, weil wir eine Party schmeißen werden! Eine super Party. Eine Feiertagsparty. Ähm, eine …«

Die Tür zum Pausenraum knallt auf und Sophie-Anne schiebt sich zusammen mit einem riesigen Whiteboard herein. Ihr Rock schleift hinter ihr her wie die Schleppe eines schwarzen Hochzeitskleides. Die Menge teilt sich für sie und das Whiteboard, aber ich höre trotzdem ein *Autsch*. Das war wohl ein angeschlagener Ellbogen.

»Warum hast du ein Whiteboard in deinem Auto?«, fragt Daniel.

»Ich gebe Kindern Nachhilfeunterricht«, antwortet Sophie-Anne.

»Du ... gibst Nachhilfe?«, fragt er.

»Ja«, antwortet sie und kommt endlich bei mir vorne an.

»Du gibst ... Kindern Nachhilfe?«, stelle ich klar.

Sophie-Anne ignoriert meine Frage und lehnt das Whiteboard gegen die Wand. »Wozu brauchen wir das überhaupt?«

»Für die Partyplanung«, sage ich.

»Und wir schmeißen diese Party ... morgen?«, fragt Tanya mit gerunzelter Stirn. Tanyas Mann hat einen Vollzeit-Job mit Sozialleistungen, aber bei zwei kleinen Jungs arbeitet sie bestimmt nicht nur zum Spaß hier bei ES WAR EINMAL oder um ihre Kolleginnen mit Notfall-Tampons zu versorgen. Ziemlich sicher ist sie auf ihr Gehalt angewiesen. Sie braucht diesen Laden.

Ich lasse meinen Blick durch den Raum und über all die bekannten Gesichter schweifen, und dann trifft mich die Erkenntnis mit voller Wucht. Hier steht nicht nur mein Wohlfühlort auf dem Spiel – er steht für alle von uns auf dem Spiel. Ich kann mir eine Welt ohne ES WAR EINMAL nicht vorstellen, ohne die endlosen Stapel gut sortierter Bücher, ohne Mr und Mrs Murillo und ihre Märchenstunden für Kinder, die sich in Sitzsäcke kuscheln. Ohne Ms Serrano, die mit ihrer Kaffeetasse in der Hand durch den

Laden wuselt und links und rechts Empfehlungen ausspricht, als wäre sie eine Angestellte, oder ohne Daniel und Tanya. Und sogar Arjun und Sophie-Anne gehören dazu. Denn dieser Ort ist nicht nur ein Laden. Er ist ein Zuhause. Und ich werde verflucht noch mal mein Bestes geben, um ihn zu erhalten.

»Ja«, sage ich und hole tief Luft. »Wir schmeißen diese Party morgen.« Ich steige von meinem Thron herunter und gehe zu Sophie-Anne. »Marker«, sage ich und halte ihr die Hand hin.

Sie klatscht mir einen Expo-Marker in die Hand. Doll. *Autsch.* Aber okay. Ich nehme den Marker und drehe mich zum Whiteboard. Okay, Brainstorming. Brainstorming für eine Party. Ich habe etwa zehn Sekunden, bevor ich die Aufmerksamkeit der Leute verliere, und das Nachdenken fällt nicht leicht, während die Weihnachtsmusik auf voller Lautstärke plärrt. Wenn ich noch einmal dieses Rentier-Lied höre, ich schwöre, dann werde ich zum Grinch und … Moment!

»Das ist es!«, sage ich.

»Was?«, fragt Daniel.

Ich drehe mich wieder zu den anderen und rufe: »Wie der Grinch das Bücherfest gestohlen hat!« Es muss ein Weihnachtswunder sein, so schnell entsteht der Plan in meinem Kopf. *Ja.* Das wird episch! Ein paar aus dem

Team sehen mich besorgt an, vielleicht befürchten sie, der Weihnachtsrummel hätte mir den Verstand geraubt, aber ich ignoriere ihre Blicke. »Wir sagen, dass der Grinch das Bücherfest gestohlen hat! Er ist herumgerannt und hat jedermanns Lieblingsbücher gestohlen und sie überall im Einkaufszentrum versteckt. Es wird eine Art Schnitzeljagd!«

Tanya hebt die Hand. »Aber wie soll das die Leute in den Laden bringen?«

Ich nicke. »Stimmt. Gute Frage. Nun, wir verstecken keine echten Bücher. Wir drucken Gutscheine aus, die wir verstecken, und die Leute können sie dann hier bei ES WAR EINMAL gegen das eigentliche Buch einlösen. Und es wird nicht nur die Schnitzeljagd geben – wir werden Snacks und Getränke anbieten, und vielleicht kriegen wir sogar einige der Geschäfte dazu, Geschenkgutscheine für eine Tombola zu spenden, und ...«

»Ooh!« Geraldine hüpft auf und ab. »Elliot und ich könnten noch mal das Kinderschminken anbieten.«

»Ja, perfekt!«, sage ich. »Und vielleicht kann ich ja auch Santa dazu bringen, herzukommen – ich kenne ihn nämlich persönlich.«

Jake verengt seine Augen. »Du kennst den Weihnachtsmann?«

»Mach dir deswegen keinen Kopf.« Ich winke ab und

wende mich wieder dem Whiteboard zu. »Okay, Leute. Mehr Ideen bitte! Her damit!«

Zwanzig Minuten später haben wir ein Whiteboard voller Ideen und einen kompletten Aktionsplan für die Party. Die meisten sind inzwischen wieder im Laden, aber Daniel ist noch da, genau wie Sophie-Anne und Arjun. Die beiden bemalen eine Ecke des Whiteboards. Ich schätze mal, das ist okay, ist ja schließlich *ihr* Whiteboard.

Ich gähne herzhaft. Das wird ein Vierundzwanzig-Stunden-Marathon mit unermüdlichem Einsatz und wenig Schlaf und ich bin jetzt schon erschöpft, aber es muss einfach klappen. Wir müssen den Laden retten. Und ich glaube, mit diesem Plan ist es möglich.

»Alles klar bei dir?«, fragt Daniel, der jetzt neben mich tritt.

»Ja.« Ich bringe ein Lächeln zustande. »Bloß müde.« *Und vollkommen überwältigt von dem Gedanken, dass mein allerliebster Ort auf der ganzen Welt für immer schließen könnte. Außerdem habe ich ein richtig schlechtes Gewissen, dass ich es dir nicht erzählen kann, aber ansonsten, ja, alles total in Ordnung bei mir.*

»Hmm«, sagt Daniel. Dann dreht er sich um und ruft: »Hey, Arjun!«

»Was denn?«, jammert Arjun. Er malt etwas, das aussieht wie ein Enten-Exorzismus.

Sophie-Anne wirft einen Blick auf sein Werk. »Oh! Niedlich, Schatzi! Deine künstlerischen Fähigkeiten werden immer besser.«

Er strahlt zu ihr hoch. »Danke, Schatz!«

Daniel und ich blicken uns vielsagend an. Dann fragt Daniel: »Kannst du mal herkommen, Arjun?«

Arjun seufzt, setzt aber die Kappe auf den Marker und schlendert zu uns. Daniel reicht ihm einen Zehn-Dollar-Schein aus seinem Portemonnaie. »Einen Peppermint Mocha mit extra Sahne und Sirup und dann noch einmal extra Sirup, zur Sicherheit.«

»Sophie-Anne und ich trinken keinen Kaffee«, erwidert Arjun. »Wir trinken Weizengrassaft.«

»Und Wodka«, schaltet sich Sophie-Anne ein.

»Ja, und Wodka«, stimmt Arjun zu.

»Die Bestellung ist nicht für dich.« Ein lang anhaltendes Schweigen folgt, bis Daniel den Wink versteht und einen weiteren Schein aus seinem Portemonnaie kramt. »Hier, für euren Grassaft oder was auch immer.«

Arjun nimmt das Geld. »Okay.«

Als er sich auf den Weg macht, wende ich mich mit einem Grinsen an Daniel. »Das ist doch nicht nötig.«

»Hey.« Daniel zieht eine Augenbraue hoch. »Woher willst du wissen, dass der Peppermint Mocha für dich ist?«

»Weil deine Mutter Zahnärztin ist und dich umbringen würde, wenn du so eine Kariesschleuder trinken würdest.«

»Da ist was dran.« Daniel lacht, dann nimmt er seine Brille ab und reibt sie mit seinem T-Shirt sauber. Ich bemerke ein leichtes Zittern in seiner Hand. Bei dem Anblick verkrampfe ich mich. »Shoshanna ... Bist du sicher, dass es hier nur um eine Party geht? Gibt es sonst noch was? Du kannst es mir ruhig erzählen.«

Er blickt mir in die Augen und mein Herz klopft wie wild.

Was, wenn der Laden schließt? Werde ich Daniel dann jemals wiedersehen? Wird er in der Campus-Buchhandlung seines Colleges anfangen, die mit der berühmt-berüchtigten Vorliebe für tote männliche weiße Autoren? Werde ich jemals wieder mit Lola und ihm auf dem Boden sitzen und eine ganze Tüte Kaubonbons futtern? Werden wir jemals wieder stundenlange Gespräche über die Vorzüge von überflüssigem Food-Porn in High-Fantasy-Romanen führen? Der Gedanke, Daniel nie wiederzusehen, dieser potenzielle Verlust, trifft mich hart und ich atme scharf ein.

Ich kann sehen, wie nervös er ist – ich kann es fühlen –, von seinem angespannten Kiefer bis zu seinem auf den Boden klopfenden Fuß. Ich möchte ihm die Wahrheit sagen, aber ich darf nicht. Es ist nicht mein Geheimnis, und ich habe meine Lektion gelernt, was das Überschreiten von Grenzen angeht. Also stecke ich stattdessen die Hände in die Taschen und zwinge mich zu einem Lächeln. »Alles bestens. Nur eine Party, um die Feiertage einzuläuten. Das wird großartig!«

»Okay.« Daniel legt den Kopf schief. »Dann ist ja alles klar.«

Sein Fuß klopft fester.

»Ist das noch jugendfrei?«, fragt Geraldine.

Wir sind im Food-Court. Geraldine ist fertig mit der Schminkaktion und beginnt gleich ihre Schicht bei BO'S BURRITOS, und ich bin gekommen, um ihren Manager Vincent zu bitten, das Bücherfest zu »sponsern«, indem er einen Gutschein springen lässt. Aber es ist nicht leicht, sich zu konzentrieren, mit Cheyenne und Anna vor Augen, die in einer Sitzecke eine Rummach-Session abhalten. Sie sind völlig ineinander verwickelt, wie zu *einem* Wesen verschmolzen und in eine totale Hardcore-Knutscherei verstrickt. Scheint so, als wären die Cheddar-Schnittlauch-Scones ein Erfolg gewesen.

»Ich schätze mal, sie haben sich versöhnt«, bemerke ich.

»Jep«, stimmt Geraldine zu. »Sieht ganz so aus.«

»Wir sollten wohl aufhören zu schauen.«

»Ja.« Geraldine legt den Kopf schief. »Aber die Athletik ist außergewöhnlich.«

»Erstklassige Atemtechnik. Ernsthaft.«

Geraldine lacht. »Okay, das wird langsam zu schräg.«

»Definitiv zu schräg«, stimme ich zu. »Lass uns mit deinem Manager reden.«

Geraldine meldet sich zum Dienst, und ich frage nach Vincent. Zehn Minuten später habe ich ihn davon überzeugt, dass die Unterstützung unseres Bücherfests wirklich eine einmalige Gelegenheit für BO'S BURRITOS ist, das moralische Fundament des Unternehmens auf ewig zu festigen, und als ich zurück zum Food-Court gehe, halte ich einen 25-Dollar-Gutschein in der Hand. Cheyenne und Anna haben sich voneinander gelöst und benutzen ihre Münder nun zum Reden und Kichern.

»Hi, ihr beiden!« Ich winke und gehe rüber. »Sag mal, Chey, arbeitet dein Vater heute?«

Cheyenne stützt ihr Gesicht in die Hände. »Erst später.«

»Hi, Shoshanna!«, begrüßt Anna mich. Ihr kurzes Haar ist vom Knutschen zerzaust und ihre Wangen sind gerötet. Sie greift nach einer Wasserflasche und nippt daran.

»Hi, hi!« Ich lasse mich neben Cheyenne auf die Bank gleiten. »Schön zu sehen, dass ihr euch wieder ... angenähert habt.«

Anna lacht. »So kann man es auch nennen.« Die beiden sehen sich mit einem Lächeln an, das wärmer ist als Georgia im Juli. Igitt. Dieses elende Geschnulze. »Was ist das?«, fragt Anna und deutet auf den Gutschein in meiner Hand.

Ich erzähle ihnen von der Bücherfest-Party, aber nicht, dass der Laden in Gefahr ist. Myra würde es wahrscheinlich nichts ausmachen, wenn ich mit meinen besten Freundinnen darüber rede, aber ich kann nicht riskieren, dass die Sache rauskommt. Anna sagt, sie kann NORDSTROM wahrscheinlich ebenfalls dazu bringen, etwas zu »sponsern«, und ich eröffne Cheyenne, dass ich eventuell noch einen weiteren Gefallen von Santa bräuchte.

Sie schaut zuerst Anna an und dann mich und schüttelt lachend den Kopf. »Du hast wirklich Glück, dass ich heute so gut drauf bin.«

Ich grinse. »Ja, total.«

Der Rest des Tages vergeht wie im Flug mit dem Verkauf von Büchern und der Partyvorbereitung. Daniel und ich machen eine Liste mit all den Orten, an denen wir die Büchergutscheine verstecken, anschließend überlegen wir uns die passenden Hinweise für die Flyer. Es stellt sich heraus, dass Sophie-Anne nicht nur eine talentierte Künstlerin für verstörende Inhalte ist, sondern auch eine talentierte Künstlerin für erbauliche Weihnachtskarikaturen, und so gestaltet sie die Flyer, die wir dann per E-Mail an unsere Kunden schicken und zusätzlich ausdrucken, um sie im Einkaufszentrum zu verteilen. Ich habe Geschenkgutscheine von BO'S BURRITOS, NORDSTROM und MAKE YOU UP besorgt. Außerdem auch von dem Stand mit den Totes-Meer-Lotionen, und zwar nach einer sehr aufregenden Konversation mit einem Kerl, der in seiner Freizeit mit Sicherheit für GQ modelt. Und sogar der Weihnachtsmann hat versprochen, morgen pünktlich um 14 Uhr zu erscheinen, um die Feier zu eröffnen.

Und jetzt ist es acht Uhr abends und ich bin nicht mehr bei ES WAR EINMAL. Stattdessen stehe ich auf der Treppe von Jake Kaplans Haus im kalten Wind, zusammen mit Daniel und Lola, und klingele. Wir sind nach der Arbeit losgezogen, um Daniels Plätzchenformen zu holen, während Jake und seine Mutter mit Myras Spende Backzutaten besorgt haben.

Jakes Haus ist blassgelb mit hellblauen Fensterläden. Es gibt einen kleinen Steingarten und die Eingangstür wird von einer einzelnen Lampe beleuchtet. Das Ganze wirkt total gemütlich und ich bin neugierig auf drinnen. Auf die Küche mit Jakes ganzen Gewürzen. Das Wohnzimmer mit der Deko seiner Mutter. Jakes Zimmer ... um zu sehen, was an seinen Wände hängt und welche Tchotchkes bei ihm im Regal stehen, welche Farbe seine Bettdecke hat. Ich wette, er hat ein perfekt geformtes Kissen, in das sein Kopf genau hineinpasst.

Oy. Diese Schwärmerei ist inzwischen zu einer sehr großen und unhandlichen Sache geworden.

Jake öffnet die Tür und Daniel verkündet: »Ich habe Christbäume, ich habe Weihnachtsmänner und ich habe Rentiere.«

»Gut.« Jake grinst. »Denn ich habe nur Dreidel und Menora.«

»Ich habe keine Ausstechformen, aber dafür ausgezeichnete Geschmacksknospen, die bereit sind, jeden Keksteig und jede Glasur zu testen«, sagt Lola.

»Ich auch!«, rufe ich.

»Großartig.« Als Jake lächelt, scheint er seinen Kopf so zu neigen, dass er vor allem mich ansieht, und seine Augen sind warm und ein wenig schläfrig, und seine Haare sind ganz verwuschelt, als hätte er nach dem Einkaufen ein kleines Nickerchen gemacht. Statt seines Flanell- oder Jeanshemds trägt er eine Schürze über einem schlichten weißen T-Shirt, und ganz offensichtlich hat Jake Kaplan Muskeln – Bizepsmuskeln, die den Namen wirklich verdienen. So was bekommt man vermutlich vom Tische-Abräumen und Teig-Kneten. Mein Herz klopft so laut, ich wette, sogar die Nachbarn können es hören, und oh mein HaSchem, ich bin viel zu verliebt in diesen Typen.

Jake hält die Tür weit auf. »Kommt rein, Leute.«

Ja. Ja, ich komme schon.

Wir spazieren nacheinander ins Haus, und gut möglich, dass ich tief einatme, als ich an Jake vorbeischlüpfe. Zimt. Und noch etwas Stärkeres. Nelken? Nach was riechen Gewürznelken?

»Hallo, Shoshanna!«, begrüßt mich Ms Kaplan. »Und ihr beiden müsst Daniel und Lola sein. Willkommen!« Ein Stirnband hält ihre Locken zusammen und sie hat sich eine Schürze umgebunden. Ich lächle, als ich die Worte lese, die eingestickt sind: *Küss die Köchin – wenn sie es dir erlaubt.* »Bereit für die große Backsession?«

»Mom hilft uns«, sagt Jake. »Sie ... hat darauf bestanden.«

»Ein bisschen mehr Dankbarkeit könntest du schon zeigen, Jakey.«

»Wirklich, Jakey«, füge ich hinzu und stupse ihn an die Schulter. »Ein bisschen mehr Dankbarkeit wäre nicht schlecht.«

Er stupst zurück und Ms Kaplan grinst mich an. »Ich wusste, dass du mir gefällst, Mamaleh. Das ist ein süßes Kleid.«

Heute trage ich ein gelbes Kleid, mit einem Muster aus Büchern. Ich mache einen Knicks. »Danke.«

Ms Kaplan lässt Musik von den Temptations laufen und wir machen uns an die Arbeit. Jake erklärt, dass wir Zimtlebkuchen und Zuckerstangen mit dunkler Schokolade machen, und ehe ich michs versehe, sind wir alle mit

Abwiegen und Mischen und Rühren beschäftigt, und dabei singen wir zu »My Girl«. Es ist schön warm in der Küche, aber auch nicht zu warm, und es riecht nach Minze und ich lächle und bin glücklich, aber gleichzeitig fühle ich auch diesen winzigen Schmerz, denn genau so sollte die Zeit rund um die Feiertage sein. Und so *war* diese Zeit bei uns zu Hause früher auch, nur ohne die weihnachtlichen Plätzchenausstecher. Und ich hoffe so sehr, dass die Paartherapie funktionieren wird, damit es bald wieder meine Familie ist, die in der Küche singt.

Als ein neues Lied kommt, bemerke ich, wie Jake reglos vorm Ecktresen steht. Er wirkt angespannt, als er einen Löffel in die Schüssel taucht, eine Kostprobe nimmt und den Kopf schüttelt. Ich gehe zu ihm hinüber und sage: »Stimmt was nicht?«

Jake sieht mich an, und mein Puls geht in die Höhe. Himmel, ist er süß aus der Nähe. »Der Teig will einfach nicht richtig gelingen«, sagt er. »Irgendetwas fehlt.«

»Die Plätzchen müssen nicht perfekt sein.«

»Ich weiß. Aber ich finde es gut, perfekte Plätzchen zu backen.« Er schenkt mir ein kleines Grinsen und stupst mich an die Schulter, und ich stehe in Jake Kaplans Küche und er schenkt mir ein Grinsen und stupst mich an die Schulter. »Und wer weiß«, fährt er mit leiser Stimme fort, »vielleicht rettet ein perfekter Keks ja den Laden.«

Ich schlucke schwer, als er mich weiter ansieht. Für Jake ist ES WAR EINMAL wohl trotz allem nur ein Job, aber für mich ist es so viel mehr, und es fühlt sich unbeschreiblich schön an, dass er die perfekten Plätzchen machen will, um den Laden zu retten.

Ich senke den Kopf, dann trete ich näher an den Tresen heran. »Kann ich helfen?«

»Ja, kannst du mal kosten?«, fragt er.

Und wie ich kosten kann. Am liebsten von dir.

Aber Jakes Gedanken sind nicht so schmutzig wie meine. Er nimmt mit einem sauberen Löffel etwas Plätzchenteig und reicht ihn mir. Es schmeckt nach Zucker und Zimt und darum schmeckt es natürlich automatisch köstlich, aber Jake beäugt mich, als würde er auf eine Art kulinarischen Durchbruch warten.

»Ähm …« Ich schließe meine Augen und konzentriere mich wirklich auf den Geschmack, als wäre ich in der Jury von *Das große Backen*. Als ich die Augen wieder öffne, starrt Jake mich noch immer an. Meine Haut kribbelt. Ich sage: »Salz?«

Er stockt, und ich halte den Atem an und erwarte, dass er den Vorschlag abtut, aber er fasst sich überrascht an die Stirn. »Wow. Ich habe das Salz vergessen. Wie konnte ich nur das Salz vergessen?«

Ich grinse. »Nach zehn Stunden Bücherverkauf zur

Weihnachtszeit kann das jedem passieren. Mach dich deswegen nicht verrückt.«

»Stimmt, danke«, sagt Jake und holt ein Glas mit koscherem Salz aus der Speisekammer. Vorsichtig gibt er eine Prise davon in den Teig und rührt es unter. Jake beim Backen zuzusehen ist unglaublich entspannend. Vielleicht sollte er auch YouTuber werden, sein Kanal würde »Jake Cakes« heißen und …

»Shoshanna«, flüstert plötzlich jemand hinter mir. Ich springe mindestens einen halben Meter in die Luft. Okay, ich springe ungefähr einen halben Zentimeter in die Luft. Dann drehe ich mich um und sehe Lola, die mit einem breiten Grinsen ihre Augenbrauen hochzieht. Die Brauen sind übrigens ebenfalls rosa, wie ich gerade bemerke, passend zu den Haaren. »Du starrst, ziemlich doll sogar. Nur damit du Bescheid weißt.«

Mir wird ganz heiß und ich schaue mich um. Hoffentlich hat niemand sie gehört oder mein Starren à la *Eine verhängnisvolle Affäre* bemerkt – nicht dass ich den Film jemals gesehen hätte, aber ich gehe davon aus, dass an irgendeiner Stelle ein perverses Starren vorkommt. Zum Glück ist Jake mit seinem Salz beschäftigt, und Daniel und Ms Kaplan rollen gerade die erste Ladung Plätzchenteig aus. Ich greife nach Lolas Hand und ziehe sie ins Wohnzimmer. »War es so offensichtlich?«, frage ich.

Sie rückt den Oxford-Kragen ihres Kleides zurecht. »Mehr als offensichtlich. Aber, hey. Nichts, wofür man sich schämen müsste. Er ist süß, und er backt. Schnapp ihn dir.«

Ja, das sollte ich wohl. Ich weiß nur nicht, wie ich das anstellen soll mit dem Schnappen. Und was, wenn er gar nicht geschnappt werden will? Was, wenn ich für ihn nur das witzige Mädchen bin, das anders ist? Plötzlich verstehe ich, dass Cheyenne so unsicher war, denn es ist wirklich verdammt hart, in jemanden verliebt zu sein, also, so richtig verliebt, und nicht zu wissen, ob er das Gleiche empfindet.

»Vielleicht«, sage ich.

»Unbedingt«, sagt Lola.

Wir kehren in die Küche zurück und für die nächsten zwei Stunden heißt es backen, zu den Temptations singen und Kekse glasieren, und obwohl ich erschöpft und total aufgeregt wegen morgen bin, fühle ich mich gleichzeitig total glücklich und lächle wie seit Jahrzehnten nicht mehr.

Irgendwann glasieren wir die letzte Portion Plätzchen, während Daniel das Geschirr abwäscht. Der Becher mit Apfelpunsch, den Ms Kaplan uns vor einer Stunde serviert hat, macht sich plötzlich bemerkbar und ich husche zur Toilette. Auf dem Weg zurück in die Küche bemerke ich eine angelehnte Tür, durch die sanftes Licht in den Flur fällt. Ich bleibe stehen und starre vor mich hin.

Nicht schnüffeln. Nicht schnüffeln. Sei nicht so neugierig.

Ich mache einen Schritt auf die angelehnte Tür zu und dann noch einen. *Shoshanna, geh zurück in die Küche, Kekse glasieren.*

Mit einem leichten Schubs meines Ellbogens stoße ich die Tür auf.

Das ist unverschämt, unreif und …

Ich spähe in den Raum. Und, ja, es ist Jake Kaplans Zimmer.

Seine Nachttischlampe ist an und taucht den Raum in sanftes gelbes Licht. Sein Bett ist gemacht, wenn auch ein wenig nachlässig, die zerknitterte, marineblaue Decke ist über das Kissen gezogen. Auf dem Boden liegt nichts herum, nur ein paar Schuhe und Socken hängen so halb aus dem Schrank. Sein Schreibtisch … sein Schreibtisch sieht aus wie mein eigener. Er ist übersät mit Blättern und Stiften, ein kreatives Katastrophengebiet der Stufe fünf in seiner ganzen chaotischen Pracht. Meine Füße übernehmen die Kontrolle und betreten den Raum. Ich gehe zum Tisch und entdecke ein Dutzend verstreuter Rezepte, es sind Ideen für alles Mögliche, von den heutigen Zimtlebkuchen über Bubbies Shepherd's Pie bis hin zu einer Neuerfindung von Babka. Seine Handschrift ist fürchterlich. Absolut schrecklich. Kratzig und beinahe unleserlich.

Ich liebe sie.

Ich will einen Fetzen Papier klauen und in meinem Portemonnaie verstecken.

»Die Toilette ist nebenan«, sagt eine Stimme.

»SORRY!« Ich springe und schreie gleichzeitig, dann drehe ich mich mit einem Kreischen zu Jake und schlage die Hände vor mein knallrotes Gesicht. »Tut mir leid. Ich bin schrecklich!«

Er grinst. Kommt es mir nur so vor, oder verwandelt sich Jakes süßes Grinsen in ein sexy Grinsen, wenn es sich in seinem Zimmer zeigt? Er geht ein paar Schritte auf mich zu, und ich frage mich, ob ich lieber sterben, mich auf sein Bett werfen oder aus dem Zimmer rennen und nie wieder im Einkaufszentrum auftauchen soll. Aber noch bevor ich etwas davon in die Tat umsetze, sagt er: »Alles in Ordnung. Ich wäre auch neugierig.«

»Willst du damit sagen, dass du dich in mein Schlafzimmer schleichen würdest?«

»Du solltest deine Fenster besser verschlossen halten.«

Wir starren uns einen endlosen Moment lang an.

»Das klang etwas …«, sage ich.

»Pervers«, sagt Jake.

»Extrem pervers.«

»Unnormal pervers. Ich weiß gar nicht, warum ich das gesagt habe.«

Wir lachen beide. Jake reibt sich am Kiefer, dann lehnt er sich zurück, breitet die Arme aus und lässt seinen Blick durch den Raum schweifen. »Also. Was hältst du von dem Ganzen?«

»Es ist süß«, sage ich.

»Süß?«

»Ich mag die Rezepte. Und den Elefanten.«

Jake stöhnt. »Ich hatte gehofft, du würdest ihn nicht bemerken.«

Hätte ich auch fast nicht. Aber in einer Ecke des Bettes liegt ein gelber Stoff-Elefant. Er sieht verschlissen und abgeliebt aus und so, als würde er schon seit Jahren in diesem Bett leben. »Hat er auch einen Namen?«, frage ich.

»*Sie* heißt Elle.«

»Elle.« Ich nicke. »Elle, der Elefant. Sehr kreativ.«

»Ich war vier. Mein Vater, äh ...« Jake räuspert sich und beginnt, auf und ab zu gehen. »Mein Dad hat sie mir in dem Jahr geschenkt, als er ausgezogen ist. Okay ... eigentlich ziemlich peinlich, was?« Er hockt sich hin, um die Schuhe zu ordnen, die aus seinem Schrank quillen, und murmelt halblaut vor sich hin: »Fürs nächste Mal merken: Lass das Plüschtier von deinem Vater nicht auf dem Bett liegen, wenn ein hübsches Mädchen zu Besuch kommt.«

Hat Jake gerade gesagt, dass ich …

Ich trete vor. »Hast du gerade gesagt, dass ich …«

»Jake!« Ms Kaplan ruft aus der Küche. »Wir brauchen noch eine Ladung Zuckerguss.«

Jake steht auf und ruft in Richtung Tür: »Ich komme!«

»Ihr habt eine erstaunliche Lungenkapazität in dieser Familie«, stelle ich fest.

Er blickt mich mit diesem seltsamen Lächeln an, das mir das Gefühl gibt, mit Koffein und Schokolade und vielleicht sogar mit Drogen vollgepumpt zu sein, schüttelt dann den Kopf und sagt: »Shoshanna, du bist …«

»Jacob Mordechai Kaplan!«, ruft seine Mutter erneut.

»Ich hab doch gesagt, ich komme!«, schreit er zurück. Dann leiser zu mir: »Na, dann los, es gibt einen Zuckerguss-Notfall.«

Ich bin was? Ich bin was?, will ich fragen, aber ich folge ihm aus dem Zimmer und zurück in die Küche. Er rührt eine letzte Ladung Glasur an und wir machen die Kekse fertig, und dann ist es Mitternacht, und wir müssen alle gähnen und Ms Kaplan sagt: »Ich habe euch alle sehr gern, aber jetzt raus mit euch.«

Jake steht in der Tür, als ich mit Daniel und Lola zum Auto gehe, und als ich zurückschaue, sehe ich ein bisschen Zuckerguss auf seiner Wange, und ich möchte ihn abwischen und dann vielleicht diese Wange küssen, und vielleicht hat Lola recht, vielleicht sollte ich ihn mir schnappen.

Und vielleicht werde ich das morgen tun.

»Du bist ja noch wach«, sage ich zu Mama.

Es ist nach Mitternacht und Daniel hat mich gerade zu Hause abgesetzt. Aber als ich ins Haus kam, bemerkte ich, dass hinten im Wintergarten noch Licht brannte, und ging nachsehen.

Jetzt stehe ich an den Türrahmen gelehnt da, mein Kopf ist schwer und meine Gedanken schläfrig nach diesem langen Tag. »Hast du auf mich gewartet?«, frage ich.

»Vielleicht.« Mama wendet sich von ihrer Staffelei ab und sieht mich an. Mit einem Lächeln tippt sie auf ihre Uhr. »Du hattest gesagt, vor Mitternacht, und jetzt ist es fünf nach, Fräulein.«

»Ich bin ja so eine Rebellin.«

»Und was für eine.« Sie zwinkert mir zu und schaut dann wieder auf die Staffelei. Ihr blondes Haar fällt locker, als hätte sie es gerade gekämmt. »Was meinst du? Müsste es heller sein?« Ich trete raus in den Wintergarten. Zwei Heizstrahler surren angestrengt und halten die Kälte in Schach. Mama schwenkt einen Pinsel, während sie die schöne Berglandschaft betrachtet, an dessen Rand ein kristallklarer See glänzt.

Ich betrachte das Bild genauer. Mamas Körper strahlt Wärme aus, und meine Gedanken fühlen sich jetzt noch schläfriger an, wie im Traum, wie in Watte gepackt. »Ein bisschen heller vielleicht«, sage ich. »Vielleicht noch ein paar Rosatöne da in den Himmel.«

»Gute Idee.« Sie nickt und taucht den Pinsel in ein Töpfchen. »Ja, genau hier.« Mit ein paar lockeren Strichen fügt sie die Farbe ins Bild. »Danke, mein Schatz.«

»Klar doch.« Ich gähne leise und strecke meinen Arm aus. »Kein Problem.«

Sie tupft noch ein bisschen mehr Farbe auf und fragt: »Und jetzt erzähl noch mal, warum musstest du bis Mitternacht Plätzchen backen? Du hast gesagt, ihr veranstaltet eine Weihnachtsfeier?« Nach einem letzten Strich legt sie den Pinsel beiseite und deutet auf die zwei Schaukelstühle, die neben einem Tisch mit Topfpflanze stehen. »Komm. Setzt dich ein bisschen zu mir.« Mama zieht ihre Strickjacke fester um sich und lässt sich auf das Korbgeflecht sinken.

Es ist spät, richtig spät, und ich bin müde, richtig müde, aber es ist schön hier draußen auf der Veranda mit den Heizstrahlern und Mamas wohltuender Stimme. Ich setze mich neben sie und schaukle ein paarmal vor und zurück, die Augen halb geschlossen, während ich ihr von dem Bücherfest erzähle. Und dann ... dann sage ich ihr, warum wir dieses Fest veranstalten. Ich weiß, dass das Geheimnis bei ihr sicher ist, und ich musste einfach mit irgendwem darüber reden. Ich kriege einen Kloß im Hals, als ich erst die Überraschung in Mamas Augen sehe und dann das Mitgefühl.

Heute Abend hier draußen auf der Veranda zu sitzen fühlt sich an wie unter einer Schutzglocke, sicher und ruhig, fast so wie in der Welt von *Time Stands Still*. Ja, sicher, die Stadt stand unter einem Fluch, aber es hat auch etwas Tröstliches an sich, in der Zeit eingefroren zu sein, im Davor zu leben.

Wir befinden uns noch im Davor. Mom und Mama sind noch verheiratet. ES WAR EINMAL existiert noch. Ich mag die Dinge, wie sie sind. Ich will nicht, dass sie sich ändern. Ich möchte nicht im Danach leben.

»Ich liebe ES WAR EINMAL«, sage ich. Meine Stimme zittert, meine Finger verknoten sich ineinander. Was mir am meisten zu schaffen macht, ist nicht der Gedanke, dass ES WAR EINMAL schließen könnte. »Ich will den Laden nicht verlieren.«

Ich will unsere Familie nicht verlieren.

Ich zupfe an den Ärmeln meiner Strickjacke und meine Augen werden feucht. »Tut mir leid.« Ich schüttle den Kopf. »Ich bin zu empfindlich«

»Zu empfindlich?«, fragt Mama verwirrt.

»Ja. Ich reagiere immer viel zu emotional.« Ich winke ab und versuche, meine Stimme leicht klingen zu lassen. »Ich bin zu nah am Wasser gebaut. Zu empfindlich. In letzter Zeit war ich total von der Rolle.«

»Shoshanna«, sagt Mama. Sie sieht mir in die Augen und ihr Blick ist warm und beschützend wie eine Decke in einer kalten Nacht. »Ich liebe es, dass du so empfindlich bist. Es bedeutet, dass dir die Dinge wichtig sind, die Menschen. Das ist etwas Gutes.«

Ich schlucke schwer. »Ja?«

Sie nickt, und ich merke, dass auch sie Tränen in den Augen hat, und plötzlich muss ich lachen, weil man nicht blutsverwandt sein muss, um etwas von seinen Eltern zu erben. »Ja«, sagt Mama bestimmt. »Es ist eine Superkraft, sich so um andere Menschen zu sorgen wie du. Guck dir Geraldine und Cheyenne an. Nicht jeder hat solche Freundschaften, denn man muss eine Beziehung pflegen und sich genauso gut um seine Freunde kümmern wie um sich selbst, und das tust du, und ich weiß, dass sie dasselbe für dich tun.«

»Ich habe wirklich tolle Freunde.« Ich halte inne. Mein Blick wandert zu meinen Füßen, während ich versuche, die nächsten Worte zu formulieren, ohne zu weinen, auch wenn wir gerade festgestellt haben, dass Weinen okay ist. Zittrig hole ich Luft und gestehe: »Ich habe mir Sorgen wegen Mom und dir gemacht. Nicht zu wissen, was kommt ... das macht mir Angst.«

»Es tut mir so leid, mein Schatz.« Mama blickt aus dem Fenster. Im Mondlicht sind nur die Silhouetten der kahlen Bäume zu erkennen. »Mir macht es auch Angst. Aber ich verspreche, uns wird schon irgendwas einfallen.«

»Irgendwas« ist ein sehr ungenaues Wort.

»Weißt du«, fährt Mama fort. Sie klingt etwas entspannter. »Es mag dich vielleicht überraschen, aber Mom und ich sind nicht perfekt. Niemand ist das.«

Ich schnappe nach Luft und schlage mir die Hand vor die Brust. »Willst du damit etwa sagen, dass ich, die fantastische Shoshanna Greenberg, deine Tochter, das Licht deines Lebens, nicht perfekt bin?«

Sie lacht mit funkelnden Augen. »Ich fürchte, ja. Ich hoffe, du überwindest diesen unfassbar großen Schock.«

»Die Zukunft wird es zeigen.«

Mama grinst. »Komm.« Sie steht auf, nimmt meine Hand und zieht mich aus dem Stuhl.

Es ist wirklich schön hier draußen, so gemütlich, während die Heizstrahler gegen die kalte Luft ankämpfen, die durch die Scheiben dringt. Wir beenden gemeinsam Mamas Bild. Und es ist wahr. Die Zukunft wird alles zeigen. Und sie lässt sich nicht aufhalten. Die Minuten ziehen vorbei, ins Morgen, und wir beginnen im Danach zu leben.

KAPITEL 14

»Ich mach das«, biete ich an.

»Kein Problem«, sage ich.

»Bin dabei«, rufe ich.

Während der nächsten Stunden melde ich mich freiwillig für jede anfallende Aufgabe, ganz gleich ob es sich um so etwas Banales wie das Sortieren der Regale oder so etwas Ekelhaftes wie das Auswechseln der Mülleimerbeutel handelt (und übrigens, ein verdammtes »Bäh« an das Ferkel, das eine ganze Schüssel Brokkoli-Käse-Suppe in den Mülleimer gekippt hat). Ich mache alles, was in meinen Möglichkeiten steht, um dem Laden zu helfen und das Bücherfest vorzubereiten – denn sobald ich nicht mehr in Bewegung bin, befällt mich Panik.

Daher melde ich mich sofort, als Daniel im Gruppenchat fragt, wer Zeit hat, die Büchergutscheine zu verstecken. Kurz darauf piept mein Handy mit einer weitere Nachricht. Es ist Jake, der schreibt: **Ich helfe ihr.**

»Wenn das für dich okay ist«, fügt Jake hinzu, und ich wirbele herum, denn er steht hinter mir, mit einer hochgezogenen Augenbraue und *neun* Büchern im Arm. Krass, wie gut er darin geworden ist.

Mom hat mich heute zur Arbeit gefahren, darum habe ich Jake an diesem Morgen noch kaum gesehen. Man könnte sagen, dass meine Augen jetzt hungrig über ihn hinweghuschen, sie nehmen alles in sich auf, von seinem karierten Flanellhemd, heute in Lila-Schwarz, über den Schwung seines Kiefers bis zu seinen abgewetzten Stiefeln. Er riecht nach Buttercroissants.

Mit roten Wangen antworte ich schließlich: »Klar ist es für mich okay.«

Er lächelt. »Schön.«

Ich zucke mit den Schultern und lächle zurück. »Schön.«

Zehn Minuten später stecken die Gutscheine und ein paar zusätzliche Flyer in meinem Beutel und wir spazieren hinaus ins Einkaufszentrum. Es geht auf die Mittagszeit zu und überall in den Gängen und Geschäften sind Menschen, es ist schon fast wie am Black Friday …

Unsere E-Mail-Aktion war ein voller Erfolg. Jede Menge Stammkunden haben ihr Kommen zugesagt. Ms Serrano meinte, sie würde das Bücherfest um nichts auf der Welt verpassen, und die Murillos boten an, eine weihnachtliche Märchenstunde abzuhalten. Ich kann nur hoffen, dass es uns gelingt, auch all die anderen Menschen anzulocken, die hier ihre Weihnachtseinkäufe erledigen, und sie dazu zu bringen, bei uns Bücher zu kaufen. Unsere Veranstaltung könnte ausschlaggebend dafür sein, dass ES WAR EINMAL geöffnet bleibt.

Unser Flyer listet alle Gewinn-Bücher auf und gibt Hinweise, wo sie versteckt sein könnten, aber dabei geht es nur um die infrage kommenden Läden. Wo genau wir die Gutscheine verschwinden lassen, haben wir uns noch nicht überlegt. Unser erster Halt ist die Bettenwarenabteilung von Macy's, in der wir den Gutschein für die Einschlafgeschichte *Goodnight Moon* verstecken. Um uns herum drängeln sich Leute, sodass wir herumgeschoben werden wie Bälle in einem Flipperautomaten. Ich frage Jake: »Wie gehts den Keksen?«

»Die Kekse ...« Jake verschwindet für einen Moment, weil sich ein Eins-neunzig-Mann zwischen uns hindurchdrängt. Ich gebe gerne zu, dass mein Puls bei Jakes sekundenlanger Abwesenheit in die Höhe schnellt, um dann bei seinem Wiederauftauchen erneut in die Höhe zu schnellen. Ich mag es, wenn Jake an meiner Seite ist. Ich mag es, ihn aus den Augenwinkeln zu betrachten, während ich so tue, als würde ich mir die Weihnachtsdeko ansehen. Einsneunzig-Kerle können sich da gerne verziehen, vielen Dank auch. »... sind glasiert und warten geduldig im Lagerraum auf ihren Einsatz«, beendet Jake den Satz. »Der Raum ist eine echte Tiefkühltruhe.«

»Arktische Verhältnisse«, stimme ich zu. »Danke für die ganze Backaktion. Und sag auch deiner Mom noch mal Danke. Es war eine Menge Arbeit, und ihr hättet das nicht tun müssen.«

Jake zuckt mit den Schultern und steckt die Hände in die Taschen. »Wir wollten einfach nur helfen.«

»Ich möchte dich aber mit alldem nicht davon abhalten, den Bonus zu gewinnen«, sage ich neckend und stupse ihn an. »Ich weiß doch, dass du auf jede Hilfe angewiesen bist, die du kriegen kannst, wenn du mich schlagen willst.«

»Ha, ha.« Er lächelt. »Bist du so sicher, dass du gewinnen wirst?«

»Irgendwie schon.« Ich zucke mit den Schultern. »Aber ich weiß nicht ... jetzt würde es sich komisch anfühlen, den Bonus zu behalten. Auch wenn ich bezweifle, dass es genug Geld ist, um den Laden zu retten. Andererseits sind 250 Dollar eine Menge. Aber das ist wohl das Seltsame am Geld. Je nach Umstand kann es so viel oder so wenig bedeuten. Aber ich könnte es wirklich gut gebrauchen ...« Ich breche ab.

»Um Barbra zu reparieren?«

»Jep.« Ich seufze. »Das arme Mädchen verstaubt in unserer Einfahrt. Heute habe ich sogar Spinnfäden über einem der Reifen gesehen, ungelogen.« Wir haben es bis zu Macy's geschafft und fahren mit der Rolltreppe ins Untergeschoss. »Wofür brauchst du das Bonusgeld? Wenn ich dich das fragen darf.«

»Kein Problem.« Jake fährt sich durchs Haar. Er steht auf der Stufe vor mir, und ich könnte ihm den Nacken kraulen, aber das lasse ich vielleicht lieber, auch wenn sein Nacken auf der Liste der fünf besten Stellen steht, an denen man Jake kraulen könnte. Ich umklammere meinen Beutel mit den Händen, damit sie nicht auf dumme Gedanken kommen. »Ich möchte damit ein Flugticket kaufen«, antwortet er.

»Oh«, antworte ich, als wir unten angekommen sind. Ich weiß nicht genau, was ich erwartet habe, aber ich bin etwas überrascht. »Um deinen Dad zu besuchen?«

Jake schüttelt den Kopf. »Nee, damit meine Mom zu ihrer Mutter fahren kann, meiner Bubbie. Sie lebt in Kalifornien. Wir sind knapp bei Kasse und die Reise ist teuer. Mom hat sie seit zwei Jahren nicht gesehen.«

Jesus.

Oder Moses. Ist ja wurscht.

Jake braucht das Geld, damit seine Mutter zu ihrer Mutter fahren kann.

Das ist so nett, dass es schmerzt.

Ich könnte kotzen. Oder versuchen, ihn zu küssen. Hoffentlich nicht beides gleichzeitig.

»Siehst du einen guten Platz für den Gutschein?«, fragt

Jake, während wir in die Bettenwarenabteilung gehen. Von meinem inneren Aufruhr merkt er nichts.

In diesem Moment wird mir bewusst, dass wir zwei Teenager in der Bettenwarenabteilung von Macy's sind. Während wir auf der Suche nach einem guten Versteck zwischen den Betten umherstreifen, werden wir entsprechend argwöhnisch von einem der Verkäufer beäugt.

Ich räuspere mich und schüttle den Gedanken an Erbrochenes und Küsse ab. Ich muss mich auf die gegenwärtige Aufgabe konzentrieren. Und dann sehe ich es. Und fange an zu kichern.

»Was ist los?«, fragt Jake und schaut sich fragend um.

»Flanell.« Ich zeige auf ein Bett, das mit rot-grün karierter Wäsche bezogen ist.

Wir blicken beide auf Jakes Hemd, und er lacht. Seine Augen funkeln. »Was soll ich sagen? Ich mag, was ich mag.« Während er das sagt, scheint er mich eine Sekunde länger als nötig anzusehen. *Und weißt du, was, Jake Kaplan? Ich mag auch, was ich mag.*

Ich werfe einen schnellen Blick über die Schulter und stelle erleichtert fest, dass der Verkäufer, der uns im Visier hatte, jetzt mit einer Kundin beschäftigt ist. Zuerst will ich den Gutschein in einem Kissenbezug verstecken, aber wir wollen es den Leuten ja nicht zu schwer machen und auch keinen Aufruhr verursachen, darum legen wir ihn einfach unter das Kopfkissen. Und auf diese Weise vergeht die nächste Stunde wie im Flug, indem wir zwischen Horden von Menschen durchs Einkaufszentrum streifen. Den Gutschein für *Time Stands Still* verstecken wir in der Uhren- und Schmuckabteilung, den Gutschein für *Farm der Tiere* im Pet Depot und den Gutschein für *Grünes Ei mit Speck* in dem Laden mit den stylischen Küchenutensilien.

Nachdem wir den letzten Gutschein, den für *Alice hinter den Spiegeln*, beim Optiker versteckt haben, gehen wir zurück zu ES WAR EINMAL. Mein Herz schlägt plötzlich wie wild, denn es sind nur noch zehn Minuten, bis unser Fest beginnt. Wir haben tonnenweise Flyer verteilt, eine Wanne voller Plätzchen gebacken, Geschenkgutscheine für die Verlosung gesammelt, und der Weihnachtsmann und unsere Visagisten stehen in den Startlöchern.

Aber wird das reichen, um den Umsatz anzukurbeln? Ist es genug, um Myra zu beweisen, dass es sich lohnt, den Laden weiterzuführen? Ich greife nach meiner Halskette und lasse meine Finger über den Davidstern gleiten. Ich weiß es nicht.

Plötzlich stoppt die Shoppingmall-Musik nach dem achthundertsten Durchgang von »Rudolph, the Red Nosed Reindeer« und es gibt eine Durchsage zu den Feiertagsöffnungszeiten.

Hmm.

Eine Durchsage.

Ich bleibe stehen. Jake hebt eine Augenbraue. »Was ist los?«

Ich schaue hinauf zu den Deckenlautsprechern und lächle ihn dann an. »Ich habe eine Idee.«

»Klar hast du das, Shoshanna.« Er schüttelt belustigt den Kopf. »Klar hast du eine Idee.«

Da unser Fest gleich losgeht, geht Jake zurück in die Buchhandlung, um bei den letzten Vorbereitungen zu helfen, während ich durchs Einkaufszentrum renne, auf der Suche nach einem allgemeinen Wegweiser, etwas, das ich genau null Mal genutzt habe, seit ich hier arbeite. Schließlich sehe ich eine Anzeigetafel und drängle mich davor. Mein Puls rast, als ich die Liste der aufgeführten Geschäfte überfliege. *Komm schon ... Komm schon ... Da ist es!* Ganz am Ende, in winzigen weißen Buchstaben, genau zwischen Bath & Body und Claire's steht es: *Sicherheitsbüro.*

Es bleiben nur noch ein paar Minuten bis zum Start des Bücherfests, also stelle ich meine olympischen Fähigkeiten auf die Probe. Ich sprinte, weiche aus und ducke mich zwischen den Leuten hindurch quer durchs Einkaufszentrum, um in Rekordzeit zum Sicherheitsbüro zu gelangen. Leicht keuchend klopfe ich zweimal an die Tür, einen Moment später öffnet sie sich. Eine Frau in blauer Hose und weißem Poloshirt taxiert mich mit gelangweilter Miene. »Gab's einen Ladendiebstahl?«, fragt sie.

»Nein!«

»Bei körperlichen Auseinandersetzungen muss die Polizei gerufen werfen oder –«

»Nichts dergleichen ist passiert«, schneide ich ihr das Wort ab, lächle dann und beruhige meine Stimme. »Darf ich, äh, reinkommen?« Ich suche ihr Shirt nach einem Namensschild ab. »Ms Hendricks.«

Sie kneift die Augen zusammen, hält aber die Tür etwas weiter auf, sodass ich in den kleinen Raum eintreten kann. Dort gibt es Dutzende Monitore, die Aufnahmen aus dem gesamten Einkaufszentrums zeigen. Es ist surreal, das zu sehen. Die Vogelperspektive auf meinen Lebensraum. Wir sehen aus wie ein Haufen Ameisen, die durch die Gänge laufen, als wären wir alle auf dieselbe Mission programmiert. Aber jetzt ist nicht Zeit, um den tagtäglichen Massenkonsum zu kritisieren, vor allem da ich diesen Massenkonsum zu meinen Gunsten nutzen will.

»Also. Was gibt es?«, fragt Ms Hendricks und setzt sich in ihren Stuhl.

»Nun.« Ich wippe auf die Fersen und lasse meine Stimme süß klingen. Also, ich hoffe, dass sie süß klingt. Und nicht etwa nervig. »Ich wollte fragen, ob ich über die allgemeine Lautsprecheranlage eine klitzekleine Durchsage machen dürfte. Ich würde gerne eine Veranstaltung bei ES WAR EINMAL ankündigen.«

Okay, schon klar, ich habe nicht die beste Reputation, was annehmbare Lautsprecherdurchsagen angeht, aber das muss die reizende Ms Hendricks ja nicht wissen. Und doch ist es, als könnte sie meine Probleme mit der Impulskontrolle riechen. »Definitiv nicht«, antwortet sie. Und dann greift sie nach ihrem Getränk, das hauptsächlich aus geschmolzenen Eiswürfeln besteht. Meine Augen fixieren den Becher, als sie etwas trinkt. Er ist von BO'S BURRITOS.

»Ich könnte Ihnen den auffüllen lassen«, biete ich ihr an. »Ich habe Connections bei BO'S.«

»Nachfüllen ist kostenlos.« Aber sie mustert mich nun abschätzend. »Allerdings hätte ich nichts gegen ein paar Tacos mit Käsesoße zu meiner wieder aufgefüllten Cola.«

»Abgemacht!« Mein Freudenschrei ist ein bisschen zu laut für den winzigen Raum.

Ms Hendricks zuckt zusammen. »Na gut.« Sie beugt sich vor und nimmt einen Zettel vom Tisch. »Aber die Ansage machst nicht du, sondern ich. Schreib auf, was ich sagen soll.« Sie schiebt mir das Blatt und einen Stift zu.

Ich salutiere. »Yes, Ma'am.«

Sie zieht die Brauen hoch und schüttelt dann den Kopf. »Ich glaube, ich nehme noch eine Portion Guacamole dazu.«

Ich schaffe es gerade noch rechtzeitig in den Laden, bevor Ms Hendricks die Weihnachtsmusik für meine Durchsage unterbricht: »Ich bitte um Ihre Aufmerksamkeit. In der Buchhandlung ES WAR EINMAL beginnt in diesem Moment die Veranstaltung ›Der Grinch, der das Bücherfest gestohlen hat‹. Schauen Sie vorbei und feiern Sie mit, es gibt Geschichten, Speisen und Getränke und Kinderschminken. Vielleicht treffen Sie dort ja sogar den Weihnachtsmann! Machen Sie diesen Tag und die Weihnachtszeit zu etwas Besonderem mithilfe Ihrer Lieblingsbuchhandlung!«

»Wer braucht schon ein Walkie-Talkie, wenn man auch die Shoppingmall-Lautsprecheranlage haben kann?«, sagt Myra. Ich drehe mich um und sehe, dass sie hinter mir steht, in der Hand die *Büchertussi*-Tasse. »Beeindruckend«, kommentiert sie und zeigt auf die Menge.

»Danke«, sage ich und kann kaum glauben, wie viele Leute gekommen sind.

Während Myra zu den Liebesromanen rollt, um einer Kundin zu helfen, betrachte ich den völlig überfüllten Laden. Mein Herz klopft, als ich die vielen Leute beobachte, eine Mischung aus Laufkundschaft und Stammkunden. Ms Serrano steht bei den Sachbüchern und plaudert mit ein paar neuen Gesichtern. Mr und Mrs Murillo halten in der Kinderbuchabteilung ihre Märchenstunde ab. Geraldine und Elliot kommen gleich zum Schminken vorbei und Santas großer Auftritt steht auch kurz bevor. Kinder und Erwachsene greifen nach den Keksen in Weihnachtsmann- und Dreidel-Form und schöpfen sich Apfelpunsch. Die Schlange an den Kassen ist länger als die Schlange bei MAKE YOU UP, mindestens zwanzig Leute stehen an. Daniel fertigt sie mit superheldenhafter Geschwindigkeit ab.

Wow. Unser Plan könnte tatsächlich aufgehen. Es könnte wirklich sein, dass wir den Laden retten.

Ich atme tief aus, und dann kommt ein aufgeregtes Kind auf mich zugerannt. »Ich habe einen Gutschein gefunden!«, verkündet die Kleine, in der Hand hält sie den Zettel für *Wo die wilden Kerle wohnen.*

»Das ist der Erste!«, juble ich. »Herzlichen Glückwunsch! Komm, wir holen dein Buch – oh, und sind das deine Eltern? Hallo, willkommen bei ES WAR EINMAL. Waren Sie schon mal hier?«

Das Fest nimmt seinen Lauf, und mein Herz fühlt sich an, als könnte es vor Glück zerspringen, was ziemlich ungünstig wäre, aber ganz ehrlich, das hier ist einfach der Wahnsinn. Geraldine und Elliot heben das Kinderschminken auf ein neues Level. Der Weihnachtsmann erscheint – zu meiner völligen Verblüffung und Freude – mit der Elfe Cheyenne an seiner Seite. Wir haben alle vier Kassen geöffnet, doch der Ansturm reißt nicht ab. Irgendwann gibt es sogar eine improvisierte Karaoke-Runde, angeführt von Lola und Tanya, obwohl wir überhaupt keine Karaoke-Maschine haben. Nicht einmal Mikrofone. Also singen sie einfach lauthals die Lautsprecher-Songs mit, von »Jingle Bells« bis »(I've had) The Time of My Life« aus *Dirty Dancing*.

Ich will gerade mit einstimmen, da höre ich eine vertraute Stimme, die meinen Namen ruft: »Shoshanna!«

Und dann eine weitere vertraute Stimme. »Hallo, Schatz!«

Ich drehe mich um und verfolge staunend, wie meine beiden Mütter sich durch die Menge zu mir durchschieben. Mama hält eine Tüte mit Dreideln und Schokoladenmünzen in der Hand und Mom einen Teller mit ...

Meine Augen weiten sich. »Ihr habt Latkes mitgebracht?«

Mom lächelt. »Uns ist klar, dass sie kalt nicht ganz so gut schmecken, aber wir dachten, euer Bücherfest könnte noch ein bisschen Chanukka-Spirit vertragen.«

»Und dass wir so vielleicht die verpasste Latke-Party wiedergutmachen könnten«, fügt Mama hinzu. »Es war Moms Idee.«

»Leute«, sage ich, und es ist mir nicht einmal peinlich, dass meine Stimme bricht. »Das ist total nett. Danke!«

Mom stellt den Teller mit den Latkes ab, dann kommt sie

zu mir und drückt meine Hand. Ihr Duft ist beruhigend, vertraut; es ist das Parfüm, das sie sich immer aufgesprüht hat, wenn sie im Schlafzimmer am Schminktisch saß und ich ihre Kosmetiktaschen durchwühlte. Ich atme es ein, als sie sagt: »Shoshanna, ich weiß, wir haben schon darüber geredet, aber wir wollten dir noch mal sagen, dass wir für dich da sind. Immer. Auch wenn ...« Sie räuspert sich. »Egal was zwischen deiner Mama und mir ist, wir werden immer eine Familie sein. Daran wird sich nie etwas ändern.«

Mama tritt ebenfalls zu mir und nimmt meine andere Hand. »Wir lieben dich, du süße, brillante, *empfindliche* Tochter. Wir lieben dich mehr als alles andere auf der Welt. Wir sind so stolz, deine Mütter zu sein.«

Ich atme tief durch, als ich die beiden ansehe, die vertrauten Gesichter, die mein ganzes Leben lang für mich da waren. Ja, ich will, dass meine Mütter zusammenbleiben, und es würde mir das Herz brechen, wenn sie sich trennen – aber mir wird klar, dass es mir gut gehen wird, egal was zwischen ihnen ist. Ich sehe mich im Laden um, sehe unsere treuen Kunden, meine unglaublichen Freunde, dieses Fest, das ich mithilfe derer, die mich lieben, auf die Beine gestellt habe, und dann fällt mein Blick wieder auf meine Mütter, die mich großgezogen haben und mich immer unterstützen werden, und ich weiß, dass ich mit allem fertigwerde.

»Ich liebe euch auch«, sage ich, dann springe ich vor und schlinge meine Arme um die beiden. Ich drücke sie fest und liebevoll und mit dieser Umarmung fällt auch das letzte bisschen Anspannung von mir ab.

Die Party geht weiter. Meine Mütter bleiben, um Latkes und Plätzchen zu essen, und dann fragen sie, wer noch bei der Backaktion dabei war, was zu einer sehr rotwangigen Vorstellungsrunde zwischen ihnen und Jake führt – das einzige rotwangige Gesicht hierbei ist meins, aber das reicht definitiv für uns alle. Als Jake zurück zur Kasse geht, wirft Mama mir einen sehr vielsagenden Blick zu und Mom zwinkert unfassbarerweise sogar. Mein gestöhntes »Oh mein Gott« kann man bis zum Nordpol hören.

Irgendwann gehen sie, um noch ein paar Besorgungen zu machen, versprechen aber, mich nach der Party hier abzuholen. Und dann gibt es noch mehr Karaoke. Und dann sind alle Gutscheine gefunden, bis auf einen. Und ja, Jake hatte mir prophezeit, dass niemand den Gutschein für *Der Regenbogenfisch* finden würde, den ich in einer Tüte versiegelt und mit Kleingeld beschwert am Grunde des Wunschbrunnens versteckt habe, und es scheint so, als hätte er recht. Nach und nach machen sich die Leute auf den Weg nach Hause. Ich bedanke mich ausgiebig bei Cheyenne und Geraldine für ihre Hilfe, bevor sie sich mit einer Umarmung von mir verabschieden. Einige unserer Stammkunden bleiben noch und die Runde wird intimer, die Gespräche werden angenehm vertraut.

Ich bin gerade damit fertig, einen letzten Nachzügler in der Jugendbuchabteilung zu bedienen, als Jake zu mir kommt, auf den Lippen ein zaghaftes Lächeln. Mir stockt der Atem, als er sich am Hals kratzt. Großer Gott. Dieser Nacken. »Meinst du, wir haben es geschafft?«, fragt er. »Genug verkauft, um den Laden zu retten?«

Angespannt richte ich mich auf. »Keine Ahnung. Könnte schon sein.« Unsere Blicke treffen sich und Aufregung durchzuckt mich. »Ich hoffe es.«

Bevor er antworten kann, schalten sich die Lautsprecher ein und Myras Stimme ertönt: »Schnappt euch alle ein Glas und kommt in die Kinderbuchabteilung zum Anstoßen.«

Jake und ich gehen rüber zum Tisch mit den Erfrischungen, der ordentlich geplündert wurde, und nehmen uns beide ein Glas Apfelpunsch. Ich schaue auf seine Lippen, als er trinkt, und lächle dann in meinen Becher.

»Gehen wir rüber?«, fragt er.

Meine Wangen werden wieder heiß, und ich nicke.

Im hinteren Teil des Ladens versammeln sich nach und nach alle. Mein Herz rast, als ich zu Myra blicke, die vor uns sitzt. Ihr Mann steht neben ihr, und sie tragen potthässliche weihnachtliche Rentierpullis im Partnerlook. Myra lässt lächelnd ihren Blick über uns schweifen, sie strahlt richtig. Mein Herz klopft. Es ist ein breites Lächeln. Wir müssen also genug Bücher verkauft haben. Bestimmt.

Myra schlägt an ihr Glas und alle Gespräche verstummen. »Diese Weihnachtssaison war wirklich etwas Besonderes. Ich möchte euch allen für dieses wunderbare Fest danken. Ich bin glücklich, dass ich mit meiner ES WAR EINMAL-Familie auf die Feiertage anstoßen darf. Jeder von euch hat einen Platz in meinem Herzen. Wie fast alle hier wissen, haben wir diese Woche einen kleinen Wettbewerb veranstaltet, um zu sehen, wer die meisten Bücher verkauft, und ich freue mich, euch sagen zu dürfen, dass die Gewinnerin niemand anders ist als ... Shoshanna Greenberg! Komm her, Shoshanna!«

Myra strahlt mich an, und eine halbe Sekunde lang denke ich: *Oh mein Gott, ich habe gewonnen!* Aber dann fällt mir wieder ein, wie es um ES WAR EINMAL bestellt ist, und darum werde ich dieses Geld nicht annehmen, nicht wenn ich damit dem Laden helfen kann. Es gibt vereinzelten Applaus und Jake stupst mich an die Schulter und murmelt: »Glückwunsch. Du hast es verdient.«

»Danke«, antworte ich. Und ich *habe* es verdient. Aber ich will es nicht. Trotzdem wäre es seltsam, das Geld vor allen abzulehnen, also gehe ich zu Myra. Sie reicht mir einen Scheck und ich nehme ihn automatisch entgegen.

250 Dollar, genug, um Barbra zu reparieren, so wie ich es von Anfang an geplant hatte.

»Tolle Arbeit«, sagt Myra zu mir. Ich versuche, etwas aus ihrem Gesichtsausdruck zu lesen, aber sie gibt nichts preis. Meine Finger schließen sich um den Scheck, als sie sich wieder an die Menge wendet. »Okay, dann lasst uns jetzt weiterfeiern!«

Lola dreht die Musik wieder auf, und die Menge zerstreut sich, um das restliche Essen aufzufuttern. Ich bleibe jedoch mit klopfendem Herzen vor Myra stehen. »Kann ich kurz mit dir reden?«, frage ich sie. »Vielleicht in deinem Büro?«

»Klar.« Sie klingt, als hätte sie die Frage erwartet. »Ich bin gleich wieder da, Liebling«, sagt sie zu ihrem Mann.

»Kein Problem«, sagt er. »Da ist noch genau ein Schoko-Pfefferminz-Keks übrig, auf dem mein Name steht.« Er beugt sich hinunter, um ihr einen Kuss auf den Mund zu geben, und spaziert dann zum Tisch mit den Snacks.

Myra und ich gehen in ihr Büro. Dort angekommen, ziehe ich die Tür hinter uns zu und gebe ihr den Scheck zurück. »Hier, nutz das, um den Laden zu erhalten. Bitte.«

»Shoshanna …«, sagt sie und ihr Gesichtsausdruck verändert sich, nur ganz leicht, aber genug, um mir einen Schlag zu versetzen.

Oh.

Ihr Blick ist sanft. Sie drückt ihre Hände aufeinander, und als sie spricht, kann ich ein klitzekleines Zittern in ihrer Stimme hören. »Shoshanna«, wiederholt sie.

Ich schüttele den Kopf, meine Augen werden feucht. »Du bist mir keine Erklärung schuldig.«

»Oh, das weiß ich.« Sie muss grinsen, nur ganz leicht, aber der Kloss in meinem Hals wird etwas kleiner. »Komm. Setz dich.«

Ich setze mich auf einen der Stühle und sie rollt direkt vor mich, ihre Augen auf gleicher Höhe mit meinen. »Ich liebe diesen Laden«, sagt sie. »Er ist wie mein Kind. Ich habe ihn großgezogen, habe mein ganzes Herz und meine Zeit in sein Wohlergehen gesteckt, habe ihn umgeben mit ... nennen wir euch mal Tanten und Onkel, Cousins und Cousinen. Dieser Laden, dieser wunderbare Laden war mein Ein und Alles. Ich habe mich ihm voll hingegeben.« Sie lehnt sich zurück und über ihr Gesicht zieht sich ein heiteres Lächeln. »Aber heute hast du mir gezeigt, dass es an der Zeit ist, loszulassen. Du hast mir gezeigt, dass es an der Zeit ist, ES WAR EINMAL zu schließen.«

»Was?« Mein Puls rast. »Heißt das etwa, dass es meine Schuld ist?«

»Nein, nein«, verbessert sie sich schnell. »Entschuldige, Mamaleh. Das wollte ich damit nicht sagen. Ich meinte ... der heutige Tag war unglaublich. Die vielen Leute, die

Liebe, die Herzlichkeit. Einfach alles, was ich an diesem Laden liebe, und das Ganze mit einer Weihnachtsschleife versehen. Aber deine Leidenschaft für diesen Laden hat mich erkennen lassen, dass ich meine verloren habe. Ich liebe ES WAR EINMAL immer noch, aber ich möchte mich jetzt auf mein Schreiben konzentrieren. Ich bin bereit, das nächste Kapitel aufzuschlagen.«

»Schönes Wortspiel«, sage ich schwach.

»Danke.« Sie wirft einen Blick auf die Wand, die übersät ist mit Fotos von vergangenen Veranstaltungen, Signierstunden und Lesungen. »Vom ersten Tag an war es ein Kampf, den Laden offen zu halten. Und auch wenn ich deine ganze Mühe sehr zu schätzen weiß …« Sie sieht wieder mich an. »Mir ist klar geworden, dass ich, wenn ich diesen Laden wirklich hätte halten wollen, einen Weg gefunden hätte, so wie ich es immer geschafft habe. Aber ich möchte nicht mehr. Ich bin bereit, etwas Neues anzufangen. Das weiß ich jetzt. Nach den Feiertagen werde ich es den anderen sagen. Und ich werde dafür sorgen, dass wir noch ein paar Monate haben, damit sich alle eine neue Arbeit suchen können.«

Myras Worte überschwemmen mich mit einem Gefühl von Traurigkeit und Niederlage. Natürlich muss sie tun, was das Beste für sie ist. Es ist ihr Leben. Und doch kommt mir der selbstsüchtige Gedanke: *Und was ist mit mir?*

Was ist mit mir, wenn ES WAR EINMAL schließt?

»Kannst du das verstehen?«, fragt Myra.

Ich nicke: »Ja.«

»Das Fest war unglaublich«, wiederholt sie. »Du bist unglaublich. Du bist kreativ und kümmerst dich um andere, und du hast eine Menge Leute, die dich lieben.« Sie hält inne, dann sagt sie: »Ich hab dich wirklich sehr gern, Shoshanna.«

Ich blicke hinunter auf meine Füße, dann wieder hoch zu Myra. Ihr Lächeln ist so warmherzig, dass ich spüre, wie es durch mich hindurchfließt wie der süßeste Peppermint Mocha der Welt. »Dann ...« Ich grinse sie an. »Dann ist es also okay, wenn ich allen erzähle, dass ich deine Lieblingsangestellte bin?«

»Du musst es ihnen ja nicht gleich unter die Nase reiben«, stichelt sie.

Ich schnappe nach Luft. »Du gibst es also zu?«

»Oy vey.«

Myra lacht und ich lache auch und alle Spannung fällt von mir ab. Ich liebe Myra, und ich liebe diesen Laden, und ich will, dass er offen bleibt. Aber Myra hat recht, und meine Mütter haben recht. Ich bin klug und kümmere mich um andere und ich habe unglaubliche Menschen an meiner Seite. Und solange das so ist, wird es mir gut gehen. Mir wird es viel besser als gut gehen.

»Und jetzt nimm diesen Scheck«, sagt Myra. Sie schiebt ihn in meine Richtung. »Du hast ihn dir verdient.«

Draußen ist es kalt. Eiskalt, um genau zu sein. Mein Handy zeigt minus ein Grad an. Drinnen wird noch immer gefeiert und meine Mütter kommen erst in einer Viertelstunde. Aber ES WAR EINMAL wird schließen, und ich brauche jetzt Abstand von den anderen, um das weiter für mich zu behalten.

Ich stecke die Hände in die Taschen. Meine Finger streifen über den Scheck, den ich ein Mal gefaltet habe. Es ist schön, dass Barbra nun bald wieder zum Laufen gebracht wird. Aber ich weiß gar nicht, wohin ich dann in ein paar Monaten fahren soll.

»Shoshanna?« Ich drehe mich um und sehe Jake hinter mir. Er trägt meinen lila Schal und seine Wangen sind schon von der Kälte gerötet. Ich ziehe die Luft ein, als er mit besorgtem Blick auf mich zukommt. »Du bist abgehauen, nachdem du mit Myra gesprochen hast. Hat sie ... wird sie den Laden dichtmachen?«

Für einen langen Moment herrscht erdrückendes Schweigen. Schließlich bringe ich ein »Ja« heraus.

Und dann schießen mir Tränen in die Augen, und ohne nachzudenken, gehe ich auf ihn zu und er auf mich und ich umarme ihn und er umarmt mich, und zwar eine echte

Umarmung, unsere Körper berühren sich und er ist warm und riecht immer noch wie ein verdammtes Buttercroissant, und meine Anspannung löst sich langsam. Ich kann den Puls an seinem Hals spüren und ein paar Bartstoppeln an seinem Kinn, und ich denke, wenn ich für immer so bleiben könnte, dann wäre es mir vielleicht egal, dass ES WAR EINMAL schließt.

Jake richtet sich auf, nur ein klein wenig, aber genug, um mich in die Realität zurückzuholen.

Ich entziehe mich seinen Armen und reibe mir die kalte Nase, den einzigen Teil meines Körpers, der nicht warm ist in diesem Moment. »Tut mir leid«, sage ich. »Mir ist schon klar, dass es nur ein Buchladen ist.«

»Es muss dir nicht leidtun«, antwortet Jake. »Ich weiß, wie sehr du ES WAR EINMAL liebst. Und ob du es glaubst oder nicht, ich mag Buchläden auch.«

Ich lache. »Auch wenn du nicht gern liest?« Ich rechne damit, dass er lacht, aber er zögert, kratzt sich am Ohr und blickt in den Himmel. *Verflucht. Ernsthaft, was habe ich für ein Problem?* »Tut mir –«

Jake schaut mich jetzt wieder an und unterbricht mich. »Es ist nur so, dass Bücher teuer sind. Und um in die Bibliothek zu kommen, braucht man ein Auto oder Zeit, um den Bus zu nehmen, was nicht so leicht ist, wenn man viel arbeitet.«

Oh. Das ergibt Sinn.

»Ich bin so eine Idiotin«, sage ich.

»Nein, bist du nicht.« Er fährt sich durch die Locken. »Du musstest dir nur einfach über solche Sachen noch keine Gedanken machen.«

Und ich kenne das. Ich weiß genau, was das für ein blödes Gefühl ist, wenn andere, ohne zu zögern, ihre Kreditkarte rüberschieben, während man selbst im Kopf ständig jeden Einkauf mitrechnet. Und trotzdem habe ich das Glück, dass es in meinem Leben nie an Büchern gemangelt hat.

»Es tut mir leid, Jake«, sage ich. »Wirklich.«

Er lächelt sanft. Dann wirft er einen Blick aufs Einkaufszentrum. »Willst du wieder mit reinkommen?«

»Nein. Meine Mütter sind gleich da. Sollen wir dich mitnehmen?«

Jake schüttelt den Kopf. »Meine Mom kommt in einer Stunde.«

»Okay. Dann grüß sie von mir. Und wir sehen uns morgen –« Ich breche ab, denn ich werde ihn morgen gar nicht sehen. Morgen ist Weihnachten und der Laden bleibt bis zum neuen Jahr geschlossen, und ich weiß nicht, ob Jake nächstes Jahr überhaupt noch bei uns arbeitet. Und nächstes Jahr sind ohnehin nur ein paar Monate und dann werden wir alle weg sein. Und ich werde Jake Kaplan nicht mehr treffen. Und das ist der verdammte Gipfel inmitten dieser ganzen verdammten Sache.

Jake räuspert sich und schaut runter auf den Bürgersteig, plötzlich ganz unsicher, und das ist so süß, dass ich ihn dafür umbringen könnte. »Mom und ich gehen morgen beim Chinesen Mittag essen. Hast du Lust, uns zu begleiten? Deine Mütter können auch gerne mitkommen.«

»Ja.« Ich strahle ihn an. »Das wäre super. Ich schreib dir nachher, okay?«

Jake nickt, und dann tritt er einen Schritt vor und küsst mich unbeholfen auf den Scheitel. Dann dreht er sich zum Einkaufszentrum, und ich höre, wie er »Wow, schräger Move, Kaplan« murmelt, während er weggeht. Ich setze mich auf eine Bank und streiche mir mit einem leichten Lächeln über die Locken.

In der Tat, ein schräger Move, Kaplan.

Geraldine: Sollen wir vorbeikommen?

Cheyenne: Ich habe eine ganze Schachtel Schokotrüffel. Mom hat sie von der Arbeit mitgebracht.

Geraldine: Wir können »Time Stands Still« gucken. Den zweiten Teil, der so schlecht war, dass er ein komödiantisches Meisterwerk ist.

Cheyenne: Wir können »Time Stands Still« gucken UND diese Schokotrüffel essen.

Shoshanna: Mir gehts gut, Leute.

Shoshanna: Ernsthaft. Versprochen. Genießt euren Heiligabend.

Geraldine: Bist du sicher? Wir haben dich nämlich gern.

Cheyenne: Sehr gern

Shoshanna: Ganz sicher

Und mir geht es wirklich gut. Zum ersten Mal seit einer Woche habe ich das Gefühl, dass ich frei atmen kann. Ich war so angespannt, habe so krampfhaft versucht, alles in Ordnung zu bringen, dass es eine richtige Erleichterung ist, endlich zu akzeptieren, dass ich die einzige Person bin, über die ich Kontrolle habe. YouTuberinnen entscheiden, wann sie bereit sind, ihre Inhalte zu posten. Verheiratete Menschen entscheiden, ob sie verheiratet bleiben wollen oder nicht. Und Buchladenbesitzerinnen entscheiden, ob sie noch Buchladenbesitzerinnen sein wollen.

Mein Telefon surrt wieder, und ich bin gespannt, was jetzt im Gruppenchat steht. Stattdessen sehe ich eine Nachricht von Jake: **Morgen Essen beim Chinesen?**

Ich schreibe sofort zurück, denn ich hab keine Lust, die gebührende Pause einzuhalten, um cool zu wirken. **Auf jeden Fall. Ich habe auch ein Geschenk für dich.**

Jake: Lügnerin. Was ist es denn?

Shoshanna: Geduld ist eine Tugend.

Jake: Hmpf. Kommen deine Mütter auch?

Ich zögere, weil ich noch nicht den Mut aufgebracht habe, sie zu fragen. Nach einem Moment schreibe ich: **Vielleicht. Ich sage dir morgen früh Bescheid. Wir sehen uns!**

Jake schickt mir ein Smiley.

Ich habe das Gefühl, dass Jake niemand ist, der leichtfertig Emojis verschickt. Ich lächle das Smiley geschlagene zehn Sekunden an. Adrenalin durchströmt meinen Körper, schnell und wild, und zuerst weiß ich nicht, was ich damit anfangen soll, aber dann merke ich plötzlich, dass ich unbedingt schreiben will. Also lege ich mein Handy zur Seite, schalte den Computer ein, scrolle ans Ende meines Dokuments und mache genau das.

Die Sonne ist nicht mehr als ein heller Streifen am Horizont, als Henry Isobels Hände in seine nimmt. Ihr Blick ist sanft und ihre Handflächen sind voller Schwielen von der jahrelangen Arbeit in der Waffenkammer. »Ich glaube, ich habe dich schon immer geliebt«, sagt Henry.

»Ja?« Isobel tritt vor und seufzt. »Wurde aber auch Zeit, dass du es bemerkst.«

Ich schreibe und schreibe, und die Sätze werden zu Absätzen und die Absätze zu Seiten, und das ganze Buch beginnt sich vor mir aufzutun, und ich weiß, wohin ich diese Geschichte morgen führen werde und an den Tagen danach, und ich kann es kaum erwarten, die Worte zu schreiben. Als ich an diesem Abend ins Bett gehe, mache ich mir keine Gedanken über meine Mütter oder ES WAR EINMAL oder irgendetwas anderes. Stattdessen schlafe ich einfach ein und träume von meinen Figuren.

KAPITEL 15

Obwohl es erst acht Uhr morgens ist, bin ich schon hellwach, als es an meiner Tür klopft. Ich liege seit einer Stunde wach und lese. Eigentlich wollte ich ausschlafen, doch durch die Arbeit bin ich daran gewöhnt, früh aufzustehen.

Ich lege mein Buch zur Seite und sage: »Herein.«

Mom kommt in mein Zimmer. Sie trägt Leggings und einen übergroßen Pullover, den sie wahrscheinlich aus der Männerabteilung eines Secondhandladens hat. Ihre Haare sind zu einem Katastrophen-Dutt hochgesteckt. Sie sieht wunderschön aus. »Frohe Weihnachten, liebe Tochter«, sagt sie. »Sollen wir nachsehen, was Santa unter den Baum gelegt hat?«

»Ich glaube, ich stehe auf der Liste der ungezogenen Kinder.« Ich seufze. »Vermutlich, weil ich nicht an unseren Herrn und Retter Jesus Christus glaube.«

»Oh, verflixt.« Mom schnalzt tadelnd mit der Zunge und wir müssen beide lachen. »Hast du Lust, spazieren zu gehen? Mama kommt auch mit. Es ist eiskalt, aber wir könnten heiße Schokolade mitnehmen.«

»Klar«, sage ich zögernd. »Klingt gut.«

Zehn Minuten später trage ich einen dicken Mantel über meinem Schlafanzug, und wir gehen nach draußen, die Hände um Thermosbecher geschlungen. Es fühlt sich an wie Weihnachten. Und zwar nicht nur wegen der Deko im Garten, auch wenn das Ensemble unseres Nachbarn, elektrische Rentiere, Schlitten und Weihnachtsmann, sicherlich zur Atmosphäre beitragen. Die Welt wirkt friedlich, alle sind zu Hause, zusammen mit ihren Familien. Auch ich bin bei meiner Familie. Meine Mütter und ich gehen die Straßen entlang, die wir schon seit Jahren entlanggehen. Heute ist es ein bisschen anders. Sie halten sich nicht an den Händen und Mom geht eher neben mir als neben Mama, aber wir sind zusammen. Und das ist schon eine Menge. Wirklich, das ist echt viel.

»Es tut uns leid wegen ES WAR EINMAL, Liebling«, sagt Mama. Sie fängt an, in der Rinne zu balancieren, setzt immer einen Fuß direkt vor den anderen, wie eine Seiltänzerin.

Ich habe ihnen gestern Abend erzählt, dass der Laden schließen wird. Mit jedem Mal, da ich es laut ausspreche, fühlt es sich ein bisschen realer an und weniger wie ein seltsamer Traum, den ich nicht abschütteln kann.

»Danke.« Ich wickle eine Locke um meinen Finger. »Ich finde bestimmt einen anderen Job.«

»Ganz bestimmt.« Mom klopft mir auf die Schulter. »Ich werde meinen ersten Job nie vergessen. Ich habe Eis verkauft bei Shellys Eistraum. Als der Sommer vorbei war, hatte ich einen Tennisarm und eine Überdosis Eis. Ich konnte jahrelang keins mehr essen.«

Mama lacht. »Klingt besser als *mein* erster Job. Babysitterin für Drillinge. Es waren drei vierjährige Albträume. Ich habe mich nie ganz davon erholt.«

»Dann habe ich wohl ziemliches Glück«, sage ich und blinzle in den Himmel. Die Morgensonne bricht durch die weichen, weißen Wolken. »Einen ersten Job zu haben, den ich liebe.« *Geliebt habe.* Wir sind jetzt in einer Sackgasse. Durch die Fenster kann ich den Weihnachtsbaum eines Nachbarn sehen, an dem die Lichterkette leuchtet. »Ähm«, sage ich zu meinen Müttern und werde jetzt schon rot. »Jake hat mich eingeladen, heute Mittag mit ihm und seiner Mutter beim Chinesen essen zu gehen. Und ihr seid auch eingeladen. Habt ihr Lust?«

Die beiden tauschen einen dieser Eltern-Telepathie-Blicke aus. Mein Magen zieht sich zusammen, als sie sich entscheiden. Ich weiß, ehrlich gesagt, gar nicht, welches Ergebnis mir lieber ist. Wenn sie Ja sagen, ist Peinlichkeit vorprogrammiert. Wenn sie Nein sagen, heißt das, dass sie keine Zeit miteinander verbringen wollen. Nach einem langen Moment schauen sie mich wieder an.

»Ich liebe chinesisches Essen«, sagt Mama.

»Wenn General Tso's Hühnchen mit auf den Tisch kommt, bin ich dabei«, sagt Mom.

Ich grinse. »Ich denke, das lässt sich einrichten.«

Wir spazieren noch eine Stunde durch die Straßen und reden über alles Mögliche. Darüber, was im Einkaufszentrum so los ist, über Cheyennes neu aufgeflammte Beziehung und Geraldines YouTube-Karriere. Dass Mom sich nächstes Jahr auch einen neuen Job suchen will, weil sie für die vielen Stunden, die sie arbeitet, eine bessere Bezahlung verdient hat. Wie sehr Mama der ehrenamtliche Kunstkurs im Seniorenzentrum erfüllt. Die Luft ist schneidend kalt, aber jeder Schluck heiße Schokolade durchflutet uns mit Wärme.

Chu's Kitchen ist rappelvoll. Ausgelassene Familien drängeln sich um die Tische und reichen Teller und Speisekarten herum. Man sieht viele Locken und Kippas, es gibt eine Menge Gelächter und ich liebe das Ganze. Ein Hilfskellner wischt den Tisch ab, an den uns die Kellnerin führt. Wir rutschen auf die Bänke links und rechts vom Tisch, Jake und Ms Kaplan auf die eine Seite und meine Mütter und ich auf die andere. Jake und ich sitzen an der Wand, und ich schwöre, er stößt absichtlich mit seinem Schuh gegen meinen. Ich lächle, als ich mir eine gebratene Nudel nehme und sie in die Schüssel mit Entensoße tunke.

»Danke für die Einladung«, sagt Mama und schiebt die Ärmel ihres lila Pullovers hoch. Das Restaurant ist warm und von einem himmlischen Duft nach Knoblauch und Zwiebeln erfüllt.

»Aber natürlich! Wir freuen uns so, dass Sie kommen konnten«, antwortet Ms Kaplan. »Ich finde Weihnachten einfach herrlich! Es ist mein Lieblingsfest. Alle haben frei. Ich kann den Tag mit meinem lieben Jakey verbringen. Außerdem ist mir jeder Anlass willkommen, um chinesisch essen zu gehen. Und ich muss nicht in die Synagoge. Der perfekte Feiertag, oder?«

Mom lacht. »Ziemlich perfekt.«

»Außerdem liebe ich Eierpunsch«, fügt Ms Kaplan hinzu.

Ich nicke. »Eierpunsch ist super.«

»Vertraut ihr mir?«, fragt Jake, als ein Kellner uns die Speisekarten reicht.

Ich neige meinen Kopf. »Ob wir dir vertrauen?«

»Er will sich aufspielen und für den ganzen Tisch bestellen«, erklärt Ms Kaplan. »Männlicher Chauvinismus, und eigentlich würde ich das auch nicht dulden, aber der Junge hat gute Geschmacksknospen. Würde mich nicht wundern, wenn Chu's nächstes Jahr ein Jake-Kaplan-Spezialmenü auf der Speisekarte stehen hat.«

Jake lacht und reibt sich den Hinterkopf. »Aber jetzt

ernsthaft, fühlt euch zu nichts gezwungen, falls ihr lieber selbst bestellen wollt.«

»Ich bin dabei«, sagt Mama und wirft ihre Speisekarte auf den Tisch.

»Ich auch, vorausgesetzt dass es auch General Tso's gibt«, fügt Mom hinzu.

»Klar«, antwortet Jake. »Sie machen hier das beste der ganzen Stadt.«

»Perfekt.« Mom lächelt und greift nach der Teekanne, um nachzuschenken. Ms Kaplan hält ihre Tasse hoch und Mama macht ihr ein Kompliment zu ihrem Armband. Es herrscht eine richtig heimelige Atmosphäre. Alles fühlt sich ganz natürlich an, so leicht. Das kann passieren, wenn jüdische Familien zusammenkommen.

»Was ist mit dir?«, fragt Jake. Wir blicken uns in die Augen, während unsere Mütter sich weiter unterhalten. »Vertraust du mir?«

Meine Wangen fangen an zu glühen, während ich an der nächsten gebratenen Nudel knabbere. »Vor einer Woche so was von gar nicht«, antworte ich.

»Eine Woche.« Jake schüttelt den Kopf. »Ist es echt erst eine Woche her, dass wir uns kennengelernt haben?«

»Unglaublich, oder?«, frage ich.

Es ist wirklich unglaublich. Denn wenn ich mir diesen Jungen, der mir gegenübersitzt, so ansehe, diesen Jungen mit einem Knick in der linken Augenbraue und den magischen Backkünsten, diesen Jungen, der einen besseren Vater verdient hätte, aber allem Anschein nach der beste Sohn ist, den eine Mutter sich wünschen kann, diesen Jungen, an dem sogar Flanellhemden cool aussehen, kommt es mir vor, als wäre er schon sehr viel länger als eine Woche in meinem Leben.

»Und wie sieht die Sache *jetzt* aus?«, fragt er. »Vertraust du mir jetzt?«

»Jetzt ...« Ich nehme mir eine weitere gebratene Nudel und Jake nimmt sich ebenfalls eine. Seine Augen leuchten, als sich unsere Hände berühren, und mir läuft ein Schauer den Rücken hinauf. »Jetzt ... haben sich meine Gefühle vielleicht geändert.«

Wir verbringen volle zwei Stunden im Restaurant. Immer wenn einer aus der Runde aufhört zu essen, fängt jemand anders wieder an, und wenn die Person aufhört, merkt wieder jemand, dass sie oder er noch ein bisschen mehr essen könnte. Am Ende haben wir alles verschlungen, was auf dem Tisch stand, General Tso's Hühnchen, Rindfleisch nach Szechuan Art, chinesischen Brokkoli und Chow Mein. Übrig bleibt nur eine einsame Nudel und die ein oder andere Orangenscheibe.

Ich lehne mich zurück und stöhne. »Ich glaube, ich kann nie wieder etwas essen.«

»Sag das nicht«, antwortet Jake schnell.

»Warum?«

Er zögert. »Weil ... es gibt Gründe ...«

Ich will weiter nachhaken, aber in diesem Moment kommt die Rechnung, und unsere Mütter kabbeln sich darum, wer bezahlt. *Ich habe euch eingeladen! – Aber wir sind mehr Leute!* Jake und ich bieten an, auch einen Teil beizutragen, aber wir werden mit einer solchen Vehemenz abgewimmelt, dass wir uns vor Lachen die Bäuche halten. Schließlich gelangen sie zu einer Einigung und Minuten später gehen wir auf den Parkplatz hinaus. Der Wind hat seit heute Morgen zugelegt und ist so stürmisch, dass es wahrscheinlich zwei Durchgänge Conditioner und die große Paddel Brush braucht, um meine Locken heute Abend zu entwirren.

Wir gehen zu unseren Autos. Unsere Mütter plaudern, was das Zeug hält, doch Jake räuspert sich, um sie zu unterbrechen. »Ähm, hey. Also ...« Alle drehen sich zu ihm, und ich kann mir ein Grinsen über sein Unbehagen nicht verkneifen. »Ich hatte gehofft, ich könnte Shoshanna noch wohin mitnehmen ... Also, wenn du überhaupt willst?« Er sieht mich an, und ich habe keine Ahnung, was er geplant hat, aber natürlich nicke ich zustimmend. »Cool!« Sein Lächeln ist so herzlich, dass ich auf der Stelle sterben könnte. »Mom, kann ich das Auto haben und vielleicht könnten Shoshannas Mütter dich nach Hause bringen? Wenn das für alle okay ist?«

Alle drei Mütter grinsen ihn an, und ich muss kichern, als Jake seine Arme hebt und dann schnell wieder runternimmt, so als würde er dem Drang widerstehen, sich die Hände vors Gesicht zu schlagen.

»Ihr zwei seid wirklich süß«, sagt Ms Kaplan.

»So süß«, stimmt Mama zu.

»Hört auf damit«, sage ich mit hochrotem Gesicht, aber immerhin weniger rot als das von Jake.

»Womit sollen wir aufhören?«, fragt Mama. »Darüber zu reden, wie süß ihr zwei seid?«

»Hast du den Schlüssel?«, frage ich Jake. »Denn falls nicht, findet sich auf YouTube bestimmt ein Tutorial, wie man ein Auto kurzschließt.«

Mein Herz macht einen Hüpfer, als er lacht. »Ja, habe ich. Lass uns von hier verschwinden.«

»Viel Spaß, ihr zwei!«, ruft Ms Kaplan uns hinterher.

»Um sechs seid ihr zu Hause!«, ruft Mama.

Kann gut sein, dass Mom noch etwas zum Thema Küssen verlauten lässt, aber zum Glück habe ich mir zu dem Zeitpunkt schon die Finger in die Ohren gesteckt.

Gary's Diner ist ein Doppel-Mobilheim, das zu einem Restaurant umgebaut wurde. Es thront inmitten eines Kiesparkplatzes und wird mit einem ramponierten Emailleschild beworben, auf dem in marineblauer Schrift *Gary's* steht. Das *a* ist halb abgeplatzt.

Rund um das Gebäude hängt Weihnachtsbeleuchtung, die im trüben Nachmittagslicht blinkt. Als wir näher kommen, sehe ich ein laminiertes Schild an der Tür: *Über Weihnachten geschlossen.*

»Ich glaube, sie haben über Weihnachten geschlossen«, sage ich zu Jake.

Er zieht eine Augenbraue hoch. »Nur gut, dass ich einen Schlüssel habe.« Er kramt ihn aus seiner Tasche, schließt die Tür auf und schaltet die Lichter an. Innen sieht es viel hübscher aus als von außen. Retro, mit roten Vinyl-Sitzgarnituren, verschiedenfarbigen Tischen und einem Tresen mit drehbaren Barhockern. An der Wand steht eine Jukebox, und nachdem Jake sie eingeschaltet hat, beginnen die Temptations zu spielen.

»Deine Mutter wäre so stolz auf dich.« Ich setze mich auf einen der Barhocker, während Jake die Theke umrundet. »Also ... was machen wir hier?«

Aber Jake antwortet nicht auf meine Frage.

Stattdessen knöpft Jake sein Flanellhemd auf.

Ich fange an zu husten und überlege, ob ich mich aus dem Staub machen oder vielleicht lieber mein eigenes Oberteil ausziehen soll, bis ich merke, dass Jake ein T-Shirt unter dem Hemd trägt. *Richtig. Lass die Kleidung an, Shoshanna. So lautet Regel Nr. 1 beim ersten Date – wenn das hier ein Date ist, was es wahrscheinlich gar nicht ist, aber vielleicht auch doch, und oh mein Gott, habe ich etwa gerade ein Date mit Jake Kaplan?*

Ich räuspere mich, als er sich eine Schürze schnappt und sie über sein T-Shirt zieht.

»Wir sind hier …«, sagt Jake schließlich und spaziert bei diesen Worten in die offene Küche. Er holt ein paar Edelstahlschüsseln heraus. Dann spricht er weiter: »… um den Nachtisch zu machen!« Er grinst mich über die Theke hinweg an. »Und du hilfst mit.«

»Ach ja?«, frage ich, rutsche aber schon vom Hocker, um mich zu ihm in die Küche zu gesellen. Die Unnahbare zu spielen liegt mir nicht besonders. »Oh, Moment! Dein Geschenk!«

Ich gehe zurück und krame in meinem Stoffbeutel.

»Lass mich raten …«, sagt Jake. »Ist es ein Buch?«

»Das wäre eine Möglichkeit gewesen, aber du liegst falsch.« Ich finde das Geschenk, gehe zu ihm und überreiche ihm den Umschlag. Ich wippe auf meinen Fersen, als er ihn öffnet. »Ich weiß, es deckt nicht die vollen Kosten, aber …« Jakes Mund klappt auf, als er den Gutschein der Fluggesellschaft herauszieht. »Ein Teil der Flugkosten ist damit abgedeckt. Barbra kann ich ja später noch reparieren lassen. Es ist ja nicht so, dass sie und ich demnächst irgendwo hinmüssten. Und ich weiß natürlich nicht, mit welcher Fluggesellschaft deine Mutter am liebsten fliegt, aber ich hoffe ...«

»Shoshanna«, unterbricht mich Jake. Ich höre auf zu quasseln und sehe ihn an. Als der Blick seiner dunklen Augen sich in meine bohrt, schlägt mein Herz bis zum Hals. »Vielen Dank.«

»Klar.« Ich ziehe an meiner Halskette. »Das hätte doch jeder getan.«

»Nein.« Er schüttelt den Kopf. »Das hätte ganz sicher nicht jeder getan.«

Er sieht mich weiter so eindringlich an, als würde er noch etwas anderes sagen oder *tun* wollen, aber dann räuspert er sich und steckt den Umschlag in seine Gesäßtasche. »Komm«, sagt er. »Brownie-Zeit.«

Wir fangen an zu backen und ich stelle fest, dass allein mit Jake Kaplan zu backen noch um einiges besser ist, als mit Jake Kaplan, seiner Mutter und diversen Freunden zu backen, denn wenn ich nur mit Jake Kaplan backe, stupst er mich hin und wieder an die Schulter und ich werfe ab und zu eine Prise Mehl nach ihm und er wirft ab und zu einen Klumpen Teig nach mir, und als die Erdnussbutter-Trüffel-Brownies im Ofen sind und wir beide draußen auf den Hockern sitzen, lachend und mit diversen Backzutaten bekleckert, könnte es sein, dass er sagt: »Ich mag dich wirklich sehr, Shoshanna Greenberg.«

Und vielleicht sage ich dann: »Ich mag dich wirklich sehr, Jake Kaplan.«

Und vielleicht starren wir uns mit großen Augen für eine ziemlich lange Weile an, sodass unsere Mütter wahrscheinlich nach dem Hochzeitstermin fragen würden, wenn sie hier wären. Was, HaSchem sei Dank, nicht der Fall ist.

Als die Brownies fertig sind, holt Jake sie aus dem Ofen und serviert sie in zwei Schalen mit selbst gemachtem Vanilleeis. Es riecht nach Glück, und ich bin mir sicher, dass es nach Euphorie schmecken wird, aber gerade als ich meinen Löffel hebe, unterbricht mich Jake mit einem »Ooh!«.

»Was ist los?«, frage ich, meinen Blick auf den Brownie gerichtet.

»Guck mal nach draußen«, sagt Jake. »Es schneit! An Weihnachten!«

Ich schaue stattdessen ihn an. »Ich wusste gar nicht, dass Sie so ein Weihnachtsfan sind, Mr Kaplan.«

»Ha, ha.« Er grinst. »So ein Fan bin ich nun auch nicht. Aber Schnee an Weihnachten in Georgia ist etwas Besonderes. Sogar für uns Juden. Findest du nicht?«

Ich schaue aus dem Fenster. Die Schneeflocken tanzen im Schein der Lichterketten. Es ist wunderschön – fast schon magisch. »Ja«, stimme ich Jake zu und drehe mich wieder zu ihm. »Verdammt besonders sogar.«

Er lacht, und mein Magen kribbelt, als er mich ansieht.

Und als er meine Hand nimmt, bleibt mir die Luft weg.

Und als er »Shoshanna« sagt, falle ich fast in Ohnmacht.

Und als wir uns vorbeugen, um uns zu küssen, und seine Lippen sich warm auf meine legen, fühle ich, wie mein ganzer Körper von Freude durchströmt wird.

Und als wir uns mit erhitzten Wangen voneinander lösen, nickt er lächelnd und sagt: »Wirklich verdammt besonders.«

EPILOG

»Schwarze Bohnen oder Pintobohnen?«, frage ich.

»Pinto. Oder nein, doch lieber schwarze.« Ich beginne, Bohnen zu schöpfen, als der Typ mich unterbricht: »Ich nehme doch lieber halb und halb. Das kostet doch nicht extra, oder? Ist Guacamole extra?«

Ich bewahre mein angeklebtes Lächeln im Gesicht, während ich ihm seine Halb-und-halb-Bohnen in die Schüssel klatsche. »Die Bohnen nicht, aber ja, Guacamole kostet extra.«

Er rollt mit den Augen. »War ja klar.«

Ich würde ihm am liebsten sagen, dass ich die Preise nicht mache, halte mich aber (gerade noch so) zurück, und er geht zur nächsten Station weiter, während ich mich dem nächsten Kunden zuwende. Es ist April und ES WAR EINMAL hat vor zwei Wochen zugemacht. Obwohl es nicht leicht ist, weiter im selben Einkaufszentrum zu arbeiten, habe ich sofort zugegriffen, als Geraldine mir erzählte, dass BO'S BURRITOS Leute sucht.

Nachdem ich weitere dreißig Minuten lang Reis und

Bohnen in Schüsseln geklatscht habe, ist meine Schicht zu Ende. Ich schlüpfe aus meiner Schürze und gehe zum Wunschbrunnen, wo Geraldine und Cheyenne sitzen, bis ihre Schicht beginnt.

»Hallo, Freundinnen!«, sage ich.

»Hi, Freundin!«, antworten sie.

»Guck dir das an.« Geraldine hält mir ihr Handy ins Gesicht. »Dreitausend Views. Dreitausend Leute haben mein Video angeklickt und keiner von ihnen hasst mich.«

»Du bist ein Rockstar!«, sage ich.

»Häh?«, fragt Cheyenne und schaut hoch.

Geraldine rollt mit den Augen. »Ernsthaft, Chey. Du arbeitest im selben Einkaufszentrum wie deine Freundin und ihr schreibt euch trotzdem andauernd Nachrichten?«

»Sie arbeitet heute nicht«, stellt Cheyenne klar, während sie schnell fertig tippt. »Ich vermisse sie.«

»Du hast sie doch gestern Abend noch gesehen«, antwortet Geraldine.

Ich schnaube und dann surrt mein eigenes Handy. Ich hole es raus und sehe eine Nachricht von Mom. Zwei Emojis: einmal Daumen hoch und einmal Daumen gedrückt. Sie hatte heute ein Vorstellungsgespräch und die Emojis lassen vermuten, dass es gut gelaufen ist. Seit ein paar Monaten machen meine Mütter jetzt die Therapie, aber es ist noch zu früh, um sagen zu können, was daraus wird.

»Ist das Jake?«, fragt Cheyenne und reicht mir ihren Milchshake.

»Schoko-Erdbeere?«, frage ich.

Sie nickt. »Klar. Ich bin ja kein Schoko-Bananen-Monster wie Geraldine.«

»Hey!«, ruft Geraldine und nippt an ihrem eigenen Milchshake.

Ich lache. »Nein, nicht Jake. Meine Mom … Moment.« Mein Handy summt wieder, diesmal ist es eine Nachricht von Jake.

Jake: **Wenn du mich nachher von der Arbeit abholst, backe ich dir Schoko-Minz-Brownies.**

Ich: **100 % abgemacht. Barbra Streisand und ich sind um 20 Uhr da.**

Mit roten Wangen stecke ich mein Handy wieder ein. Cheyenne und Geraldine gucken sich vielsagend an.

»Die beiden sind so süß«, sagt Cheyenne.

»Verdammt süß«, stimmt Geraldine zu.

Da fällt Cheyennes Blick auf etwas im Hintergrund. »Hey, ist das nicht Daniel?«

Mein Herz klopft, als ich die Menge abscanne, und dann entdecke ich tatsächlich Daniel und Lola, die in der Smoothies-Schlange anstehen. Ich kann sogar Daniels Spider-Man-Socken erkennen!

Es war ganz schön hart, als Myra die Nachricht von der

Schließung offiziell bekannt gab, und noch viel härter, als ich Daniel gestehen musste, dass ich es schon seit mehreren Wochen wusste. Er war nicht sauer auf mich oder so, aber trotzdem entstand eine gewisse Distanz zwischen uns – aber vielleicht war das auch nur die räumliche Distanz. Ich habe ihn nicht mehr gesehen, seit er im Februar einen Job im Uni-Buchladen angefangen hat. Immerhin hat er mir ein Foto der neu bestückten Regale dort geschickt, die dank seiner Vorschläge jetzt viel besser sortiert sind, und ich habe ihm den Link zu meiner Rezension von diesem *Sleepwalker*-Comic geschickt – er war genauso gut, wie er gesagt hatte.

»Bin gleich wieder da«, rufe ich meinen Freundinnen zu und renne dann zu Daniel und Lola.

Lola sieht mich als Erste. Sie strahlt mich an, ihre Haare sind jetzt blau, nicht mehr rosa. »Shoshanna.«

»Hi«, sagt Daniel.

»Was macht ihr denn hier?«, frage ich. »Wie läufts in der Uni? Ich vermisse euch!«

Wir plaudern ein wenig, bis Lola plötzlich ihre Stimme zu einem verschwörerischen Flüstern senkt. »Hast du's schon gehört?«

»Lola.« Daniel boxt sie leicht in die Seite.

Meine Augen verengen sich. »Was denn? Irgendeine Marvel-Sache?«

»Sag es ihr!«, insistiert Lola.

Daniel seufzt und fährt sich durchs Haar. »Eigentlich wollte ich warten, bis es ganz sicher ist. Ich möchte dir keine unnötigen Hoffnungen machen.«

»Tja, jetzt *musst* du es mir sagen.«

»Na gut.« Daniel holt tief Luft und schaut nach links und rechts. »Also schön.«

»Daniel«, sage ich.

»Ist ja schon gut!« Er faltet die Hände und sieht mir in die Augen. »Ich habe gehört, dass Myra mit Ms Serrano gesprochen hat. Und Ms Serrano sagt, sie könnte sich ein Leben ohne ES WAR EINMAL gar nicht vorstellen. Und außerdem würde sie diese ganze Sache mit dem Ruhestand ohnehin langweilen. Und darum ...«

»Nicht dein Ernst!«, schreie ich so laut, dass mich die Leute im Food-Court entsetzt anstarren, aber das ist mir egal. Aufgeregt wende ich mich an Lola: »Heißt es das, was ich denke?« Ich wende mich wieder an Daniel. »Heißt es wirklich das, was ich denke?«

»Oh!« Er legt eine Hand auf die Brust. »Darf ich jetzt also reden?«

»Halt die Klappe, natürlich!«, rufe ich.

Er grinst. »Ja. Es heißt das, was du denkst. Ms Serrano übernimmt die Buchhandlung. Nächste Woche werden die Papiere unterzeichnet. ES WAR EINMAL ...«

»... schlägt das nächste Kapitel auf«, rufe ich.

»Schönes Wortspiel«, sagt Lola.

»Beeindruckend«, stimmt Daniel zu.

Ich kann mein Lächeln bis in die Zehen spüren. »Ja, oder?«

DANKSAGUNG

Mom und Dad, genau in dem Moment, als ich diese Danksagung schreibe, habt ihr mir eine Nachricht geschickt. Ihr könnt euch gar nicht vorstellen, wie dankbar ich dafür bin, so eine enge Beziehung zu meinen Eltern zu haben. Ich liebe euch beide aus tiefstem Herzen. Danke, dass ihr meine Liebe zum Lesen und Schreiben immer gefördert habt und dass ihr immer für mich da wart.

Elise LaPlante, du bist meine Person. Ich kann es gar nicht erwarten, dich wieder mal weinen zu sehen, wenn du diese Danksagung liest. Ich liebe dich abgrundtief und habe das unverschämte Glück, dich meine beste Freundin nennen zu dürfen.

Bubbie und Papa Bobby, ich bin dankbar, so unglaubliche Großeltern in meinem Leben zu haben. Ich liebe euch beide und freue mich auf viele weitere Telefongespräche und Besuche. Lauren Sandler Rose und Melissa Sandler, danke, dass ihr so außergewöhnlich tolle Cousinen seid. Ich liebe euch und bin dankbar, dass wir uns so nahestehen, obwohl wir so weit voneinander entfernt leben.

Kiki Chatzopoulou, Anna Meriano und Amanda Saulsberry, auch wenn wir nicht länger in derselben Stadt leben, sprechen wir doch fast täglich miteinander, und das erfüllt mich mit so viel Zuversicht und Glück. Danke, dass ihr immer ein offenes Ohr habt und es jedes Mal schafft, mir ein Lächeln ins Gesicht zu zaubern. Ich liebe euch, Leute!

Rachael Allen, Lauren Vassallo und Kayla Whaley, vielen Dank, dass ihr dieses Buch häppchenweise und in verschiedenen Stadien gelesen und mir geholfen habt, es besser zu machen. Ohne kritische Gegenleser könnte ich nicht schreiben, und ich bin dankbar, dass ich euch an meiner Seite habe.

Jim McCarthy, letzte Woche haben wir fünfjähriges Jubiläum gefeiert. Mit jedem neuen Jahr bin ich noch glücklicher, dich als meinen Agenten zu haben. Viele Dank für deine Beratung und Unterstützung und für die Beantwortung der ungefähr drei Millionen E-Mails, die ich dir geschickt habe.

McElderry Books, danke, dass Ihr mich in Eurem Verlag willkommen heißt. Kate Prosswimmer, es war mir eine große Freude, mit dir zu arbeiten, und ich hoffe, dass sich das in Zukunft noch viele Male wiederholen wird. Vielen Dank für deine wunderbaren Anmerkungen und die herzliche Ermutigung. Danke auch an Nicole Fiorica, Justin Chanda, Shivani Annirood, Chantal Gersch und den Rest des Teams für all die harte Arbeit und die Unterstützung. Und vielen Dank an Maggie Cole, die brillante Künstlerin des US-Covers.

Mein Dank geht ebenfalls an die folgenden wunderbaren Menschen für ihre Unterstützung: Rebecca Arnall, Kelly Bryan, Kayla Burson, Alison Doherty, Brittany Kane, Deborah Kim, Katie King, Katie Locke, Katherine Menezes, Christy Michell, Harmony Viray und Randy Winston.

Wie immer habe ich Angst, Leute zu vergessen, und schäme mich schon jetzt dafür. Daher möchte ich mich hiermit bei diesen Leuten für mein schreckliches Gedächtnis entschuldigen und ich sage gleichfalls *Danke, Danke, Danke.*

Ich habe mir das Motto »Schreibe über das, was du liebst« zu Herzen genommen, und daher danke ich mit dieser Liste den vielen Inspirationen in meinem Leben: *The Office, 10 Dinge, die ich an dir hasse, Emma, Clueless, e-m@il für Dich, Superstore, New Girl* und *Crazy Ex-Girlfriend.*

Und zu guter Letzt ein Dankeschön an all die unglaublichen Buchhandlungen und Buchhändler*innen auf der Welt. Danke, dass ihr mein Leben erfüllter, glücklicher und inspirierter macht!

In Liebe, Laura

EIN RESTAURANT
ZUM VERLIEBEN

Mascha Matysiak
GEHEIMREZEPTE FÜR DIE LIEBE
Taschenbuch
224 Seiten
ISBN 978-3-551-32023-0
Auch als E-Book erhältlich

LUZIE IST BEGEISTERT: Sie hat ein Praktikum im angesagten Restaurant Roll In ergattert! So kurz vor Weihnachten ist die Arbeit hier allerdings eine echte Herausforderung. Doch dann lernt sie Nick kennen, den Sohn der Chefin – und ist gleich hin und weg. Mit ihm an ihrer Seite macht es sogar Spaß, im albernen Schneeflockenkostüm Flyer zu verteilen. Und als die beiden wenig später zusammen im Kühlraum eingeschlossen werden, wird es nicht nur Luzie ziemlich heiß …

WWW.CARLSEN.DE

WEIHNACHTEN IM
SCHNEE-CHAOS

Julia K. Stein
WINTERZAUBER IN NEW YORK
Taschenbuch
320 Seiten
ISBN 978-3-551-32033-9
Auch als E-Book erhältlich

DAS GANZE SEMESTER über hat sich Hannah auf diesen Moment gefreut: Endlich kann sie das amerikanische College verlassen und mit ihrer Familie in Deutschland Weihnachten feiern. Doch ausgerechnet am 23. Dezember werden in New York wegen eines Schneesturms alle Flüge gestrichen und Hannah sitzt fest – in der angeblich aufregendsten Stadt der Welt, aber leider ohne Geld und ohne Bleibe. Zu allem Übel trifft sie dort auf Kyle, den schlimmsten Womanizer des ganzen Colleges, der das gleiche Problem hat wie sie. Während der Schnee die Stadt allmählich in einen Eispalast verwandelt, wird ihnen klar, dass sie die nächsten Stunden gemeinsam verbringen müssen. Doch so wenig die beiden miteinander anfangen können, so sehr sind sie sich in einer Sache einig: Weihnachten muss gefeiert werden, egal wo man ist ...

.CARLSEN.DE

CARLSEN

NACHRICHT FÜR DICH

Lana Wood Johnson
WENN ZWEI SICH TEXTEN
Klappenbroschur
384 Seiten
ISBN 978-3-551-58419-9
Auch als E-Book erhältlich

ALS HALEY EINE NACHRICHT VON MARTIN MUNROE bekommt, ist ihr sofort klar, wer da schreibt. Obwohl es an ihrer Schule zwei Jungs mit dem Namen gibt. Aber dieser Martin, der nach einer Klassenarbeit fragt, ist eindeutig der, den sie nicht nervig findet. Zum Glück. Denn aus einem lustigen ersten Schlagabtausch wird schnell ein Chat über Privates: seltsame Ängste, geheime Wünsche, schräge Vorlieben. Während sie in der Schule Abstand halten, bringt das Texten sie immer näher. Es gibt nur ein Problem: Haley hat den falschen Martin im Visier.